Syner i natten

SYNER I NATTEN
Ett skräckgalleri

20 noveller ur tidskriften
Minotauren

ÖVERSÄTTNINGAR:
Maria Hansson
Rickard Berghorn
Lisa Sjöblom
Ebba Nordenadler
Bertil Falk

ALEPH
Bokförlag

Minotauren var en tidskrift för skräck och fantasy.
Denna antologi innehåller samtliga noveller ur
nr 6-16 (år 2000-2002) som inte tidigare
publicerats i bokform av Aleph.

ISBN 978-91-87619-20-5

INNEHÅLL

Gengångare världen över

Ambrose Bierce

HALPIN FRAYSERS DÖD

"Ty efter döden inträffar större omvandlingar än vad som kan skönjas. Medan den bortryckta själen vanligen återvänder tid efter annan och stundom uppenbarar sig som en skapelse av kött och blod (gestaltad i kroppen den tidigare ägde) har det ändock inträffat att kroppen vandrat utan själ. Och det har påvisats av de vittnen som därom kunnat berätta att ett lik, som sålunda har återuppstått, varken hyser naturliga känslor eller har något minne därav, utan endast känner hat. Så är det även känt att vissa andar, som i livet varit godhjärtade, i döden blir helt igenom onda." – Hali

I.

I en skog en mörk midsommarnatt vaknade en man upp ur en drömlös sömn, lyfte sitt huvud från marken och stirrade ett kort ögonblick ut i mörkret och sade: "Catherine Larue". Han sade inget mer; det fanns för honom ingen orsak att ens säga detta.

Mannen var Halpin Frayser. Han bodde i S:t Helena, men var han nu bor är okänt eftersom han är död. Den som sover i skogen utan någonting under sig förutom de torra löven och den fuktiga jorden, och inte har någonting över sig utom de grenar från vilka löven fallit och himlen från vilken jorden fallit, en sådan man kan inte hoppas på ett långt liv, och Frayser hade redan uppnått trettiotvå års ålder. Miljontals människor i denna värld, vilka otvivelaktigt hör till de bästa av människor, anser att detta är en mycket hög ålder. Dessa är barnen. För dem som står vid ankoms-

tens port och ser livets resa, verkar det skepp som redan tillrygga-
lagt en avsevärd sträcka befinna sig närmare den andra stranden.
Hur som helst är det högst osäkert om Halpin Frayser dog av köld
och utmattning.

Hela dagen hade han vandrat i bergen väster om Napa Valley
och letat efter duvor och annat småvilt som det var säsong för.
Sent om eftermiddagen mulnade det och han gick plötsligt vilse;
och även om han alltid annars bara behövde gå nedför bergen –
som alltid är vägen till säkerhet när man gått vilse – hade frånva-
ron av stigar hindrat honom och därför hade han överrumplats
av natten medan han fortfarande befann sig i skogen. Oförmögen
att i mörkret tränga igenom snåren av manzanita och annan un-
dervegetation, ytterligt förvirrad och förbi av trötthet, hade han
lagt sig ner vid rötterna av ett stort madronoträd och fallit i dröm-
lös sömn. Flera timmar senare, mitt i natten, kom en av Guds
mystiska budbärare, ledsagad av en oändlig hord av följeslagare
som svepte västerut med gryningen. Budbäraren yttrade orden i
örat på den sovande, som då väcktes och i samma stund satte sig
upp, utan att veta varför, och uttalade ett namn, han visste inte
vems.

Halpin Frayser var inte mycket till vare sig filosof eller veten-
skapsman. Därför väckte det inget större intresse hos honom att
undersöka varför han vaknat upp ur en djup sömn mitt i skogen
och högt uttalat ett namn han inte kunde minnas och knappt vis-
ste vem det tillhörde. Han tyckte att det var besynnerligt och hut-
trade till som om han ville skydda sig mot den för årstiden vanliga
nattkylan. Sedan lade han sig åter ner och somnade. Men hans
sömn var inte längre drömlös.

Han tyckte att han vandrade längs en dammig väg som verkade
vit i sommarnattens annalkande mörker. Vadan och varthän den
ledde och varför han vandrade längs den visste han inte, även om
allt verkade enkelt och naturligt så som det brukar vara i drömmar;
för i Landet Bortom Vilan upphör överraskningar att bekymra och
omdömet ligger i träda. Snart kom han till ett vägskäl; från huvud-
vägen ledde en väg som verkade ha varit övergiven en lång tid;
han tänkte att det kanske var för att den ledde till något ondske-

fullt; utan att tveka slog han ändå in på den, som om han drevs dit av tvång.

Medan han skyndade framåt upptäckte han att vägen hemsöktes av osynliga existenser som han inte kunde måla upp för sitt inre. Bland träden längs båda sidor uppfattade han svaga och osammanhängande viskningar på ett märkligt språk som han ändock delvis förstod. För honom verkade de vara fragmentariska yttranden från en ohygglig konspiration gentemot hans kropp och själ.

Det var nu långt efter mörkrets inbrott, men ändå var den oändliga skogen genom vilken han färdades upplyst av ett dunkelt ljus som saknade källa, för i dess mystiska sken kastades inte en enda skugga. I ett gammalt hjulspår fanns en grund pöl som från ett nyss fallet regn, och dess karmosinröda skimmer mötte hans öga. Han böjde sig ner och doppade handen i pölen. Den fläckade hans fingrar; det var blod! Därefter såg han blod överallt omkring sig. Ogräset som växte tätt vid vägkanten hade mörka fläckar och stänk på sina stora, kraftiga blad. Mellan hjulspåren fanns ställen med torrt vägdamm där små droppar hade bildat gropar som av ett rött regn. Stora blodröda fläckar fanns på trädstammarna, och blod droppade som dagg från deras lövverk.

Detta iakttog han med en fasa som knappast stämde överens med vad som kan förväntas i normala fall. Det verkade för honom som om allt detta syftade till att han skulle sona ett brott som han inte riktigt kunde minnas, även om han var medveten om sin skuld. Till farorna och mysterierna i hans omgivning lades nu skräck. Genom att i minnet följa sitt liv tillbaka försökte han förgäves återfinna tidpunkten för sin synd; scener och händelser strömmade kaotiskt upp i hans medvetande, den ena bilden utplånade den andra eller sammanblandades på ett förvirrande och dunkelt sätt, men ingenstans kunde han fånga en glimt av vad han sökte. Misslyckandet förstärkte hans fasa; han kände sig som en som i det fördolda mördat någon utan att veta vem det var eller varför det hade skett. Så skrämmande var situationen – och med en så outtalad och skrämmande hotfullhet lyste det mystiska skenet; de giftiga växterna, de så påtagligt dystra och olycksbådande trädens skepnader, som i hans ögon uppenbarligen sammansvurit sig mot hans sinnesfrid; ovanifrån och runtomkring hördes tydligt förnimbara och skrämmande viskningar och suckar från varelser som uppenbart inte tillhörde denna värld. Han kunde inte längre uthärda det, och som för att bryta någon olycksbringande förtrollning som tvingade honom till tystnad och overksamhet, skrek han med sina lungors fulla kraft! Hans röst tycktes splittras i ett oändligt antal obekanta ljud, och rösten hördes babbla och stamma ända bort till skogens rand. Sedan dog den ut, och allt var som förr. Men nu hade han börjat göra motstånd och kände sig stark. Han sade:

– Jag tänker inte ge vika utan att försvara mig. Det finns säkert makter längs denna fördömda väg som inte är ondskefulla. Jag ska överlämna en redogörelse och ett överklagande till dem. Jag ska berätta om mina orättvisor, de förföljelser jag utstår – jag, en hjälplös dödlig, en botfärdig syndare, en oskyldig poet! Halpin Frayser var varken oskyldig eller poet, utom i sina drömmar.

Han tog fram en liten fickalmanack i rött läder, där hälften var avsedda för minnesanteckningar, men upptäckte att han saknade penna. Han bröt av en kvist från en buske, doppade den i en blodpöl och började skyndsamt skriva. Knappt hade han vidrört papperet med kvistspetsen förrän ett lågt, rungande skratt bröt ut på oändligt långt avstånd, växte sig allt starkare och tycktes närma sig; ett själlöst, hjärtlöst och glädjelöst skratt, som lommens ensliga läte vid sjön runt midnatt; ett skratt som kulminerade i ett kusligt skri alldeles i närheten, och sedan långsamt och gradvist dog ut som om den avskyvärda varelsen som utstötte det hade dragit sig bortom världens rand, från vilken den kommit. Men mannen kände att så inte var fallet – att varelsen var i närheten och inte hade försvunnit.

En underlig känsla började sakta ta hans kropp och sinne i besittning. Han kunde inte säga vilket av hans sinnen som påverkades, om något av dem; han upplevde det snarare som en medvetenhet – en mystisk, inre visshet om närvaron av något överväldigande – någon övernaturlig ond kraft av annan art än de osynliga existenser som svärmade runt honom, och som var överlägsen dem i styrka. Han var övertygad om att denna kraft hade utstött det avskyvärda skrattet. Och nu tycktes den närma sig honom; från vilket håll visste han inte – vågade inte gissa. Alla tidigare rädslor hade glömts eller uppgått i den oerhörda fasa som nu förlamade honom. Utöver detta ägde han endast en tanke: att fullfölja sin vädjan till de välvilliga krafter som färdades i den hemsökta skogen, att de skulle rädda honom om han förvägrats dödens välsignelse. Han skrev med oerhörd frenesi och från kvisten mellan hans fingrar rann en ständig ström av blod, men mitt i en mening vägrade händerna lyda honom, armarna blev hängande och boken föll till marken, och utan att vare sig kunna röra sig eller ropa fann han sig stirra in i det tydligt tecknade ansiktet och de uttryckslösa, döda ögonen som tillhörde hans egen mor, där hon stod vit och tyst i sin liksvepning!

II.

I sin ungdom bodde Halpin Frayser med sina föräldrar i Nashville, Tennessee. Familjen Frayser var välbärgad och innehade en god position i detta samhälle som hade överlevt förödelsen i inbördeskriget. Deras barn hade de sociala och bildningsmässiga möjligheterna som stod till buds på den tiden och hade svarat på goda förbindelser och utbildning genom ett trevligt uppförande och kultiverat sinnelag. Eftersom Halpin var yngst och inte särskilt robust var han kanske en aning ”bortskämd”. Hans dubbla olägenhet var att ha en moders uppmärksamhet och en faders försummelse. Père Frayser var det som alla sydstatare med tillgångar är – politiker. Hans fosterland, eller snarare hans område och stat, gjorde anspråk på hans tid och uppmärksamhet så till den grad att de i hans familj, som han nödgades lyssna på, nästan överröstades av de politiska ledarnas tordön och larm, hans eget inräknat.

Den unge Halpin hade ett drömskt, makligt sinnelag och var mer hemfallen åt litteratur än åt juristbanan, det yrke som han uppfostrats till. Bland de av hans släktingar som bekände sig till den moderna arvsläran syntes det självklart att hans gammalmorfars – den avlidne Myron Bayne – karaktär på nytt hade sett månens ljus. Denna himlakropp hade Bayne under sin livstid påverkats tillräckligt av för att bli en poet av icke ringa egenart. Även om det inte var helt uppenbart var det ändå anmärkningsvärt att släkten visade en irrationell ovilja att uppmärksamma den andlige arvtagaren och på så sätt hedra den store avlidne. En Frayser som inte kunde stoltsera med att äga ett praktfullt exemplar av de fäderneärvda "poetiska verken" (tryckta på familjens bekostnad och sedan länge återtagna från en ogästvänlig marknad) var nämligen en sällsynt Fraser. Halpin betraktades mest som ett intellektuellt svart får som troligen i vilket ögonblick som helst skulle skämma ut flocken genom att börja bräka i versmått. Familjen Frayser från Tennessee var praktiska människor – inte i den allmänna betydelsen av att de strävade åt simpla mål, utan snarare i meningen att de hyste ett styvnackat förakt för alla egenskaper som inte lämpade sig för en man med politikerns sunda yrke.

Till unge Fraysers försvar bör dock nämnas att de flesta av hans själsliga och moraliska kännetecken ganska väl överensstämde med dem som historien och familjetraditionen tillskrev den berömde skalden, men att detta visserligen enbart gällde arvsrätten till gåvan och den gudomliga talangen som därav följde. Han hade för det första aldrig varit känd för att uppvakta musan, och i sanning skulle han ej heller ha kunnat skriva en enda versrad korrekt för att därigenom rädda sig från Förståsigpåarnas fördömande. Ändå visste ingen när den slumrande talangen skulle vakna och slå an lyrans strängar.

Under tiden var dock den unge mannen en tämligen slö figur. Mellan honom och hans mor rådde det allra största samförstånd, för i hemlighet var damen själv hängiven den store framlidne Myron Bayne, dock på det taktfulla sätt som hennes kön i allmänhet och med rätta beundras för (trots de ihärdiga smädare som insisterar på att det egentligen handlar om list). Hon hade alltid varit noga med att dölja sin svaghet inför allas blickar utom för de som delade den. Deras gemensamma skuld i detta stärkte ytterligare banden dem emellan. Även om Halpin som ung hade blivit "bortskämd" av sin mor hade han förvisso också själv gjort allt för att bli bortklemad. Allteftersom han blev större och nådde den mognad som man endast kan förvänta sig av en sydstatsbo som

struntar i utgången av de politiska valen, växte sig för varje år till-
givenheten allt starkare och varmare mellan honom och hans mor,
som han sedan tidig barndom hade kallat Katy. Hos dessa två ro-
mantiska naturer blottlades tydligt att det sexuella inslaget, detta
åsidosatta fenomen, har en absolut dominerande betydelse för alla
livets relationer, då det förstärker, uppmjukar och förskönar till
och med förhållandet mellan nära släktingar. De två var nästintill
oskiljaktiga och togs inte sällan för ett älskande par av de främ-
lingar som lade märke till deras sätt mot varandra.

En dag gick Halpin Frayser in i sin mors budoar, kysste henne
på pannan, lekte en stund med en lock från hennes mörka hår som
lossnat från hårnålarna, och sade med ett påtagligt försök att verka
lugn:

– Katy, skulle du ha mycket emot om jag blev bortkallad till
Kalifornien några veckor?

Det var inte nödvändigt för Katy att besvara frågan med sina
läppar när hennes kinder redan hade givit ett avslöjande, omedel-
bart svar. Uppenbarligen skulle hon ha mycket emot det; och hen-
nes stora mörka ögon fylldes av tårar som ytterligare en bekräftelse.

– Åh, min son, sade hon medan hon med oändlig ömhet vände
sig upp mot honom. Jag borde ha insett att detta skulle hända.
Jag som har legat vaken halva natten och gråtit över att morfar
Bayne under förnatten kom till mig i en dröm och ställde sig
bredvid sitt eget porträtt – lika lugn och stilig som på målningen –
och pekade på ditt porträtt på samma vägg. Och när jag tittade
tyckte jag mig inte kunna se dina anletsdrag; du hade porträtterats
med en ansiktsduk, en sådan som man lägger på de döda. Din far
har skrattat åt mig, men du och jag, min kära, vet att sådana saker
inte händer utan anledning. Och nedanför tygdukens kant såg jag
märken från händer på din hals – förlåt mig, men vi brukar aldrig
hemlighålla sådana saker för varandra. Kanske du har en annan
tolkning. Kanske betyder det att du inte borde åka till Kalifornien.
Eller kanske borde du låta mig följa med?

Det bör erkännas, med tanke på nyligen upptäckta bevis, att
denna skarpsinniga drömtydning inte helt övertygade sonens mer
logiska sinnelag; han var, åtminstone för tillfället, övertygad om

att tolkningen gömde en enklare och mer omedelbar, om än mindre tragisk, katastrof än ett besök på stillahavskusten. Halpin Fraysers uppfattning var att han i sina hemtrakter skulle komma att bli strypt.

– Finns det inga hälsobrunnar i Kalifornien? fortsatte mrs Frayser innan han hade tid att ge henne drömmens sanna tolkning; – Platser där man återhämtar sig från reumatism och nervvärk? Vet du – mina fingrar känns så stela, och jag är nästan säker på att de verkligen värkte medan jag sov.

Hon visade fram sina händer för inspektion. Den unge mannen ansåg att diagnosen var bäst att dölja med ett leende. Den är därför omöjlig att fastställa för berättaren, som dock känner sig nödgad att framhålla att någon medicinsk undersökning sällan har gjorts av fingrar som verkade så mjuka och visade färre tecken på ens en antydd smärta, än vad som var fallet hos denna uppriktiga patient som endast önskade få medicin mot främmande utsikter.

Resultatet blev att av dessa båda udda personer med samma udda föreställningar om pliktens natur, reste den ene till Kalifornien i enlighet med sin klients intressen medan den andra stannade kvar hemma på grund av sin makes önskemål, en önskan som maken dock själv knappast var medveten om.

En mörk natt i San Francisco vandrade Halpin Frayser längs stadens sjösida när han i all hast och till sin egen förvåning blev sjöman. Faktum var att han blev ”shanghaiad” ombord på ett ståtligt, verkligen ståtligt skepp som avseglade till fjärran land. Motgångarna slutade dock inte med denna resa, för skeppet spolades i land på en ö i Stilla havet, och sex år efteråt räddades de överlevande av en äventyrlig handelsskonare och fördes tillbaka till San Francisco.

Trots sin tomma plånbok var Frayser icke desto mindre lika stolt i anden som han hade varit under de år som tycktes ha utspelat sig för evigheter sedan. Han accepterade inte någon hjälp av främlingar, och det var medan han i väntan på nyheter och penningförsändelser hemifrån bodde med en annan överlevande nära staden S:t Helena, som han hade gått ut för att jaga och sedan börjat drömma.

III.

Uppenbarelsen som stod ansikte mot ansikte med drömmaren i den hemsökta skogen – den varelse som var så lik, och ändå så olik hans mor – var fasansfull! Den väckte varken kärlek eller längtan i hans hjärta; den kom utan några trevliga minnen av ett gyllene förflutet – väckte inga som helst känslor; alla djupare sinnesrörelser förkvävdes av rädsla. Han försökte vända sig om och springa bort från den, men hans ben var som bly; han var oförmögen att lyfta fötterna från marken. Armarna hängde hjälplösa längs hans sidor; endast ögonen behöll han kontrollen över, och dem vågade han inte flytta från de glanslösa ögongloberna hos uppenbarelsen, vilken han insåg inte var en själ som saknade kropp, utan den mest fasansfulla existensen som hemsökte den andebesatta skogen – en kropp utan själ! I dess tomma stela blick fanns varken kärlek eller medkänsla eller intelligens – ingenting som man kunde rikta en nådebön till. ”En vädjan ljuger inte”, tänkte han med en absurd återgång till sitt yrkesspråk, vilket dock gjorde situationen än mer skräckinjagande, på samma sätt som glöden från en cigarr kan lysa upp ett gravvalv.

En stund som var så lång att världen tycktes bli grå av ålder och synd förflöt. Den hemsökta skogens fasor verkade fullbordas genom dessa monstruösa, fasaväckande syner och ljud som nu sakta dog bort i hans medvetande. Varelsen stod inom stegavstånd och iakttog honom med ett vilddjurs själlösa ondska; sedan sträckte den fram sina händer och rusade mot honom med skrämmande våldsamhet! Handlingen befriade hans fysiska krafter utan att släppa banden om hans vilja; hans själ var fortfarande förhäxad men hans kraftfulla kropp och de snabba och lättrörliga lemmarna, som förlänats ett blint, medvetslöst liv i sig själva, gjorde starkt och gott motstånd. Under ett ögonblick tyckte han sig vara åskådare till denna onaturliga kamp mellan ett dött förstånd och en levande mekanism – sådana föreställningar finns i drömmar; sedan återfann han sig själv nästan som om han tagit ett språng tillbaka till sin kropp, och hans anspända mekaniska gestalt fick en riktad vilja lika vaken och våldsam som den ohyggliga motståndarens.

Men vilken dödlig kan mäta sig med en varelse i sina drömmar? Den fantasi som skapade fienden har redan besegrats; kampens resultat är dess orsak. Trots sin kamp – trots sina krafter och ansträngningar som tycktes meningslösa i ett tomrum, kände han de kalla fingrarna sluta sig kring sin hals. Återfödd till jorden såg han inom en handsbredds avstånd ovanför sig det döda och härjade ansiktet, och därefter blev allt svart. Ett ljud som liknade avlägsna trummors dunkande – ett sorl av myllrande röster, ett högt rop långt bortifrån som gav tecken till tystnad, och Halpin Frayser drömde att han var död.

IV.

En varm, klar natt hade följts av en morgon med fuktdrypande dimma. Ungefär mitt på eftermiddagen under dagen som följde hade ett stråk av lätt dis – en förtätning av atmosfären, en skugga av ett moln – siktats där det hopades vid Mount S:t Helenas västra sida, upp längs de karga höjderna nära toppen. Det var så tunt, så genomskinligt, så likt en synliggjord fantasi att man kunde ha sagt: "Se hit snabbt! Om ett ögonblick är det borta."

Med ens blev det skönjbart större och tätare. I ena kanten hängde det fast vid berget, och i den andra kanten nådde det längre och längre ut i luften ovanför de lägre sluttningarna. Samtidigt utvidgade det sig norr- och söderut, förenade sig med små stråk av dimma som tycktes leta sig ut från bergsidan på exakt samma nivå, som om det avsåg att uppslukas. Och så växte och växte det tills toppen doldes för insyn från dalen, och över själva dalen vilade ett ändlöst utsträckt takvalv, dunkelt och grått. Vid Calistoga, som ligger nära dalens spets och bergets fot, var natten stjärnlös och morgonen utan sol. Dimman som sjunkit ner i dalen hade nått söderut, uppslukat gård efter gård tills den dolde staden S:t Helena nio miles bort. Vägdammet hade lagt sig; träden dröp av fukt; fåglarna satt tysta i sina snår; morgonljuset var glåmigt och spöklikt utan vare sig färg eller glöd.

Två män lämnade S:t Helena i gryningens första ljus och vandrade norrut längs vägen, upp genom dalen mot Calistoga. De bar gevär på axlarna, och ändå kunde ingen som var bekant med sådana ha tagit dem för jägare på jakt efter fågel eller andra djur. Det var en vicesheriff från Napa och en detektiv från San Francisco – de hette Holker och Jaralson. Deras uppdrag gällde människojakt.

– Hur långt är det kvar? frågade Holker medan de stegade sig fram. Deras fötter rörde upp ett vitt damm på den fuktiga vägen.

– Till Vita Kyrkan? Bara en halv mile längre bort, svarade den andre. Förresten, tillade han, är den varken vit eller en kyrka; den är ett övergivet skolhus, grått av ålder och vanskötsel. En gång i tiden hölls där gudstjänster – när det var vitt, och där finns en kyrkogård som skulle glädja en poet. Kan du gissa varför jag bad dig komma hit beväpnad?

– Åh, jag brukar aldrig besvära dig med såna saker. Jag har alltid funnit dig meddelsam när det blivit dags. Men om jag vågar mig på en gissning, så kanske du vill att jag ska hjälpa dig arrestera ett av liken på kyrkogården.

– Minns du Branscom? sade Jaralson medan han behandlade sin följeslagares kvickhet med den ouppmärksamhet som den förtjänade.

– Karln som skar av sin frus hals? Det gör jag sannerligen; jag kastade bort en veckas arbete på honom och fick göra utlägg för min möda. Det finns en belöning på fem hundra dollar men ingen av oss fick nånsin syn på honom. Du menar inte att...

– Jo, det gör jag. Han har ständigt gäckat våra kollegor. Han kommer nattetid till den gamla kyrkogården vid Vita kyrkan.

– Den djäveln! Det var ju där han begravde sin fru.

– Ja, dina grabbar kunde ha haft förstånd nog att misstänka att han skulle återvända till hennes grav.

– Det är det absolut sista stället man skulle förvänta sig att han återvände till.

– Men du hade sökt på alla andra ställen. När jag hade dragit lärdom av ditt misslyckande, lade jag mig i bakhåll där istället.

– Hittade du honom där då?

– I helvete! Han hittade *mig*. Den typen slog ner mig – överraskade mig ordentligt och gav mig en rejäl resa. Det är en Guds nåd att han inte gjorde slut på mig. Åh, han är allt en fin typ, och jag kan föreställa mig att hälften av den där belöningen vore tillräcklig för mig om du behövde pengar.

Holker skrattade godmodigt och förklarade att hans fordringsägare aldrig mer skulle vara efterhängsna.

– Jag ville helt enkelt visa dig platsen och göra upp en plan med dig, förklarade detektiven. Jag tänkte att det vore bäst för oss att vara beväpnade även i dagsljus.

– Mannen måste vara galen, sade vicesheriffen. Belöningen gäller för hans gripande och fällande dom. Om han är tokig kommer han inte att bli förklarad skyldig.

Mr Holker tog så djupt intryck av rättvisans möjliga misslyckande att han ofrivilligt stannade upp mitt på vägen, och fortsatte sedan sin promenad med dämpad entusiasm.

– Nåja, han ser ut att vara det, instämde Jaralson. Jag är benägen att erkänna att jag aldrig sett en mer orakad, oklippt och vaddet-nu-kan-vara usling utanför luffarnas urgamla och hederliga skara. Men jag har gått in för honom och kan inte tänka mig att släppa taget. Hur som helst ligger det en ära i det för oss. Ingen annan levande själ känner till att han finns på denna sidan av Månbergen.

– Okej, sade Holker. Vi kan väl gå och titta på platsen. Och så tillade han, med ordalydelsen hos den en gång populära inskriptionen på gravstenar: – "Där du en kort tid måste vila" – jag menar att om gamle Branscom någon gång tröttnar på dig och din närgångna påflugenhet. Förresten så hörde jag häromdan att "Branscom" inte var hans riktiga namn.

– Vilket är det då?

– Jag minns inte. Jag hade tappat allt intresse för kräket och det fastnade inte i minnet – det var nåt i stil med Pardee. Kvinnan som han hade den dåliga smaken att skära halsen av, var änka när han träffade henne. Hon hade rest till Kalifornien för att leta upp några släktingar – vissa gör så ibland. Men allt det där vet du redan.

– Självklart.

– Men vilken lycklig ingivelse fick dig att hitta den rätta graven om du nu inte vet hans riktiga namn? Mannen som berättade namnet för mig sa att det hade ristats in vid huvudändan.

– Jag känner inte till den rätta graven. Jaralson var uppenbarligen en smula ovillig att erkänna sin okunnighet om denna så viktiga detalj i planen. Jag har hållit utkik här runtomkring. En del av vårt arbete den här morgonen blir att identifiera graven. Här ligger Vita Kyrkan.

Längs en lång sträcka hade vägen kantats av ängar på båda sidor, men nu kom på vänster sida en skog med ekar, madronoträd och gigantiska granar som man bara kunde se nederdelarna av där de stod mörka och spöklika i dimman. Undervegetationen var på sina ställen tjock men ingenstans ogenomtränglig. Under en kort stund såg Holker ingenting av byggnaden, men allteftersom de trängde in i skogen uppenbarade den sig som en grå silhuett genom dimman och verkade ofantligt stor och avlägsen. Bara några få steg till befann den sig inom en armslängds avstånd, tydligt skönjbar, mörk av fukt och av oansenlig storlek. Den hade landsortsskolornas vanliga utseende – kunde räknas till arkitekturens packlådetyp, hade en underbyggnad av sten, ett mossbelupet tak och tomma fönsteröppningar varifrån både glas och ramar sedan länge hade försvunnit. Den var förfallen, men var inte en ruin – det man hittar i Kalifornien istället för "det förflutnas monument", som det kallas i utländska guideböcker. Med en flyktig blick på denna ointressanta byggnad fortsatte Jaralson vidare in i den drypande undervegetationen på andra sidan.

– Jag ska visa dig var han fick tag på mig, sade han. Detta är kyrkogården.

Här och var bland buskarna fanns små inhägnade områden som innehöll gravar, ibland inte fler än en. De kunde igenkännas som gravar genom de missfärgade stenarna eller ruttnande brädorna vid gravarnas kortändor, som antingen lutade åt alla håll eller var kullvräkta; och även genom de förfallna häckarna som inhängnade dem; eller mer sällan, genom själva gravkullarna vars grus kunde skönjas mellan de nedfallna löven. Förutom fördjupningen i jorden som var större än tomrummet i de sörjandes själar, fanns det inte många spår efter de stackars dödliga som vilade här – de som hade efterlämnat "en stor krets av sörjande vänner" och i sin tur hade övergivits av dem. Stigarna, om nu några stigar hade funnits där, var sedan länge utplånade; träd av avsevärd storlek hade vuxit upp ur gravarna och hade tillåtits tränga undan de inhägnande staketen med sina rötter och grenar. Över allting vilade en atmosfär av övergivenhet och förfall som inte är mer passande och talande någon annanstans än i en by för de glömda döda.

Medan de båda männen med Jaralson i spetsen trängde fram genom ungskogen stannade plötsligt den företagsamme mannen och lyfte sin hagelbössa till brösthöjd, yttrade en tyst varning och stod så orörlig medan hans ögon riktades mot något framför sig. Hans följeslagare hindrades av snårskogen och såg inte något, men så gott han kunde imiterade han kroppshållningen och stod stilla, beredd på vad som kunde följa. Strax därefter flyttade sig Jaralson försiktigt framåt medan den andre följde efter.

Under några stora grangrenar låg den döda kroppen av en man. De ställde sig tysta och noterade sådana detaljer som först drog uppmärksamheten till sig – ansiktet, kroppsställningen, klädseln; allt som kunde ge ett omedelbart och tydligt svar på den outtalade frågan som nyfikenheten väckte.

Liket låg på rygg med benen brett isär. Ena armen hade tvingats uppåt, den andra utåt; men den senare hade böjts kraftigt med handen nära halsen. Båda händerna var hårt knutna. Hela kroppsställningen föreföll visa tecken på ett desperat men lönlöst motstånd mot – vad?

Strax intill låg en hagelbössa och en jaktväska genom vars maskor man kunde se fjädrar från skjutna fåglar. Runt omkring fanns vittnesbörd om en våldsam kamp; små skott av giftek hade blivit böjda och berövats löv och bark; på båda sidor om benen låg döda, ruttnande löv i högar och drivor som inte kunde ha orsakats av den mördade; vid höfterna fanns tydliga avtryck av en människas knän.

Slagsmålets art klargjordes vid en hastig blick på den döde mannens hals och ansikte. Dessa var purpurröda – nästan svarta – medan bröstet och händerna var vita. Axlarna låg på en liten jordkulle och huvudet var böjt bakåt i en vinkel som annars vore omöjlig, med de öppna ögonen tomt stirrande bakåt i en riktning motsatt fötternas. Genom fradgan som fyllde den gapande munnen stack tungan fram, svart och uppsvullen. Halsen visade fruktansvärda krossår; inte bara fingeravtryck, utan blånader och rivsår som åsamkats av starka händer som måste ha begravts i det mjuka köttet och kvarhållit greppet långt efter döden. Bringan, halsen och ansiktet var våta; kläderna var genomblöta; vattendroppar som kondenserats av dimman beströdde håret och mustaschen.

Allt detta uppfattade de två männen under tystnad – och i det närmaste bara i ett ögonkast.

Sedan sade Holker:

– Stackars sate! Han fick en hårdhänt behandling.

Jaralson granskade vaksamt skogen med det osäkrade hagelgeväret i händerna och fingret på avtryckaren.

– En galnings verk, sade han utan att vända blicken från skogen runtomkring. Den som gjorde det var Branscom-Pardee.

Holkers uppmärksamhet fångades av något som till hälften var gömt under den tillstökade lövhögen på marken. Det var en anteckningsbok med röda pärmar. Han tog upp den och öppnade den. Den innehöll vita pappersblad för minnesanteckningar, och på det första bladet stod namnet ”Halpin Frayser”. Skrivna i rött på flera av de följande bladen – nedklottrade som i hast och knappt läsliga – stod följande rader som Holker läste högt medan hans följeslagare fortsatte att granska de dunkla gränserna i deras snäva omvärld samtidigt som droppandet från de nedtyngda grenarna ingav onda aningar:

Märkligt fångad av en mystisk trollformel stod jag
I det skimrande dunklet av en hemsökt skog.
Cypresser och myrten lindade sina grenar,
Och tog varandra i ett olycksbringande grepp.

Den hängande tårpilen viskade till idegranen;
Nedanför växte belladonna och vildvin i rader,
Bredvid evighetsblommor märkligt sammanvävda
Med dystra skepnader och fasaväckande nässelväxter.

Varken fågelsång eller surr av bin i vinden,
eller ett ensamt löv som lyftes av den friska brisen:
Luften var helt stilla, och Tystnaden var
Ett levande väsen som i himlen andades.

Sammansvuren andekör, i dunklet knappt hörd,
viskade stilla om dödens hemligheter.
Träden stod och droppade av blod;
Löven sken i häxljuset med rödaktig glöd.

Jag skrek högt! – förbannelsen, ännu obruten,
Vilade oförtruten på min ande och min vilja.
Utan själ, utan hjärta, tröstlös och förtvivlad,
Stred jag med ohyggliga, ondskefulla omen!

Slutligen, de osynliga –

Holker tystnade; det fanns inget mer att läsa. Handskriften upp-
hörde mitt i en rad.

– Det där låter som Bayne, sade Jaralson, som var beläst på sitt
eget vis. Han hade slutat att spana och stod och tittade ner på li-
ket.

– Vem är Bayne? frågade Holker tämligen ointresserat.

– Myron Bayne, en karl som levde och verkade under nationens
tidiga år – för mer än ett århundrade sen. Skrev väldigt tungsinta
saker; jag har hans samlade verk. Den där dikten finns inte bland
dem, men den måste ha utelämnats av misstag.

– Det är kallt, sade Holker. Låt oss lämna det här stället; vi
måste få hit likbesiktaren från Napa.

Jaralson sade inget men samtyckte med en åtbörd. Medan de
gick förbi den lilla jordhögen varpå den döde mannens huvud och
skuldror låg, stötte hans fot emot något hårt under de ruttnande
skogslöven, och han gjorde sig omaket att sparka fram det. Det
var en nedfallen gravsten i trä och på den var målat de knappt tyd-
bara orden "Catherine Larue".

– Larue, Larue! ropade Holker med plötsligt intresse. Men det

är ju Branscoms riktiga namn – inte Pardee. Och – herregud! Nu
kommer jag ihåg – den mördade kvinnans namn var Frayser!

– Här ligger en hund begraven, sade detektiv Jaralson. Jag av-
skyr allt sånt där.

Ur dimman – till synes från långt avstånd – kom ljudet av ett
skratt, ett lågt, behärskat, själlöst skratt som inte hade mer av
glädje i sig än det från hyenan, då den stryker omkring i öken-
natten efter byte; ett skratt som sakta växte sig högre, starkare och
starkare, klarare, tydligare och allt mer fruktansvärt, tills det ver-
kade befinna sig precis utanför deras snäva synkrets; ett skratt som
var så onaturligt, så omänskligt, så djävulskt att det fyllde de här-
dade människojägarna med en outsäglig skräck! De varken rörde
sina vapen eller ens tänkte på dem; hotet från det skräckinjagande
ljudet var inte av det slag som kan bemötas med vapen. Liksom
det hade vuxit fram ur tystnaden, dog det nu bort; när tjutet nått
sin kulmen och tycktes skrika rakt in i deras öron, drog det sig till-
baka i fjärran ända tills de utdöende tonerna – in i det sista glädje-
lösa och mekaniska – tystnade i ett avsked utan slut.

The Death of Halpin Frayser
Övers. Maria Hansson

Ola Hansson

Från de döda

Min gamle studiekamrat ingenjören Anton Berg hade kommit till trakten i avvägningsärenden, och en höstdag tog jag över till honom. Brasan flammade, toddyvattnet stod rykande på bordet, det kändes helt hemtrevligt att sitta så där torrskodd inomhus, medan höstregnet strömmade ned därute, och vi var snart inne i en passiar om gammalt och nytt.

Blåsten höll ett Herrans oväder kring huset. Den kom sättande som ett tungfotat odjur ute från slätten, törnade våldsamt mot husets bredsida och smög sig jämrande bakom knuten, som om den gjort sig illa vid stöten.

Plötsligt for dörren upp nere i förstugan. Min vän reste sig för att gå ner och stänga, då jag såg honom med ens tvärstanna. I samma ögonblick hörde jag någon gå uppför trappan, mycket tungt och mycket långsamt. Vi såg förvånade på varandra: det var helt sent på kvällen, och ingenjören väntade icke besök, så mycket mindre som han icke hade något umgänge på orten. Emellertid närmade sig stegen, och vi hörde båda, hur en fot trampade hårt i loftet, som om den stigit miste, samt hur den trevade sig fram i mörkret.

Vi väntade, att det skulle knacka på dörren eller taga i vredet och att någon skulle inträda.

Men plötsligt blev det tyst därute. Det gick en minut, det gick två som jag tror, men ingenting hördes av. Slutligen miste min vän tålamodet.

– Hörde du inte? sporde han mig.

– Jo visst, svarade jag.

Då öppnade han dörren och ropade ut:

– Är det någon där?

Intet svar. Han upprepade sin fråga, men förgäves. Han kom tillbaka in och tände ljuset, och vi gick bägge två ut på vinden för att se efter, om där funnes någon eller vad det kunde vara som vi hört. Vindsplatsen var skrymmande full med gammalt bråte och vi undersökte omsorgsfullt varenda vinkel och vrå – där fanns icke ett levande väsen.

– Men vad i all världen var det? utbrast jag helt underlig till mods, då vi kommit tillbaka in.

– Varsel, svarade min vän. Hans röst lät så allvarsam, att jag ofrivilligt betraktade honom. Han såg blek och upprörd ut.

– Tror du på spöken? log jag.

– Ja, det gör jag, svarade han lugnt och bestämt. Av den enkla grunden, att jag ej kan förneka fakta. Jag måste tro mina egna sinnens vittnesbörd. För övrigt, vad är det för besynnerligt i att tro på, vad man kallar spöken? Det är ju endast ett namn för allt det myckna, som man ännu ej lyckats förklara på naturligt sätt – ett gammalt dumt namn, som råkat i misskredit. Jag är fullkomligt övertygad om, att här finns fenomen, som skrämmer oss blott därför, att vi icke kan tyda dem, icke kan känna oss som herrar över dem. De mästrar oss; vi står inför dem underlägsna, oförstående, såsom vildar eller barn. Vilden och barnet är rädda för tusen saker, vilka *vi* känner oss fullt hemmastadda med; det är *deras* spöken.

– Talar du verkligen av egen erfarenhet? sporde jag förundrad.

Min vän nickade bekräftande.

– Min familj är hallucinatorisk, sade han, och själv har jag haft fall av clairvoyance, högst egendomliga fall, som icke lämnar rum för någon som helst möjlighet av bedrägeri eller villa; kort sagt fakta, vid vilkas förklaring de ännu kända naturlagarna ej räcker till.

– Vill du höra ett av dem? tillade han plötsligt.

Jag samtyckte med nöje. Min vän lagade sig en ny toddy, tände en ny cigarr samt berättade följande:

* * * *

För ett par tre år sedan erhöll jag förordnande som brännvinskontrollör vid ett stort bränneri i Kristianstadstrakten. Just en dag som denna gav jag mig åstad från Kristianstad på vagn, för att tillträda min befattning. Där var ett rätt drygt stycke väg; eftermiddagen gick och kvällen kom. Jag var alldeles genomvåt, då skjutspojken äntligen ropade till mig, att vi var framme. Vi vek av in under en allé, där det var så mörkt, att jag inte kunde se handen framför mig, och när vi åter kommit ut ur denna och vagnen höll, skymtade jag dunkelt en stor byggnad mitt ibland en mängd mindre. Det var icke som värst sent, men det fanns ej ljus i ett enda fönster. Jag sprang av vagnen och bultade på dörren, men fick intet svar. Jag ryckte i den, och en hundracka började skälla med gäll diskant någonstädes inne i huset, medan ett mångstämmigt svar i bas ljöd nere från gårdsplanen; men huset var lika tomt och mörkt som förr. Jag stod villrådig om, hur jag skulle bete mig för att slippa in, då skjutspojken omsider pekade med sin piska ned mot en av de mindre byggnaderna och jag upptäckte, att det lyste genom en dörrspringa.

Jag skyndade i riktning av skenet och fann en av de gammaldags, på tvären tudelade dörrarna. När jag stötte upp ovandelen, såg jag fyra manspersoner sitta kring den nerfällda klaffen på en pulpet, drickande brännvin och spelande kort. I en fällbänk låg en pojke och sov med vidöppen mun. Det var synbarligen gårdens tjänstfolk.

Jag nämnde mitt namn och mitt ärende. Man fick en av pigorna väckt, vilken anvisade mig mitt rum. Varför värdfolket ej lät höra av sig, om därför att de ej var hemma eller därför att de redan gått till sängs, kunde jag ej få besked om av flickan, ej heller kunde jag komma på det klara med, om hon avsiktligt svarade undvikande eller av dumhet eller sömnighet. Spörsmålet kvällsmat lämnades helt och hållet oberört från hennes sida; och då jag nu icke visste, huruvida hon måhända ej hade en eller annan instruktion av sitt herrskap, lät jag udda vara jämnt och lät henne gå och tog Gud i hågen med beslutet att sova på fastande mage.

Jag var redan till hälften avklädd, då jag hörde ett ljud nedanför mitt fönster, som kom mig att lyssna. Det hördes, som om någon gick i uppblött jord, fram och tillbaka, oavlåtligt. Fotstegen närmade sig, avlägsnade sig, närmade sig igen. Jag drog upp rullgardinen, och en ljusstrimma föll ut i mörkret, över några träd och en trädgårdsgång. Själv ställde jag mig bakom gardinen, så att jag kunde se utan att ses.

Med ens hörde jag stegen stanna, därpå fortsätta igen sitt monotona plaskande i den uppblötta jorden. Plötsligt såg jag inunder mig, mitt i ljusskenet, ett mänskligt ansikte, vänt upp emot mig. Det var gulvitt som likfärgen, och över dess drag låg ett uttryck, vilket kom mig att rysa, som om jag hört en människokropp krossas sönder och samman under ett stenblock. Det räckte ej mer än ett ögonblick, förrän synen redan var borta igen; men jag stod länge därefter som fastnaglad på min plats bakom gardinen.

Just som jag följande morgon kom ned på gården, steg en medelålders man utför trappan på huvudlängan. Då han fick syn på mig, gick han genast emot mig och föreställde sig som bränneriägaren, brukspatron Lundholm. Det var en lång, mager, mörk man. Han förde mig omkring i bränneriet, och jag tog allt i skärskådan; därpå följdes vi åt in till frukost.

Hans hustru kom in, men deltog ej i måltiden. Det var ett litet oansenligt fruntimmer med ett ansikte, som påminde om en tillplattad degmassa. Det enda levande i detta ansikte var ögonen, två små runda stickande ögon, som låg inbäddade under pösiga hudvalkar.

Frukosten intogs under tystnad. Jag ansträngde mig för att åstadkomma ett samtal, men försöket misslyckades; det kom aldrig längre än till enstaka repliker. Brukspatronen höjde ej en enda gång ögonen från sin tallrik, och frun kände jag hela tiden bakom min rygg. Jag kunde inte begripa, varför hon precis skulle hålla sig bakom mig; hon tassade ljudlöst fram och tillbaka, och mina nerver irriterdes därav. Min värd hade snart avslutat sin måltid, men själv hade jag en glupande aptit och gjorde mig ej så brått. Först började brukspatronen kasta skygga blickar än på min tallrik än runt ikring på assietterna; sedan märkte jag, hur han vred sig av och an på stolen, som om han hade något angeläget att uträtta och snarast möjligt ville ha slut på ätandet. Till sist blev det hela mig outhärdligt, jag förlorade matlusten, och vi bröt upp.

Matsalen låg till vänster i förstugan, till höger brukspatronens kontor. På vägen dit kom jag att kasta en blick in i salongen, som befann sig mitt emot ingången från trappan till vilken ena dörren stod öppen. Det frapperade mig, att alla rummen tycktes inredda i alldeles samma stil. Hela huset var uniformerat. Det stod omkring mig en enda skrikande ton av ljust. Tapeterna var i ljusa mönster, möblerna polerade i ljust, gardinerna vita; allestädes på stolar, bord och soffor trängdes vita dukar, vita antimakassar, och all denna skärande vita härlighet tycktes färga från sig på dagern, vilken fritt strömmade in genom de höga fönsterna, så att det formligen gjorde ont i ögonen. Inredningen gjorde på mig alldeles samma intryck som värdinnans fysionomi med det svullna ansiktet och de små stickande ögonen; den var platt, uttryckslös, färglös, livlös liksom de.

Förmiddagen gick med sysslan, och det blev matdags, och jag satt åter mitt inne i den vita ödemarken. Själva middagsbordet var också en vit ödemark, i vars mitt en vattenkaraffin lyste, som surrogatet för en oas. Fru Lundholm satt nu med till bords. När jag fått i mig första skeden soppa, hade mitt värdfolk redan slutat, och när jag nätt och jämnt hunnit svälja en kall köttbit, fann jag i värdinnans ansikte präntat med stora bokstäver, att det väckte hennes stora förundran och ännu större ogillande, att jag ännu ej var färdig. Brukspatronen röjde samma nervösa otålighet som förut vid frukosten.

Allt detta var just icke av beskaffenhet att sätta mig i gott humör, men det gav sysselsättning åt mina tankar, då jag på eftermiddagen låg ensam på min soffa och hade tråkigt. Vad var det för människor jag råkat ibland? Jag kunde inte annat än misstänka, att de i förväg åt sig mätta, för att tvinga mig att expediera maten i största möjliga fart. Det var alltså av snålhet? Jag beslöt anställa experiment för att komma på det klara med ställningen.

Scenen från min första middag hos herrskapet Lundholm upprepades dagen därpå till punkt och pricka. Frun hade ställt köttfatet bortom sin tallrik, som om hon ville skydda dess härligheter mot min glupskhet, liksom hönan sina kycklingar. Jag hade förtärt en portion och röjde så markerat jag kunde, att jag väntade bli bjuden än en gång. Jag såg på frun, att hon mycket väl förstod, att jag satt och väntade därpå; men hon rörde ej en min, ej en muskel. Jag sade då själv ifrån. Hennes små ögon satt i mig som ett par nålspetsar, och med en gest av otålighet och förnärmelse, vilken hon ej ens gjorde sig besvär med att dölja, räckte hon mig fatet.

Tredje dagen samma angenäma bordsskick. Denna gång passade frun på och grep om ringklockan för att beordra in kötträtten, just som jag tömde min tallrik soppa. Förbittrad tog jag en ny portion.

– Åh, förlåt mig, sade hon giftigt, medan hennes nålögon stack mig; jag trodde herr Berg inte önskade mera soppa.

Min kontrollörsbefattning skulle räcka en rundlig tid, och det framtidsperspektiv, som upprullade inför mig, gjorde mig beklämd om hjärtat. Jag satt på mitt rum hela eftermiddagen och rådgjorde med mig själv, hur jag skulle kunna slippa från denna odrägliga inackordering. Bränneriägaren hade att utbetala till mig en viss summa i dagtraktamente, och det hade naturligtvis legat i hans intresse att förmå mig till att inackordera mig hos honom själv, alldenstund ju därigenom min kontanta avlöning blev betydligt mindre, utan att hans utlägg nämnvärt förstorades. Jag var nu fast besluten att genomdriva min förflyttning annorstädes hän, både vad angick mat och bostad. Ty även denna senare var av nittionionde rangen. Den utgjordes av ett superlativt litet vindsrum på gaveln av en bland de otaliga småbyggnader, vilka låg utströdda kring corpsdelogiet, Gud vet till vilka ändamål. Väggarna dröp av fukt, tapeterna hängde i trasor, golvet var halvmurket. Inunder var ett slags tvätthus. Utanför fönstret hade jag en flik trädgård samt bakom denna ett mellanting mellan park och vildskog.

Jag låg på pinnsoffan i grubblerier över, hur jag skulle kunna framföra min önskan om förflyttning och vilka skäl jag skulle förebära. Att brukspatronen genast skulle inse den verkliga orsaken till min missbelåtenhet, var ju klart; jag ville endast finna den minst stötande formen.

Det höll redan på att skymma, då dörren gick upp och brukspatronen inträdde. Jag anvisade honom plats i pinnsoffan och tog för min del den enda stol, som rummet bestod mig med. Han satte sig ned; hans ögon irrade omkring på armodet och förödelsen, och han såg en smula förlägen ut. Synbarligen fann han, att lägenheten var *för* tarvlig.

– Det är just ingen lyx, jag kan bjuda ingenjören på, sade han med ett försök till leende, som dock endast blev en grimas.

Jag vet ej, vad det var för resolut ande, som plötsligt for i mig; men jag svarade i den lättaste och naturligaste ton jag kunde:

– Gör ingenting. Förmodligen kommer jag inte att stanna kvar här så värst länge.

Han lyfte på huvudet, och hans blick gled skyggt över mitt ansikte, tills den fäste sig vid en punkt bortom det.

– Tänkte inte ingenjören bo hos mig hela tiden? sporde han bekymrat.

– Nej, jag hade ämnat slå mig ner inne i byn; där lär jag kunna få det ganska billigt, och så har jag en smula mer människor omkring mig. Jag skall nämligen säga brukspatronen, att jag inte alls kan med ensamheten.

Han reste sig upp, gick ett par slag av och an på sitt vanliga nervösa sätt och bytte om samtalsämne. Han skulle gå på besök hos sin granne, sade han, och han hade egentligen kommit till mig för att fråga, om inte jag vore hågad följa med. Jag förklarade mig villig därtill, och vi gav oss åstad.

Det var lidet ganska långt fram på kvällen, då vi återvände hem. Natten var mörk, och en tät höstdimma gjorde mörkret ogenomträngligt. Det var alldeles lugnt, så att dropparnas plaskande från träden hördes underligt starkt. Vägen var sörjig av det myckna regnandet, och vi måste gå helt försiktigt längs dikeskanten, den ene bakefter den andre.

Vi hade väl hunnit halvvägs mot Krågeryd – gårdens namn – då plötsligt ett grovt hundskall hördes alldeles invid oss inne i mörkret. Brukspatronen, som gick före, hade tvärstannat med ett ryck, så att jag törnade mot honom. Jag kunde ej förstå, varför han blev så skrämd av ett hundskall, och skulle just fråga honom därom, då en vagn vek om skogshörnet, där vägen krökte. Den körde i rask fart förbi oss, och vid sidan sprang en stor gul hund med hängande tunga. Vagnslyktorna var tända, och skenet föll rakt på min följeslagares ansikte, som han vänt emot mig.

Jag blev nästan rädd, då jag såg dess färg och uttryck – det var samma ansikte, som jag sett den kväll, jag anlände till gården.

Dagarna gick. Brukspatronen hade uppenbarligen underrättat sin hustru om mitt missnöje; man tog ej längre undan maten mitt för min näsa, just som jag sträckte mig efter den, och den gamla pinnsoffan hade blivit utbytt mot en annan av nyare och tidsenligare konstruktion. Men jag vantrivdes ändå. Jag kände mig jämt olustig till mods. Där vilade över denna gård och dess invånare en underlig stämning, någonting hälften tryckt, hälften nervöst. Jag förnam den helt instinktivt, oupplöst, ungefär som förändringen i atmosfären före åska.

Jag hade kommit under fund med, att brukspatronen gjorde nattliga promenader. Det hade varit mig påfallande, ända ifrån min ankomst, att han aldrig kunde vara stilla. En evig oro hade makt med honom; den drev honom upp från en stol, när han väl satt sig på den. Han kunde knappast hålla ut under måltiderna. Jämt och ständigt strök han ikring bland de många småhusen, gick och kom, utan synbart mål. Och en natt, när jag vaknade, hörde jag någon gå på trädgårdsgången nedanför mitt fönster. Jag visste, att det var han. Jag strök en tändsticka: klockan var 1/2 2.

En kväll omkring två veckor efter min ankomst till Krågeryd låg jag på soffan i mitt rum, rökte min pipa och tänkte på ingenting. Jag hade läst i en bok, men denna hade jag lagt ifrån mig på bordet. Det sjöng inne i lampan; jag försjönk i vakna drömmerier. Jag vet ej, hur länge jag legat så – plötsligt hörde jag någon gå i trappan. Jag antog, att det var pigan, som kom för att bädda. Det tog i dörrvredet, dörren gick upp, och in i rummet trädde, ej uppasserskan såsom jag väntat, utan en annan ung flicka, och hon ledde efter sig i en järnlänk en stor gul långhårig hund, vilken hade fått utseendet av ett lejon i miniatyr, därigenom att man avklippt håret å bakdelen av kroppen, medan man låtit det växa fritt å främre halvan. Flickans ansikte kunde jag ej få syn på, ty just som hon steg in över tröskeln, hade där kommit – jag kan ännu i denna stund icke begripa hur eller varifrån – ett underligt starkt ljussken i rummet, som bländade mig. Däremot lade jag märke till, att hon bar ett stort ärr på högra sidan av halsen.

Hon gick runt omkring rummet, och hunden följde bakefter henne. En gång närmade hunden sig soffan, där jag låg, och kom mig så nära, att jag kände hans andedräkt över mitt ansikte, men då ryckte flickan hastigt i länken och ropade: – Gå ej för nära!

Emellertid hade det sällsamma paret gått rummet runt. Hela tiden hade den unga flickan – jag har aldrig sedermera kunnat förklara för mig på vad sätt – intagit sådana ställningar, att jag ej kommit åt att se hennes ansikte. Då de hunnit dörren igen och synbarligen ämnade gå sin väg, föresatte jag mig att åtminstone i sista ögonblicket taga reda på, hur hon såg ut. Med det var förgäves: just som hon öppnade dörren, kom åter i rummet samma oförklarliga bländande ljussken, vilken beledsagat hennes inträde; och innan jag hunnit tänka mig om eller vänja mitt öga vid den vassa dagern, var dörren stängd samt både flickan och hunden borta.

Jag störtade upp från soffan. Hade jag drömt? Jag såg efter i min pipa: där fanns eld ännu. Detta bevisade ju emellertid ingenting, alldenstund ju en skenbart långvarig och händelserik dröm kan hinna utveckla sig på ett fåtal sekunder.

Jag öppnade dörren: det var tyst, mörkt, tomt, som om ingen levande varelse varit där. Jag mindes varje den minsta detalj klart och distinkt, och likväl stod tilldragelsen såsom helhet inför mig liksom inhöljd i en dimma; det föreföll mig, som om jag sett den någonstans långt borta. Varför hade jag icke tilltalat flickan? Jag har efteråt mångfaldiga gånger försökt utreda det ögonblick, då jag störtade upp från soffan, om jag till äventyrs i detta skulle kunna upptäcka ett eller annat, som vore kännetecknande för uppvaknandet; men jag har aldrig lyckats. Jag har med den mest minutiösa samvetsgrannhet rekonstruerat upp för mig hela förloppet, men jag har därigenom ingenting fått veta om, huruvida jag såg synen vaken eller i en dröm.

När jag morgonen därpå stod och uppmätte brännvinet, sporde jag det därvid biträdande vittnet:

– Säg mig, Nilsson, finns här på gården en stor gul hund, med
håret avklippt på bakdelen av kroppen?

Den gamle mannen såg en smula eftertänksam ut.

– Nej, svarade han dröjande.

– Är Nilsson alldeles säker på det?

Jo, det var han alldeles säker på.

– Men, tillade han, för tjugu år se'n fanns här en sådan hund på
gården.

– Såå – för tjugu år se'n – – –?

– Ja, så där vid pass. Något mer eller något mindre, det kan jag
just inte så noga säga. Ser ingenjören, när man blir gammal, så
börjar minnet bli skralt.

– Men varför minns då Nilsson särskilt den där hunden? Här
har väl funnits otaliga hundar se'n dess, och Nilsson minns väl inte
dem allesammans?

– Nej, men ser herrn, med den hunden var det nu nånting all-
deles särskilt.

– Såå – det var nånting särskilt med den. Vad då?

– Jo-o – det var en ilsken rackare, och det fanns ingen på hela
gården av tjänstefolket, som vågade komma den när, utom en
enda.

– Nå, vem var det då?

– Det var en av pigorna.

Det formligen klack till i mig vid dessa ord.

– Var det en stor blond flicka med ett djupt ärr på högra sidan
av halsen? sporde jag.

Nilsson tittade på mig, handfallen av pur förvåning.

– Kände ingenjören henne?

Jag fann skäligt att låta udda vara jämnt.

– Säg mig, Nilsson, hur var det egentligen med den där flickan?
frågade jag och blinkade förtroligt med ögonen, för att inge den
gamle mannen den föreställningen, att jag icke var så alldeles oin-
vigd i mysteriet. Ty att här förelåg ett mysterium, hade jag numera
klart för mig; det kunde jag se, om icke på annat, så på den gamle
mannens min.

– Ja, sade han mycket tveksamt, ingenjören vet ju, att hon gick med barn?

– Jag tror visst, att jag hört glunkas om något sådant – – –

– Ja, och så en vacker dag försvann hon, komplett. Man såg inte så mycket som en rök efter henne.

– Och se'n dess har man ju aldrig hört nånting av henne?

– Se'n dess har man inte hört så mycket som ett muck av henne, försäkrade gubben entusiastiskt.

– Nå, vad är det nu man tror om allt det där bland folk?

– Åh, folk pratar så mycket, så att det är inte stort att fästa sig vid. Annars var det ju så, som nog ingenjören vet, att det var brukspatron, som hade bragt flickan i olycka. Inte mina ord igen, men herrn kan nog förstå, att det inte var nånting för brukspatronen att få en sådan där simpel en till fru i huset. Och sant för Gud hade han lovat henne, att han skulle gifta sig med henne, ty det fanns det vittnen på.

– Och så försvann hon, utan att man visste eller nånsin fått veta hur?

– Ackurat. Men inte mina ord igen, herr ingenjören!

– Var han lugn, Nilsson, – eller det finns kanske ändå en, som skulle kunna ge besked om, vart flickan tagit vägen?

– Sådant törs man ju knappast tänka, långt mindre tala om, sade gubben stillsamt.

– Nå, men hunden då? sporde jag.

– Hunden, den sköt man. Ty vad skulle man med en hund att göra, som ingen tordes närma sig!

Ödet hade spelat mig en trumf i handen. Det hade skett på det gåtfullaste sätt, men trumfen satt jag inne med, och jag beslöt att använda den.

Vid middagsbordet berättade jag den föregående aftonens syn. Min värd satt mitt emot mig vit som ett lakan, och det slog mig med ens, att det var första gången den mannens ögon hade mött mina utan att glida åt sidan. Men aldrig i mitt liv har jag skådat ett sådant uttryck av skräck i en människas blick. Hans hustru satte i mig sina ögonnålar, vilka bokstavligen lyste av hat, som vore de vitglödande.

– Åh, ingenjören har drömt, sade hon hest med ett släckt leende. Drömmar rimmar som strömmar.

– Mycket möjligt, svarade jag lugnt. Men det säger jag, tillade jag hotande, att kommer den synen en gång till – och dylika syner brukar komma igen –, så utspörjer jag skepnaden.

– Nej, gör inte det, nästan skrek brukspatronen. Han hade rest sig upp. Jag såg på honom, och jag märkte, att han av uttrycket i min blick förstod, att han med sitt utrop blottat sig och att jag visste allt. Gaffeln föll ur hans hand i golvet.

Omedelbart efter middagen körde han bort från gården. Om en timme var han tillbaka. Han underrättade mig om, att som jag uttryckt en önskan att taga min bostad i byn, hade han tagit sig friheten ombestyra alltsammans för mig. Jag kunde resa vilken minut jag ville, tillade han, och han erbjöd mig att skjutsa mig åstad genast på ögonblicket, om jag så åstundade.

Redan samma eftermiddag for jag från gården.

* * * *

Vi satt båda tysta, när min vän slutat sin egendomliga historia.

– Vad säger du om detta? sporde han.

Jag endast skakade på huvudet.

– Det är ändå inte bara skrock, allting, blott därför att det synes oförklarligt, sade ingenjören, i det han drack ur sin toddy.

Indisk spökhistoria

Det var en gång en brahmin som hette Kritákrita, som betyder
"Gjort och ogjort". Han försummade att studera Veda-böckerna
och vandrade den svarta vägen och struntade i sina plikter. Han
umgicks med hasardspelare, horor och kastlösa. Och han höll till
på kremeringsplatser nattetid där han bekantade sig med gastar
och vampyrer och döda kroppar och orena och oheliga riter och
besvärjelser. Och en natt, mitt bland flammande likbränningsbål
och stanken från brinnande kroppar sade en viss *wétála*, en vampyr
som bor i tomma kroppar och äter människokött, till honom:

– Ge mig färskt kött att förtära, annars sliter jag dig i stycken.

Då sade Kritákrita:

– Det ska jag göra, men inte gratis. Vad får jag för det?

Wétálan svarade:

– Tag hit en nyss dödad brahmin och jag ska lära dig en besvär-
jelse som väcker upp döda.

Men Kritákrita sade:

– Det räcker inte.

Och de köpslog om priset på likbränningsplatsen. Till sist sade
den fördärvade brahminen:

– Ge mig ett par tärningar som gör det möjligt för mig att alltid
vinna på spel och jag ska då skaffa dig det kött du behöver.

Då sade *wétálan*:

– Så får det bli.

Därefter gick Kritákrita sina väg och då han inte visste någon
annan utväg, mördade han sin egen bror och förde honom till
likbränningsplatsen vid midnatt. Och *wétálan* höll sitt ord, gav
honom tärningarna och lärde honom besvärjelsen.

Någon tid därefter sade Kritákrita till sig själv: "Jag ska pröva verkan av besvärjelsen som *wétálan* lärde mig." Så han skaffade sig den döda kroppen efter en kastlös *chándála* och tog den i nattens mörker till likbränningsplatsen, placerade den på marken och började att rabbla besvärjelsen. Men när han kommit halvt igenom den tittade han på kroppen och såg att dess vänstra arm och ben och öga fått liv och rörde sig på ett hemskt sätt. Och han blev så förfärad vid anblicken att han totalt glömde bort resten av besvärjelsen. Han rusade upp och sprang bort. Men kroppen hoppade också upp och en vampyr bosatte sig i den döda halvan och rusade snabbt efter honom med ena benet släpande efter sig. Det ena ögat rullade och varelsen tjöt på otydlig sanskritdialekt:

– *Únádhikákritamkritam!* (För lite gjort, för mycket gjort, ogjort!)

Men Kritákrita flydde för full fart till sitt hus och kastade sig i sängen och låg där och skakade. Efter en stund föll han i sömn. Och så vaknade han plötsligt upp. Han hörde ett oljud och tittade upp och såg att dörren var öppen och att den döde *chándálans* kropp kom in. Den släpade sig snabbt fram emot honom på sitt vänstra ben, rullade med sitt vänstra öga och den döda halvan av honom hängde vid sidan. Den skrek med fruktansvärd röst:

– För lite gjort, för mycket gjort, ogjort!

Och Kritákrita for upp ur sängen och sprang ut genom en annan dörr och kastade sig upp på en häst och flydde så fort han kunde till en annan stad långt borta.

Och där tänkte han: "Här är jag säker." Så han gick varje dag till spelhallen och kastade sina tärningar, vann stora summor pengar och levde gott och ordnade fester för sig själv och andra. Men en natt, när han satt bland spelarna i spelhallen och kastade tärning, hörde han bakom sig ett släpande oväsen. Och han vände sig om och såg att den döda *chándálans* kropp snabbt kom emot honom på ett ben. Dess döda halva hängde ruttnande ner och det vänstra ögat rullade av raseri och den skrek ut med dundrande röst:

– För lite gjort, för mycket gjort, ogjort!

Kritákrita kom på benen med ett tjut, hoppade över bordet och flydde genom en dörr på motsatta sidan. Han lämnade staden, skyndade så fort han kunde genom skogen i många dagar och nätter och kastade hela tiden blickar bakom sig. Han vågade inte stanna för att hämta andan förrän han kom till en annan stad som låg långt borta. Och där stannade han, förklädd och gömd, som det nu var, i en håla. Men alla spelarna i spelhallen han lämnat bakom sig dog av skräck.

Och efter en tid samlade han återigen rikedom genom spel i den nya staden och levde gott och i lyx. Men en natt när han satt i det inre rummet i huset hos en kurtisan som han älskade, så hörde han det släpande ljudet. Och han vände sig om och såg återigen den döde *chándálans* kropp som snabbt kom emot honom på ett ben med den döda halvan, vars kött nu hade ruttnat bort från benen, som hängde ned vid sidan. Det vänstra ögat lågade av raseri och en röst som påminde om Rávanas vrål ropade:

– För lite gjort, för mycket gjort, ogjort!

Av fasa uppgav då kvinnan andan i samma stund och lämnade sin kropp. Och Kritákrita for upp och sprang ut genom en dörr, som ledde ut på en balkong medan *chántálan* skyndade efter honom. Och då han inte fann någon annan utväg, kastade sig Kritákrita ut på gatan och krossades och dog.

Únádhikákritamkritam
Övers. Bertil Falk

Rickard Berghorn

VÄGGEN

Vackra friherrinnan – nej, hennes namn skall jag nog inte nämna – drog mig in i ett avskilt rum och lät mig kyssa henne, försvann från min famn igen innan hennes make skulle märka något. Unga Stjärneskog tillbakavisade min invit, men hennes tvetydiga leende och framsträckta hand som jag tryckte mot mina läppar, visade att hon kanske ville dansa med mig senare under kvällen. Där var också gamle baron Geijerhielm som roade mig några minuter, då han förstrött och tankspritt berättade om trädgården runt sitt gods när våren nu nalkades, trots att vi befann oss i september. Vinet var sällsynt gott under kvällen, damerna vackrare än jag någonsin sett dem och herrarna lika tråkiga som de alltid är för en ung man, som intresserar sig för annat än kultiverade samtal.

Klockan i festsalen slog tolv. Jag undrade om flickan i mina armar skulle springa iväg och tappa sin glassko.

Men den lycklige prinsen var inte jag. Hon ursäktade sig för att vila, gled ner i en soffa till synes vald på måfå och började med spelat ointresse inleda ett samtal med en stilig ung man i tillrättalagd uniform. Några minuter senare såg jag honom bjuda upp flickan till dansgolvet. Glimten i hennes ögon tydde på att hon hoppades erövra en ny kontinent vid kärlekens ocean.

Sådant gör mig beklämd. Jag hämtade mig två glas italienskt vin och gick in i det avskilda rummet, där jag i alla fall lyckats skaffa mig en förstulen kyss. Jag sjönk ner i en fåtölj. Festen virvlade vidare utanför den tudelade dörren som jag stängt bakom mig, en sprudlande och gemytlig värld som ändå hade gjort mig illa.

I kammarens dunkel kände jag mig lite yr, om det nu berodde på vinet eller den omtumlande kvällen. Här skulle jag vila en kvart eller halvtimme, dricka mina glas vin och kasta mig in i virvelströmmen igen, med förhoppningen att inte bli skeppsbruten ännu en gång.

Det var då en harkling nådde mig från ett hörn.

Där reste sig en människa från en stol; jag hade inte lagt märke till honom tidigare. Min första tanke var att önska, att han inte suttit där när jag var i kammaren med friherrinnan, vars namn jag fortfarande inte tänker berätta.

– Egentligen plågar sådana här tillställningar mig, sade den unge mannen.

Han tog försiktigt plats i en rokokostol på andra sidan om det gängliga bordet och satte sig på yttersta kanten som om han vore rädd att skrynkla tyget. Jag kände igen honom, hade sett hans obetydliga uppenbarelse under kvällen, då han en smula skyggt hade lyssnat på samtalen och kanske stuckit emellan ett par ord ibland. Det hade roat mig att se honom när en ung och inte alls oäven kvinna hade koketterat och försökt konversera honom, utan att han tycktes ha förstått avsikten – hon ville antagligen bli uppbjuden till en dans. Och visst, mannen såg bra ut även han i sitt bruna och vildlockiga hår, som gav en märklig – kvinnor skulle säga spännande – kontrast till hans dämpade och lite slutna ansiktsuttryck. Hans namn kände jag inte till, eller vilken titel han bar.

– Som sagt, jag trivs inte på fester som denna.

– Nåväl, ingen är ju tvingad att vara här, sade jag och rullade vinglaset mellan fingrarna. Om ni letar efter en kvinna finns alla möjligheter där ute. Inte för att jag har haft någon framgång ikväll, men att leva är att framhärda. Ger man upp så dör man.

– Jag tycker verkligen inte om sådana här fester, fortsatte han enträget, men jag trivs ännu sämre när jag inte har folk omkring mig. Det finns, förstår ni, sådana människor. Ensamheten kan vara ganska skrämmande. Man vet aldrig vad som närmar sig när man vandrar på en öde och enslig gata.

Jag ville inte lyssna till en man som beskrev sina svaga nerver,

åtminstone inte en kväll som denna, så jag försökte byta samtals-
ämne.

– Förlåt, men ert namn – jag vet inte vad ni heter.

– Åh, kalla mig bara Erik. Min fader är en general som säkert är
lika bekant för er som för någon annan människa, men jag tänker
inte säga hans namn heller. De senaste veckorna har jag letat efter
någon att berätta en märklig historia för – faktiskt det märkligaste
som hänt mig – och så länge ingen vet vem jag är behöver det inte
kännas så pinsamt om jag inte blir trodd. En man skall det vara –
kvinnor är så förvetna att de säkert inte skulle ge upp förrän de
lyckats ta reda på vem jag är. Jag hoppas ni sitter kvar. Det är en –
en ganska märkvärdig historia.

Mina förhoppningar om Stjärneskog hade inte vissnat bort,
men jag tycker alltid det känns obehagligt att ignorera en män-
niska som vill bli hörd. Jag beslöt mig för att lyssna på mannens
berättelse. Det skulle kanske förstöra festen för min del, men jag
hade antagligen möjlighet att träffa henne nästa lördag, den förle-
dande flickungen.

– Låt höra, sade jag lättsinnigt och lade mig i soffan vid hans
sida med vinglaset på bröstet. Vad är det för hågkomster som tyn-
ger er stackars själ?

– Men först – ja, vet ni om att det är en människa för mycket på
den här festen? Någon oinbjuden har kommit hit.

– Inte särskilt märkvärdigt, förefaller det mig. Säg mig när det
inte kommer objudna gäster på tillställningar? Kalla mig du förres-
ten.

– Hm. Jag tror ni – du – kommer att bry er mer om saken när
jag slutat min historia. Får jag förresten överta det andra glaset ni
tog med er in hit?

Jag nickade. Sedan började han sin berättelse.

Detta hände förra hösten. Tidigare om året hade jag studerat vid
Uppsala universitet, men nu förkovrade jag mig som lärling under
en vetenskapsman i huvudstaden. Hans namn och specialitet finns
det ingen anledning att gå närmare inpå. Vetenskap är min lidelse,
något som människor ofta har svårt att förstå – min fader har alltid

velat att jag skall följa i spåren efter hans stöveltramp. Men efter många duster lyckades jag den här gången få min vilja igenom, något som inte händer ofta när min fader försöker tukta den. Han är en ganska snäll man som bara inte känner gränserna för sina förordanden.

Dock, för att ändå straffa mig gav han mig endast ett blygsamt underhåll. Jag tvingades därför att skaffa mig bostad i Vasastaden, om jag ens skulle ha råd att köpa böcker och mat. Där bodde nästan bara fattigfolk och hantverkare. Jag kände mig mycket förödmjukad.

Jag flyttade in där mot slutet av sommaren. Det var en liten bostad, inte mer än ett rum, men belägen ut mot gatan där de bästa bostäderna brukar återfinnas. Innersta väggen gränsade till en lya på andra sidan huset och bestod bara av plankor. Det är en ganska viktig detalj i den här historien.

Där kom jag att sitta om kvällarna och mestadels om dagarna också, när jag inte blev undervisad av min mästare. Rummet kändes alltid trängre än det egentligen var eftersom jag hade tillbringat hela mitt liv i luftiga och höga salar. Under de ljusa timmarna släppte fönstret in tillräckligt mycket ljus för att jag aldrig skulle behöva tända en lampa, men jag tänker ändå på kammaren som mörk och dunkel. Trots det upplevde jag ibland en sorts trivsamhet där inne fram mot kvällarna när jag satt med en bok och ett droppande ljus framför mig. Isoleringen och känslan av instängdhet jag levde med gjorde att jag liksom såg texten på boksidorna skarpare. Inredningen var enkel och väggarna hade inga tavlor, men jag ägde i alla fall en plansch över mineralriket.

Jag hade i dagarna fått ordning på min bostad när jag stod i den ljusa trappuppgången och sökte befrielse från rummet framför det öppna fönstret. Kärror gnisslade och magra hästar knotade fram genom kvarteret därute, trasiga barn bråkade i ett hörn. En gammal gubbe gick förstulet över gatan med handen på västfickan, kanske för att hålla reda på en värdefull plunta där.

Under fönstret hörde jag ett par kvinnoröster tala med varandra. Jag vågade inte luta mig allt för långt ut genom öppningen, så jag lyckades inte skaffa mig en skymt av dem.

– ... dog häromveckan. Jovisst, du vet vem jag menar, han som bodde granne med garvare Fredriksson här och levde lusen med...

– Tänka det... hemska människan. Det kan knappast ha varit Guds gärning... så som den karln var till... Slog sin hund, minns du, tills den blev ett vrak... och man fick göra slut på'n...

Jag stängde fönstret eftersom det är mot mina principer att tjuvlyssna. Men jag skulle få veta mer om saken senare.

Mitt ljus brann och jag roade mig i den djupa skymningen med att läsa en billig roman som jag hittat bland mina böcker. Jag levde för en stund i en värld av franska bondstugor och fårahjordar, där ett ungt och vackert par – givetvis oskyldiga som spädbarn – upplevde en bitterljuv kärlekssaga bland högstämda berg och lågmälda dalar, då något fick mig att vakna upp till den krassa verkligheten igen. Jag förstod inte genast vad det var som hade stört mig, men sedan hörde jag det – en knarrning som ljöd i kammaren. Strax därpå försvann den. Ljudet hade inte varit högt eller särskilt genomträngande, men tillräckligt besynnerligt för att väcka min uppmärksamhet. Varifrån kom det? Jag satt stilla i några minuter och lyssnade. Huset var ovanligt tyst för att vara en träkåk. Sedan uppfattade jag knarrningen igen. Den kom från innersta väggen, den vägg som jag nämnde för en stund sedan – det verkade som om någon på andra sidan försiktigt tryckte mot plankorna och prövade dem med sina händer. Snart blev det återigen tyst.

Borde jag ha ropat? Jag är inte den typen av människa som gör väsen av sig. Men jag kände mig obehaglig till mods. Jag sköt med lätt hand ifrån mig boken och gick över golvet, lade mina händer mot väggen. Andra skulle kanske tryckt örat mot plankorna, men jag har som sagt min värdighet och lyssnar inte olovandes. Men snart ryckte jag mig förskrämt bort därifrån. Det hördes en rad skarpa ljud i väggen bredvid mig, uppfordrande knackningar som tycktes ha någon avsikt jag inte förstod. Jag stod i mitten av rummet och tittade på väggen en stund, kände ilskan stiga upp inom mig. Betedde sig min granne på det här sättet borde jag göra något åt det. Jag är van vid att människor respekterar varandras privata liv.

Men varken knarr eller knackningar ljöd i mitt rum fler gånger den kvällen. Någon timme senare tryckte jag ner romanen bland skräpet som skulle brännas och gick till sängs.

Dagen därpå knackade jag på min värdinnas dörr när eftermiddagen började bli sen. Jag knackade fler gånger. Hon brukade ta god tid på sig, som i förhoppningen att besökaren skulle hinna ge sig iväg. Dörren öppnades långsamt.

– Nå?

En fläkt av dålig parfym nådde mig. Kvinnan stod med sitt tärda ansikte framför mig, den högt uppsatta frisyren vilade i en dammig ruin på huvudet. Hennes hand grep om dörrhandtaget, beredd att stänga dörren igen.

– Åh, herr –. Hon sade mitt namn och krympte inför det. Är något inte upp till belåtenhet? undrade hon.

Jag förklarade vad som irriterat mig.

– Jag kommer med andra ord att flytta härifrån om jag inte får vara ifred om kvällarna, gjorde jag klart för henne med så fast röst jag förmådde. När jag är upprörd kan jag låta ganska bestämd.

– Men inte kan det vara möjligt! Hon höjde med överdriven förvåning sina beniga axlar till öronen. Jag tycker... ja, att ni själv skall gå runt huset och besöka rummet där. Inte kan jag tänka mig att någon skall störa herrn framdeles. Här bor endast präktigt och ordentligt folk.

Det sista hon sade tog jag inte på fullt allvar. Jag gick ut och vandrade runt byggnaden, rodnade en smula skamset över den hårda ton jag använt till kvinnan. Trappuppgången ekade träaktigt när jag tog mig upp till övre våningen.

Där fanns två dörrar. En stunds tvekan – sedan knackade jag på den som måste ha lett till bostaden jag letade efter. Ingen öppnade. Jag drog ned handtaget och dörren gled sakta upp.

Förvånat konstaterade jag att ingen bodde där. Liksom min egen lya bestod denna bara av ett ensamt rum. Ljus föll in mellan de enkla vita gardinerna vid fönstret och gav ett sällsamt sken åt rummet. Jag såg inget damm här inne mer än de spökslöjor som virvlade i solstrålarna. Det verkade som om grannen flyttat iväg för inte alls så länge sedan. Inga möbler fanns kvar, konturerna på de nakna väggarna visade var tavlorna hade suttit. Det var märkligt tyst. Även om jag lämnat dörren öppen bakom mig kände jag mig instängd. Det var som om detta rum och inget annat var verkligt, med ett fönster som öppnade sig ut mot en dröm. Och här inne vilade en stämning av – väntan, väntan...

När jag kommit så långt i mina tankar började en oförklarlig skräck stiga inom mig – jag kan inte förklara varför. Blodet dunkade i mitt huvud. Jag skyndade mig ut ur bostaden, sköt häftigt igen dörren och snubblade ner för trapporna. Men kommen halvvägs besinnade jag mig igen. Tanken att något väntade i rummet framstod plötsligt bara som ett fantasifullt hugskott och inget annat. Hur kunde jag ha reagerat så häftigt på det?

Men jag undrade vem som hade knackat när nu ingen bodde på andra sidan om min vägg. Det var ett mysterium som skulle plåga mig framöver. Jag tänkte att en människa hade tagit sig in i rummet genom den olåsta dörren och stört mig, men varför någon skulle göra det kunde jag inte svara på.

Ute i fria luften igen lutade jag mig mot väggen några minuter. Ett par grovhuggna karlar tittade undrande på mig innan de fortsatte att prata med tummarna innanför lädervästarna.

– Och söp gjorde han också – drack ihjäl sig till slut, talte gumman om för mig därhemma, sade den ene mannen och rev sin skäggstubb med sorgkantade naglar.

Jag hörde dem tala bakom mig när jag gick tillbaka till min kammare. De diskuterade uppenbarligen samme karl som kvinnorna under fönstret hade skvallrat om. Det stod klart för mig att han varit en avskyvärd man som behandlat åtskilliga människor skamligt, både män och kvinnor som kommit in i hans liv. En kvinna hade fått kinden uppskuren men vågade inte dra honom inför rätta. Andra personer hade också blivit misshandlade. Det var allt jag fick veta.

Jag hade för vana att fram mot kvällarna läsa de böcker jag studerat på universitetet eftersom jag var rädd för att glömma något av det jag lärt mig. Ett par dygn senare var jag begravd i en sådan bok; jag hade upptäckt att jag inte mindes de latinska namnen på våra mer sällsynta orkidéer. Gardinerna var fördragna och jag visste inte om det var kväll eller natt. Ett sövande lugn vilade över mitt rum och själv höll jag mig sömndrucket vaken genom att sakta gå av och an på golvet med läroboken i handen. Sidorna lystes upp av ljuset jag höll i min andra hand. Inga ljud hade irriterat mig de senaste dagarna, något jag inte förväntade mig nu heller.

Men nu hördes återigen ljud från den inre väggen. Jag lyssnade med återhållna andetag. Inga knarr eller knackningar denna gång – jag uppfattade istället ett sällsamt, hasande ljud därifrån, som av ett par händer som gled över träet och kände dess yta. De tycktes söka efter något och gav ett sorgfälligt och pedantiskt intryck på mig. Jag höjde ljuset så att dess sken skulle falla över rummet. För jag var avgjort kuslig till mods. Visst fanns det något onaturligt i det jag hörde.

De strykande ljuden fortsatte. Händerna sökte minutiöst över varje tum av plankorna. Jag kunde själv ha knackat i väggen, markerat min olust, men jag tvekade redan vid tanken.

En halvtimme måste ha försvunnit i mörkret. Sedan försvagades strykningarna och dog bort. Jag kände mig mindre betryckt och återvände till min bok, men hade fortfarande svårt att koncentrera mig. Eftersom jag inte längre hade universitetets damoklessvärd hängande över huvudet beredde jag mig för att sova. Men plötsligt stördes jag återigen.

Denna gång kom ljuden inte från väggytan. Det var istället ett svagt men envetet krafsande av fingrar eller naglar från väggens vrår och upp längs hörnen. När de inte nådde högre upp letade de sig tillbaka igen, fortsatte efter några minuter längs med golvet till nästa vrå. Trots att krafsandet inte var särskilt ljudligt kändes det i mina djupaste nerver, som man upplever ljudet av naglar som rispar en svart tavla. Jag grävde in mina fingrar i öronen och tryckte ner ansiktet i kudden alltmedan nervositeten kröp upp som myror ur en myrstack inom mig.

På det sättet tillbringade jag en kvart eller halvtimme tills ljuden blev svagare och försvann i tystnaden. Dock kröp det i mig bara jag tänkte på krafsandet; men trots allt förmådde jag mig slutligen att somna.

Följande dag försvann i tankspridda funderingar. Jag kunde inte göra mig kvitt en fråga som irrade likt en instängd fluga i mitt huvud: Kunde det vara den fördärvade alkoholisten som... Men den tanken fann jag helt och hållet oacceptabel. Vi lever ju trots allt i en förnuftig tidsålder. Jag gick hem och inväntade betryckt kvällen. Måhända skulle ljuden fortsätta.

Jag satt på min stol och iakttog väggen när de hördes igen – de osynliga händerna över träet. Klockan var elva, snart halv tolv. En häst klapprade förbi utanför fönstret, men annars fanns bara de trevande händerna i min begreppsvärld. Jag behärskade mig så gott jag kunde. Kan ni föreställa er den känslan av utsatthet? Skarvar knarrade slött i väggen, ett par knackningar ljöd prövande. Men det upphörde snart. Istället hörde jag återigen krafsandet av fingrar. De tycktes uppehålla sig vid en speciell punkt på väggytan, även om jag inte kunde lokalisera den med hörseln. Så föll något i golvet med en lätt duns på min sida av plankorna. Jag ställde mig upp och hämtade ljuset. En svart fläck, rund men inte särskilt stor, syntes nu i väggen. Ljuden hade med ens upphört. Och då såg jag att något rörde sig i den svarta fläcken.

Jag tvekade en stund och närmade mig sedan försiktigt fläcken. Jag lutade mig fram och höll upp ljuset så att jag skulle urskilja den skarpare. Den svarta fläcken var ett kvisthål. Föremålet som fallit i golvet var uppenbarligen den träbit som pluggat igen det. Och nu såg jag att två fingrar stack ut ur hålet, ända till sina innersta leder. De var gulaktiga i skenet och trubbigt formade som hos en manshand, böjde sig över kanten och sökte sig runt, runt så långt de nådde.

Min behärskning föll i spillror. Vad kunde jag göra? Jag ryckte till mig en bok som låg på sängen och drämde den med min fulla kraft mot kvisthålet. Boken föll med flaxande sidor i golvet. Jag såg att de båda gula fingrarna långsamt drog sig tillbaka igen, en led i taget.

När de försvunnit letade jag febrilt över golvet efter träbiten som täppt till öppningen. Då jag hittat den tryckte jag tillbaka den på sin plats så hårt jag förmådde. Sedan satte jag mig åter på stolen i nervös väntan. En timme gick, kanske två. Men inget hände. Jag gick till sängs och lyckades till slut falla i en orolig dvala.

Under den följande dagen beslöt jag mig för att samla så mycket mod jag kunde uppbåda under dagen och företa mig något. När mörkret började falla förberedde jag mig – låste upp dörren till min kammare, lät en lykta stå tänd på bordet och behöll ytterkläderna på kroppen medan jag återigen satt på stolen, med händerna uppmärksamt på knäna.

Kvisthålet kom att lämnas orört och jag hörde varken krafsande fingrar eller knackningar under dessa timmar. Men andra saker skulle hända. Jag vakade mig igenom kvällen alltmedan mörkret lade sig tungt över min kammare. Klockan närmade sig midnatt när väggen med ens drabbades av upprepade dunkningar – kraftiga, nästan våldsamma. Mina händer började skälva på knäna. Innan jag gjorde det jag föresatt mig vågade jag mig fram till väggen för att titta efter, såg att plankorna formligen bågnade under slagen.

Jag grep lyktan och tog mig hastigt ut genom dörren, ner för trappan, ut i mörkret där ljuset i min hand brann hektiskt över grusgången framför mig. Strax hade jag rundat huset och andfådd tagit mig upp för trappan på andra sidan. Jag tror inte jag tvekade när jag gick in genom dörren till den tomma bostaden, så mycket som jag hade jagat upp mig. Där inne hejdade jag mig vaksamt. Ljuset trängde igenom mörkret och visade en gul vägg framför mig, i ett rum som annars var förlorat i natten. Mina steg ekade ödsligt. Det var fortfarande tomt i rummet.

Ni kan tänka er att mina knän var svaga när jag nu samlat mig igen. Här fanns ingen människa – det kändes som om ingen varit här inne på hundra år. Jag lät ljuset stryka över golvet längs med väggen. Min tanke var att se om det fanns avtryck efter fötter eller skor i dammet. Men där fanns inget damm att tala om.

Hur visste mannen att jag skulle komma? Något kallt lockades fram inom mig vid frågan. Dessutom undrade jag hur han haft tid på sig att lämna bostaden innan jag kom. Jag borde ha kunnat avslöja honom, om han nu var en människa bland andra.

Vad fanns att göra? Betydligt mer dämpad än jag anlänt lämnade jag det obehagliga rummet och återvände till min kammare.

Där var nu tyst, dunkningarna hade till min lättnad upphört. Jag kände mig ändå bekymrad och betryckt när jag kröp ner i sängen.

Ljuden hade som sagt upphört, men jag lämnades ändå inte ifred. När jag släckte ljuset tyckte jag mig känna i natten att någon stod stilla bakom väggen, någon som avvaktade och väntade med ögonen fixerade vid mig genom träet och mörkret. Det gav mig samma obehag som jag upplevde när jag var barn, då en pojke som inte tyckte om mig brukade titta på mig med genomträngande, oavvänd blick så fort jag var i hans närhet. Även den här gången uppfattade jag samma obevekliga *illvilja* bakom känslan. Med darrande fingrar tände jag åter ljuset, kröp i mina kläder och skyndade mig utomhus. Lättnaden när jag såg månen och de välkända stjärnorna befriade mig som en fånge ur ett fängelse. Jag tillbringade några timmar med dystra funderingar.

Jag anade att händelserna var övernaturliga, trots att liknande tankar aldrig haft plats i mitt huvud tidigare. Jag hade fortfarande svårt att godta sådana idéer, men nu vacklade jag. Och den känsla av osäkerhet jag upplevde när mina begrepp och uppfattningar om verkligheten undergrävdes, fick mig att bli rädd för att ens existera.

Ni kanske undrar varför jag inte sökte hjälp? Jag är ingen människa som söker hjälp, hur mycket jag än behöver det. Inte heller vore det meningsfullt att göra det hos min värdinna. Hon skulle förmodligen ändå inte ha uppoffrat sig, om hon ens trott mig. Nu var jag ensam med mina upplevelser och det som hotade mig. För ett hot var det – jag hade blivit övertygad om det till slut.

Det finns inte så mycket mer att berätta. Den närmaste tiden var jag sällan hemma. Det var helt enkelt omöjligt att uppehålla sig i mitt rum. Jag upplevde fortfarande de hårda ögonen därinne. Även mitt på dagen när solen strömmade genom fönstret kände jag dem från väggen. På något sätt visste jag att den där blicken skådade igenom allt som var min person. Under dessa dagar var jag övertygad om – kände det starkt – att min fridstörare hade kunskap om varenda detalj i mitt liv. Jag säger att det kan ha varit inbillning, men när jag levde med de där ögonen framstod det som handfast verklighet för mig.

Större delen av kvällarna drev jag omkring på gatorna. Varje gång jag kom hem ställde jag mig innanför dörren och väntade, ville se om det skulle höras några ljud eller om de upphört för natten. Hade de inte gjort det gick jag ut i mörkret igen, tillbringade ytterligare några timmar på gator som endast befolkades av rumlare och nattugglor. Jag tänkte många metafysiska tankar under dessa vandringar och fann en viss tröst i dem. Om det existerade en ondska i världen bortom den kända borde det rimligtvis också finnas något gott där, resonerade jag. Det var kanske bara önsketänkande, men jag höll fast vid tankarna. Min tillvaro skulle bli outhärdlig annars.

Det måste ha gått ett par veckor på det sättet. Jag kände mig som en flykting, förvirrad och villrådig i den stora staden. Hösten hade kommit och promenaderna var kalla, min utbildning blev allt mer lidande. Mästaren kritiserade mig ofta och min självaktning sjönk med det.

Den sista kvällen att skildra inföll under de första dagarna i oktober. Efter några nattliga timmar med dystra tankar återvände jag till gatan där jag bodde, smög mig upp genom trappan och lyssnade ett par minuter vid min dörr. Ljuden var där igen – jag öppnade varligt dörren för att urskilja dem bättre. Inga andetag kom över mina läppar medan jag skärpte hörseln. Rummet var mörkt som klätt i sammet, men dunkningarna i väggen fyllde lägenheten. Och när jag stod vid dörröppningen hörde jag plötsligt ett skarpt ljud. Vad kunde det vara? Det lät som gnisslande spikar. Fler ljud – av plankor som gav efter, trä som splittrades och gick sönder...

Jag förlorade all fattning jag ägde. Jag slängde igen dörren och rusade därifrån, hejdade mig inte förrän jag kommit flera kvarter från bostaden. Men behärskningen skulle jag inte återfå på mycket länge.

Efter det besökte jag inte rummet fler gånger. Jag avbröt lärlingsutbildningen och flyttade hem till min fader igen, inte långt från Stockholm. Vad min värdinna tänkte när hon fann rummet med uppbruten vägg och försvunnen hyresgäst, är ett ämne att överlåta till fantasin.

Festen hade klingat av och dött ut, endast rösterna av ett par kvarblivna gäster nådde oss i kammaren. Vinglasen var sedan länge urdruckna och stämningen låg fundersamt tyst mellan oss.

– Hyresvärdinnan hörde inte av sig, även om hon visste vem jag och min fader var. Hon ville väl inte besvära människor som vi med sin ringa existens. Nåväl. Sedan de här händelserna utspelade sig gör jag inget speciellt av mitt liv – läser böcker och går långa promenader, när jag har ro till det.

Jag satte mig upp i soffan.

– Var det hela historien?

– Egentligen inte. Jag kan leva med minnena från mitt rum i Vasastaden, men det som... Tja, ni kommer ihåg vad jag nämnde innan jag började min berättelse?

– Att det var en människa för mycket på den här festen? Jo, jag minns.

– Så har det varit ända sedan jag lämnade huvudstaden. Vart jag än kommer – på större kaffebjudningar, på middagar, alla tillställningar ni kan tänka er – är någon där som inte borde vara där. Det är alltid en människa för mycket vid bordet, en oinbjuden gäst på festen, en okänd *någon* på släktträffarna. Men aldrig, säger jag, aldrig ser jag eller de andra besökarna främlingen, får veta vem han är.

Den unge mannen drog ett djupt andetag. Jag såg att han darrade på sin stol.

– Det skulle jag nog kunna uthärda, om främlingen inte skadade mig. Men det är ju det han gör. Jag kommer tydligt ihåg hur det började – det var under julhelgen – jag satt vid ett bord dukat för kaffe. Eftersom kopparna och faten inte hade räckt till, hade värdinnan beställt in nya – hon trodde att ett misstag hade begåtts. Rösterna brusade i mina öron medan jag drack ur min kopp. Och då hörde jag det, en annan stämma som talade till mig, rakt igenom alla ljud. Jag blev nervös och tittade mig omkring, runt bordet – men alla människor jag kunde se var upptagna med sina egna samtal.

Han fortsatte:

– Det var en fast och orubblig röst, lite hes i tonen och verkade liksom ensam bland alla andra ljud. Lyssna på mig, sade den. Och sedan ställde den mig en fråga som har graverats in i mitt minne. Jag bleknade antagligen vid bordet, men jag tror ingen såg mig. Trots att jag aldrig hört rösten sedan dess, kan jag inte frigöra mig från orden den sade. Vilka ord? Det var helt enkelt dessa: "Varför tar du inte livet av dig?"

– Bara det? undrade jag taktlöst.

– Bara det! Du förstår mig inte. Hela min tankevärld kretsar runt dessa ord. Även om främlingen inte tilltalar mig längre, påminner mig hans närvaro ständigt om frågan. Varför *tar* jag inte livet av mig? Jag vet faktiskt inte! Och nog har jag grubblat över det. Men nu finns frågan där i mitt huvud. Jag försöker att glömma den, försöker att inte tänka på den, men minnet av den där rösten lämnar mig inte. "Varför tar du inte livet av dig?" Jag kan fortfarande höra det.

Han höll sig för pannan som i huvudvärk. När han ryckte upp sig och fortsatte var ansiktet blekt.

– Och snart måste jag göra främlingen till viljes! Jag plågas inte av att leva, det finns så mycket av intresse att tänka, läsa och studera. Men ändå är det fåfängt. Varför skulle det inte vara fåfängt? Själva livet är det – i sitt innersta en tomhet. Det verkar endast förnuftigt att spilla sitt eget liv.

Jag satt tyst, brydde mig inte ens om att leta efter ord. Det fanns en ton av äkthet i hans historia som gjorde att den kändes övertygande. I alla fall trodde han själv på berättelsen. För möjligheten fanns ju fortfarande att han bara led av svaga nerver.

– Nu har jag i alla fall berättat det jag ämnat berätta, sade han och reste sig. Inte för att något blir bättre av det, men... nu är jag så att säga inte ensam längre.

Jag tog hans kalla hand i min. Strax därpå hade han med blicken i golvet vandrat ut ur kammaren och försvunnit. Han var inte ens kvar i byggnaden när jag själv gick ut.

Bernard Capes

MARMORHÄNDERNA

Vi lämnade våra cyklar vid den lilla likporten och gick in på den gamla kyrkogården. Heriot hade sagt rakt ut att han inte ville följa med, men i sista ögonblicket tog antingen stämningen eller nyfikenheten överhand och han ändrade sig. På något sätt förstod jag att stället påminde honom om något obehagligt, fastän han alltid hade talat tillgivet om släktingen han bott hos här som liten. Kanske vilade hon under någon av dessa grönskande stenar.

Vi gick runt kyrkan med dess låga, spåntäckta spira. Det var mycket fridfullt här i utkanten av den lilla staden där blomsterfälten tog sin början. Kullens ben var de dödas ben och gräset dess kött.

Plötsligt hejdade Heriot mig. Vi stod nu vid kyrkkoret vända åt nordväst, och trädens orörliga dysterhet överskuggade oss.

– Jag vill gärna att du tittar in där en stund, sade han, och kommer tillbaka och berättar vad du sett.

Han pekade mot en liten fördjupning som skapades i den låga avgränsande muren, vars gröna mark var skymd för vår sikt av de tjocka grenarna och ett par gravvalv, väldiga, likkistformade och omgivna av stängsel. Hans röst lät märklig; det fanns en "dobbelblick" i hans ögon för att använda en hasardspelares ord. Jag stirrade på honom ett ögonblick, följde den riktning han pekat ut och böjde mig utan ett ord under de tunga, svepande trädgrenarna. Jag gick runt de mäktiga gravvalven och kom upp till en ensam grav.

Den låg där, ganska ensam i den gömda fördjupningen – ett

sällsamt ting, fantastiskt och kusligt. Det fanns ingen gravsten, men istället en uthuggen marmorkubb utan vare sig namn eller inskrift, i en inhägnad grusplätt ur vilken även två händer stack upp. De var gjorda av vit, lätt grönfärgad marmor och ingav på den stilla, ensamma platsen en märklig känsla av verklighet, som om de sträckte sig upp, dödliga och tjusande, från graven nedanför. Intrycket blev starkare och starkare inom mig när jag tittade, ända tills jag trodde att händerna kunde röra sig oförmärkt, medvetet, vända sig i marken för att välkomna mig. Det var absurt, men – jag vände om och skyndade mig tillbaka till Heriot.

– Jaha, jag förstår att de fortfarande är kvar där, sade han, och det var allt. Utan fler ord lämnade vi stället och gick vidare.

Ett par kilometer från platsen låg vi i en solig slänt med flera hundra får omkring oss som bet av det varma gräset. Här berättade han historien för mig:

”När jag först kom på besök bodde hon och hennes fästman här i staden. Jag var ett barn på sju år då. Faster Caddie kände till dem och hon tyckte inte om kvinnan. Jag tyckte inte alls illa om henne, för när vi träffades blev jag hennes favorit. Hon var en vacker liten varelse, lättsinnig och enfaldig; men hon hade faktiskt en obehaglig sida av sin personlighet, det vet jag nu. På ett fåfängt sätt var hon ovanligt fäst vid sina händer; och de var förvisso väldigt vackra, mjukare och mer välformade än ett barns. Hon lät fotografera dem i femtio olika vinklar, och vid ett tillfälle höggs de ut i marmor speciellt för henne av en skulptör, en vän till henne. Ja, det var dem du såg. Men det var elaka små händer, trots sin skönhet. Det fanns något syndfullt och orent i det sätt hon uppmärksammade dem på.

Hon dog under min vistelse och kvinnans minne hugfästes efter hennes egen önskan på det sätt du såg. Marmorhänderna blev hennes enda gravinskription, mer vältaliga än skrift. De skulle bevara hennes namn och minnet av hennes mest förnämliga drag till kommande tider, längre än vilken söndervittrande inskription som helst skulle gjort. Så blev det.

Idén blev inte populär bland församlingsborna, men den gav

mig inga barnsliga kväljningar. Händerna hade blivit vackert skulpterade efter de riktiga, och de riktiga hade ofta smekt mig. Jag var aldrig rädd för att gå och titta på dem, där de sköt upp likt vit selleri ur jorden.

Jag reste min väg och två år senare besökte jag faster Caddie för andra gången. Under ett samtal fick jag reda på att maken till kvinnan hade gift om sig – med en kvinna från trakten – och att händerna alldeles nyligen hade blivit flyttade. Den nya frun hade protesterat mot dem (av någon inte alltför konstig anledning), så på makens begäran hade de ryckts upp.

Jag tror att jag blev ledsen – händerna hade alltid känts så personliga för mig – och vid första möjliga tillfälle gick jag iväg för att med egna ögon se hur graven såg ut utan dem.

Jag minns att det var en kvav, mulen dag och att kyrkogården var alldeles stilla. När jag böjde mig under grenarna såg jag omedelbart platsen. Jag förstod att faster Caddie hade förhastat sig. Händerna hade inte flyttats särskilt långt, de stod uppsträckta på sitt gamla ställe och sitt vanliga sätt och såg ut att hälsa mig välkommen. Jag blev glad, knäböjde mig och sträckte fram mina händer för att röra vid dem. De var fina, kalla som dött kött, och de slöt sig smekande kring mina som om de uppmanade mig att dra – att dra...

Jag vet inte vad som sedan hände. Kanske insjuknade jag av febern som överrumplade mig. Det blev en tid av skräck och tomhet – av krälande, maskhemsökta hålor och kväljande ben – och slutligen det välsignade dagsljuset."

Heriot tystnade och plockade i det frasiga gräset.

– Jag fick aldrig veta vilka andra händelser som sammanföll med min upplevelse, sade han plötsligt, men platsen fick på något sätt ett kusligt rykte och marmorhänderna flyttades tillbaka. Fantasin kan verkligen spela oss underliga spratt.

The Marble Hands
Övers. Lisa Sjöblom & Rickard Berghorn

På andra sidan

Per Jorner

ÖVERGÅNG

Det fanns inte mycket att gissa på, förutom att han var död.

Det kändes som om han befann sig under vatten och flöt omkring i ett stort, gränslöst rum. Det var varken behagligt eller obehagligt, men det kändes mycket konstigt.

Vågor av blått sköljde över honom. Vågiga mönster bildades och upplöstes långt borta. Det fanns inga riktningar; inget framför, inget bakom, bara ett märkligt tillstånd av tyngdlöshet.

Det verkade som om han inte hade någon kropp. Det kändes inte bra, på något sätt. Eftersom han ville befinna sig i en kropp, skapade hans hjärna en åt honom. Med ens befann han sig i någonting som liknade det som han hade befunnit sig i så länge, eller åtminstone *påminde* det om det, eller åtminstone *trodde* han att det påminde om det.

Det hade fortfarande vissa skavanker; när han försökte föra sina händer samman kände han dem aldrig mötas. Han blev osäker, rädd för att han höll på med någonting som var både onödigt och opassande.

Allt var annars mycket lugnt. Klara, skarpa ljuspunkter blossade upp i fjärran och slocknade sakta. Det fanns inget behov av kroppar här. Den som han just hade tänkt ut åt sig själv blev lite suddigare, som om han redan hade börjat glömma bort den.

Runt omkring honom, hela tiden, fanns någonting som han först hade misstagit för ett synintryck, men som han nu insåg var ett lågt mumlande. Det var som sorlet från en bäck dold av mossa. Det var tusentals viskande röster, perfekt sammanflätade till en väv som nästan var påtaglig.

Ridån av röster tycktes minska i styrka, eller avlägsna sig. Han drev lugnt genom det tomma rummet. En omätlig tid passerade.

Kanske var det bara hans tankar som gick mycket långsamt. Men han var hela tiden medveten om sin omgivning, även om han inte förstod den. Under hela den tiden var det bara en av hans tankar som formulerade sig i ord: Om jag nu är död, varför kan jag då känna en smärta i foten?

Den smärtan var det enda som han kunde känna. Kanske var den bara någonting inbillat som följde med hans ofullkomliga fantomkropp. Varför? Han greps av en absurd tanke på att han hade dött på ett ofattbart förnedrande sätt, kanske av nageltrång. Bilden var plötsligt verklig för honom. Ingen skulle kunna avhålla sig från att skratta på hans begravning, ingen av dem som över huvud taget brydde sig om att han var död. De skulle skratta åt honom, i döden. Tanken var outhärdlig för honom.

Sedan var den glömd lika plötsligt som den hade drabbat honom, och han snurrade runt i en rymd utan riktningar. Ett diffust gult sken drog förbi.

Så fånigt, tänkte han, utan att riktigt veta vad han syftade på. Då var i alla fall det avklarat. Min sista fåniga tanke. Nu kommer bara det höga och rena att följa...

Det tomma rummet var inte så tomt. Konstiga, konturlösa skepnader och former drev förbi honom. Förtätningar i rummet bildade geometriska skuggbilder. En av dem flöt mot honom, och han blev rädd för den, för att den var mörk och växande. Den blev allt större och mer formlös medan den närmade sig, och passerade sedan rakt igenom honom.

Han försökte se sig omkring, men fann det meningslöst. Det fanns inte någon riktning som var mer intressant än någon annan. Det fanns inga riktningar över huvud taget.

Varför såg han alls någonting? Varför tyckte han att han hörde ljud ibland, som enstaka, avlägsna glasklockor? Kanske var det så att han inbillade sig alltihop, precis som han inbillade sig att han befann sig i en kropp. Han skulle känna sig mycket fånig om det visade sig att det inte fanns några ljud eller former, när han hade ansträngt sig så för att förnimma dem.

En av formerna sa: Vad är det här för plats?

Hennes språk var grötigt, främmande och oförståeligt.

Jag vet inte, svarade han, på sitt eget, lika främmande språk.

Hon hade varit helt olik honom, hade levt sitt liv i ett land fjärran från hans. Hon hade sett världen genom svarta ögon, och nu var hon vacker. Han undrade om hon såg att han var vacker också. De tillbringade en obestämd tidsrymd i stum förundran över sin situation.

Jag har bara sett dig en kort stund, tänkte han, men jag önskar att jag hade känt dig då, tidigare.

Hennes tankar svarade: Också jag önskar att vi hade känt varandra då.

Han förvånades inte över att hon hade hört vad han hade tänkt för sig själv. Istället blev han mycket rädd, för han visste att de inte skulle vara tillsammans länge till.

Kommer vi att se varandra igen? undrade han.

Hennes svar dröjde en tid. Visst skulle det vara trevligt att *tro* det? svarade hon, och där var ett leende utan en mun.

Och så var hon inte där längre, eller kanske var hon bara en av formerna som gled förbi, inom räckhåll för hans förnimmelser men utom räckhåll för hans tankar.

Vem var hon? tänkte han. Om jag träffar henne igen – hur kommer jag att veta?

En rädsla född av ovisshet föll över honom. Men så förstod han till slut hennes sista ord, och rädslan gled iväg och glömdes bort.

De fjärran klockorna ljöd och formade kanske en melodi. Han var inte säker. Det var bara ljud för honom, inte musik. Det tycktes som om han hade lämnat musik bakom sig, och han kände en saknad, utan att kunna veta vad det var som han saknade.

Väven av röster närmade sig. Den var runt omkring honom och såg på honom ur olika vinklar, fastän han hade bestämt sig för att det inte fanns riktningar. Han var inte säker på om han tyckte om att bli granskad. Gillade de att han hade skaffat sig en kropp, eller ogillade de det? Kunde han straffas för någonting som han gjorde här?

Rösterna flätades upp, drev isär och öppnade sig framför honom. De var alldeles nära, svepte in honom och talade till honom. Tyckte du om det? sa de. Kände du att du blev nöjd?

På något sätt visste han vad de menade. Det första han ville svara var: Vissa försökte vara snälla mot mig.

Sedan ville han säga: Det kändes aldrig som om det jag fick var *nog*. Men han var inte säker på att han frambringade något ljud alls, och när han väl hade tänkt över frågan fanns inget naturligt svar längre, inget som berättade allt.

Rösterna tycktes vara nöjda, och drog sig tillbaka. Han kunde se deras böljande ridå samtidigt som han hörde den, ljus och ljud var samma sak.

Det var stilla igen. Långt borta slog rosafärgade fläckar ut i det blå, som blommor eller exploderande fyrverkeripjäser, och bleknade sedan bort. Han hängde orörlig i rummet och tänkte: Vem är jag?

Snart kommer du att få veta det, svarade tomheten runt honom. Rösterna återvände, som ett norrsken av sorlande viskningar.

Tyckte du att du levde ett gott liv? frågade de honom.

Ibland, svarade han.

Var du nöjd med dina val? ville rösterna veta.

Hade jag några? frågade han tillbaka. Jag såg aldrig några...

Låt oss se, sa rösterna. Låt oss se.

Plötsligt kände han hur han började driva isär, till en början långsamt. Han spreds utåt i rymden som ringar i ett märkligt vatten.

Vi är som barkbitar, tänkte han. Lager på lager, ett på ett annat, gradvis formade. Och varje nytt lager bestäms av de föregående lika mycket som av allting annat...

Han såg de olika lagren av hans liv flyta iväg utåt. Han såg hur de byggde på varandra, hur varje försök till förändringar hade motarbetats av varje underliggande lager.

Varför *visste* jag inte det? tänkte han. Hade jag inte behövt... det valet, och *det*...

Det som har hänt är vad som har hänt, sa rösterna.

... Ja, svarade han, och visste att det var så.

Expansionen skedde snabbare nu. Han kände det som om han höll på att släppa någonting ifrån sig, som om han återgick till ett ursprungligt tillstånd, snarare än att han höll på att växa eller uppgå i någonting. Han kände en plötslig skräck för att han skulle upplösas, att han skulle vara borta, att hans medvetande och allt som det bar med sig skulle försvinna ut i meningslöshet. Han grep efter de flyende skikten, försökte trycka dem tillbaka mot sig. Expansionen hejdades inte, men gick långsammare.

Han ropade desperat från bottnen av en djup brunn. Panik, upplösning, hjälplöshet, och sedan var han sig själv igen.

Vad kommer att hända med mina minnen? frågade han, rädd för att få veta vad han inte kunde stå ut med.

Rösterna virvlade runt honom, in och ut mellan de ihåliga skalen som var han. De svarade honom: Vi kommer att bevara dem, och vårda dem, och ingenting som du har tänkt eller upplevt kommer att vara oviktigt för oss.

Varför kan jag inte behålla dem? ville han veta.

Du måste lämna dem ifrån dig, svarade rösterna. De är inte en del av dig.

Jo, tänkte han. Det är de. Det *är* de. Han släppte dem inte ifrån sig.

Han visste fortfarande vem han var och vem han hade varit, vad han hade känt och vad som hade varit viktigt för honom. Nu var *det* viktigt för honom.

Men om han var död och en dom skulle fällas över honom, så var det kanske visast att lyda, att foga sig i allt. Kanske kunde man inte få frid om man inte först oåterkalleligen lämnade livet bakom sig.

Vad *var* det som han klamrade sig fast vid? Det tycktes suddigt, alltihop, som fragment av någon annans berättelse, något som inte riktigt kunde intressera. Något som borde ha upplevts i första hand och hade förlorat sin lyster i återberättandet. Ansikten och platser, intryck och namn, känslor och detaljer, de hängde inte ihop med varandra. De bildade inte en komplett bild längre.

De avlägsna klockklangerna och ljuspunkterna var lugnande krusningar på ett oändligt vatten. En ofattbart avlägsen, vit, klart lysande ljuspunkt rörde sig bortåt och efterlämnade med jämna mellanrum avbilder av sig själv, som sakta försvann och bildade ett bleknande kölvatten.

De dansande rösterna virvlade iväg i en lysande spiral och var borta för en tid, eller kanske var de hela tiden där, fast ägnade honom inte längre sin uppmärksamhet. Hade han retat upp dem, hade de glömt honom, eller hade de bara bestämt sig för att ge honom tid?

Små, klara punkter av blått ljus drev förbi nära honom. De var små ringar på en ofattlig yta. De var tunna röster som blåklockor i vinden. De var där, runt omkring honom, hela tiden, alltid.

Var ni där? undrade han tyst. Var ni där, såg ni, visste ni vad jag kände? Fanns det någon som räknade alla mina tankar, alla mina goda gärningar, de som förblev osedda och okända?

Vi var där, viskade de små rösterna. Vi såg, vi minns.

Om jag... om jag bara hade *vetat*, sa han. Det skulle ha betytt så mycket. Det fanns stunder då jag verkligen behövde veta, men ni var inte där...

Det fanns många bilder bland hans minnen som stack i honom, som orsakade honom sorg, eller snarare hörde ihop med sorg som han hade burit omkring på så länge. Men hans nya vetskap mildrade sorgen, och befriade någonting i honom.

Då var det ändå så, tänkte han. Det fanns nånting där, osynligt.

Banden till minnena började lossna. Han höll inte kvar lika hårt vid de smärtsamma bilderna. De var inte skatter för honom längre, som han måste bevaka och bevara.

Så var det de finaste bilderna, de som hade gett honom kraft att fortsätta. De var färre och suddigare, och han visste att han inte behövde dem längre. De hade hållit honom uppe, men den tiden var förbi. Även om de var honom kära så kunde han lämna dem vidare om han måste.

Han började driva isär igen, utåt, bortåt. Den här gången gjorde han inget försök att hålla skalen tillbaka. De drev iväg från honom, allt otydligare ju längre bort de kom.

Han såg dem glida iväg, och tänkte: Vem är jag?

Det kändes inte lika viktigt längre, och han kände inte lika stor olust över att det inte var viktigt.

Så vad händer nu? undrade han.

Återigen hängde han i stillhet i en omätbar tid.

Rösterna förtätades igen omkring honom, återvände för att öppna sig inför honom. Små blå bubblor klingade: Tycker du att det var värt det?

Jo, tänkte han. Det var svårt ibland. Men nu när jag vet, känns det bra. Det var ändå värt det.

De sjöng för honom igen som klockor, i svepande skalor av vita toner. Vill du vara med om det igen?

Han tvekade.

Mörkblå stråk pulserade i fjärran. De avlägsna ljusen klang som en harpa eller fallande snöstjärnor.

Om jag kunde få *veta*, sa han. Om jag visste från början att det fanns någonting bortom...

Det kan inte vara så, svarade de. Ingen får veta någonting från början.

Det skulle vara så mycket lättare, sa han.

Rösterna svarade inte omedelbart. Avlägset viskade de, bakom honom, bortom de fjärran ljusen, inuti honom: Det ska inte vara så, det ska inte vara lättare...

Och så var det förstås. All hans rädsla och osäkerhet och ensamhet höll på att blekna, eftersom allt det som hade fött dem var på väg bort från honom. Bara en svag längtan, en melankolisk önskan återstod av det som en gång hade varit ett desperat begär.

Men ni kommer att vara där, sa han, hela tiden, i alla ögonblick, de mörka och de ljusa, ni kommer att se mig, och jag kommer att kunna sträcka mig efter er?

Vi kommer att vara där, svarade väven av ljud. Men du kommer aldrig att se oss, aldrig att nå oss, bara genom tro kommer du att kunna få någon tröst från oss, bara genom aningar i mörkret, drömda viskningar från sådana som inte finns och aldrig fanns...

Och den tron måste jag bygga själv, på ingenting? frågade han.

Om du vill, kom svaret, om du behöver, om det blir så. Det finns andra sätt att få tröst...

Fortfarande tvekade han. Det fanns inte mycket kvar nu, av

hans gamla jag. Bara minnen av känslor, fragment av en personlighet, skuggor av begär.

Kommer jag att vara starkare och visare? undrade han.

Du kommer inte att vara starkare eller visare, svarade rösterna.

Kommer jag att kunna rätta till alla orättvisorna? frågade han.

Den makten har ingen själ, svarade rösterna.

Den ljusa blå rymden skimrade i sin oändlighet, och han var medveten om den, om allt, i denna drömda tid och detta drömda rum.

Vad har jag för val? undrade han, och efter att ha ställt frågan visste han svaret. Det här är ingen plats, sa han. Det finns ingenting mer, ingenting annat, ingenting bortom. Det finns bara det som vi skapar genom att uppleva, det som vi inbillar och drömmer fram. Det är allt.

Det finns glömska, för de själar som söker den, sa rösterna. Och det finns det som är motsatsen till glömska.

Ja, sa han. Det var där jag var. Och det var värt det, trots allt. Och jag skulle vilja vara med om det igen, på ett annat sätt, ett nytt sätt.

Det ska du få, lovade rösterna, flätades samman och isär framför honom, svepte bort, svängde i rymden som ett draperi av pärlblänk, som små vågor i ett regn. Det ska du få, hörde han från långt borta.

Han hängde i det blå. Hans kropp var borta, glömd. Där fanns inga minnen kvar. Ingenting upplevt, ingenting tänkt, ingenting som definierade en person, bara en själ.

Vem är jag? tänkte han.

Ingen, men kanske snart någon.

Otaliga ljus blänkte för honom, sjöng en klingande sång utan melodi eller mening.

Det fanns inte mycket att gissa på, förutom att han snart skulle leva.

Ambrose Bierce

I Carcosa

"För där finns olika sorters död – vissa vari kroppen bibehålls, och andra där den försvinner bort med själen. Detta inträffar vanligen blott i ensamhet (sådan är Guds vilja) och då man inte ser slutet, säger man att människan är förlorad, eller har givit sig ut på en lång vandring – vilket hon i sanning har gjort; men som överflödet av vittnesmål visar, har det ibland hänt inför många ögon. I en sorts död avlider även själen, och enligt vad man vet har detta inträffat medan kroppen varit vid hälsa i många år. Ibland, som det helt riktigt har intygats, dör den med kroppen, men efter en årstid återuppstår den på samma plats där kroppen förmultnar."

Medan jag funderade över dessa ord av Hali (som Gud må skänka frid) och undrade över deras fulla innebörd likt den som fått ett tecken och betvivlar att det ligger något bakom det mer än vad som kan skönjas, märkte jag inte vart jag hade strövat förrän en plötslig kylig vind slog mig i ansiktet och fick mig att uppleva omgivningen. Jag märkte med förundran att allting föreföll främmande. På alla sidor om mig sträckte sig en dystert kal och öde slätt täckt av torrt gräs, som prasslade och viskade i den höstlika vinden med Gud vet vilka mystiska och oroande aningar. Upp över det och med långa mellanrum sträckte sig märkligt formade och mörkt färgade berg, som tycktes äga ett tyst samförstånd sinsemellan och utbyta blickar med obehaglig innebörd, som om de höjt sina huvuden för att beskåda en sedan länge inväntad händelse. Några få vindpinade träd här och var framstod som ledarna i denna illvilliga sammansvärjning av tyst förväntan.

Jag tänkte att dagen måste ha varit långt framskriden, även om solen inte kunde urskiljas; och trots att jag kände den råa och kyliga luften, var min medvetenhet om den snarare själslig än kroppslig; jag upplevde inget obehag. Himlen över hela detta sorgliga landskap täcktes av blyfärgade moln likt en synlig förbannelse. I allt detta fanns en hotfull och olycksbådande känsla – en aning av ondska, en antydan om undergång. Fåglar, villebråd eller insekter fanns här inte. Vinden suckade i de döda trädens kala grenar och det gråa gräset böjde sig ner för att viska sina fruktansvärda hemligheter till marken; men inget annat ljud och ingen annan rörelse bröt det fruktansvärda lugn som vilade över detta olyckliga ställe.

I växtligheten lade jag märke till ett antal väderbitna stenar, synbarligen formade av redskap. De var brutna, täckta av mossa och halvt nersjunkna i marken. Några låg omkullstörta, andra stod lutade i olika riktningar, ingen reste sig upprätt. De var efter allt att döma gravstenar, om än gravarna själva inte längre fanns kvar liksom varken kullar eller sänkor; åren hade utjämnat allt. Utspridda här och var utmärkte flera massiva block var något skrytsamt gravvalv eller anspråksfullt monument en gång hade visat sitt hånfulla trots mot förgängelsen. Så gamla verkade dessa reliker vara, dessa lämningar efter fåfänga och fromma minnen, så utnötta och slitna och fläckiga – så förbisedda, öde och glömda av omgivningen, att jag var böjd att se mig själv som upptäckaren av en uråldrig kyrkogård för en människoras, vars blotta namn sedan länge hade utplånats.

Fylld av dessa betraktelser var jag för någon tid obekymrad över mina egna upplevelser, men snart tänkte jag: "Hur kom jag till denna plats?" En stunds eftertanke tycktes göra allt detta på samma gång uppenbart och fattbart, om än på ett oroande sätt, den enda egenskap min föreställning förlänade allt jag såg och hörde. Jag var sjuk. Jag minns nu att jag hade blivit anfäktad av en plötslig feber, och att min familj hade berättat för mig att jag under timmarna av yrsel ständigt ropade efter befrielse och luft, och att de hållit mig kvar i sängen för att hindra mig att fly utomhus.

Men nu hade jag gäckat mina vårdares bevakning och vandrat hit till – vilken trakt? Jag kunde inte bilda mig någon uppfattning. Tydligen var jag på ansenligt avstånd från den plats där jag haft mitt hem – den gamla och namnkunniga staden Carcosa.

Inget tecken på mänskligt liv varken syntes eller hördes: ingen stigande rök, ingen vakthunds skall, ingen boskap som råmade, inga skrik från lekande barn – inget utom denna olyckliga kyrkogård, omvärvd av mystik och fruktan, så samstämmig med min egen förvirrade hjärna. Var jag inte än en gång nära att yra, här bortom mänsklig hjälp? Var inte *allt* måhända en illusion skapad av min galenskap? Jag skrek högt min hustrus och sons namn, sträckte ut mina händer för att söka efter deras, medan jag vandrade bland de hukande stenarna och det vissnade gräset.

Ett ljud bakom ryggen fick mig att vända mig om. Ett vilt djur – ett lodjur – nalkades. Tanken slog mig: Om jag stupar här i ödemarken – om febern återvänder och jag tynar bort, kommer detta odjur att sluta sina käftar om min strupe. Jag sprang skrikande mot det. Djuret lunkade stillsamt förbi mig på en handsbredds avstånd och försvann bakom en klippa.

En stund senare tycktes en mans huvud höja sig ur marken inte långt borta. Han besteg den bortre sidan av en låg kulle vars krön knappt avgränsade sig från marknivån i övrigt. Hela hans gestalt kom snart i sikte mot bakgrunden av gråa moln. Han var till hälften naken, till hälften klädd i skinn. Hans hår var ovårdat, hans skägg långt och tovigt. I ena handen bar han pil och båge, i den andra en flammande fackla med ett långt stråk av svart rök. Han vandrade sakta och uppmärksamt, som i rädsla att falla i en uppgrävd grav som doldes under det höga gräset. Denna sällsamma uppenbarelse överraskade men skrämde mig inte, och då jag styrde stegen för att hejda honom möttes vi nästan ansikte mot ansikte. Jag tilltalade honom med den förtroliga hälsningen ”Må Gud beskydda dig.”

Han gav mig ingen uppmärksamhet; inte heller hejdade han sina steg.

– Gode främling, fortsatte jag, jag är sjuk och vilse. Jag bönfaller er att visa mig till Carcosa.

Mannen bröt ut i ett barbariskt mässande på ett okänt språk, passerade mig och försvann.

En uggla på grenen till ett murket träd hoade dystert och besvarades av en annan i fjärran. När jag tittade uppåt, såg jag Aldebaran och Hyaderna genom en plötslig reva i molnen! I allt detta fanns en nattlig antydan – lodjuret, ugglan och mannen med facklan. Ändå kunde jag se – jag såg till och med stjärnorna trots avsaknaden av mörker. Jag kunde se, men uppenbarligen kunde jag inte synas eller höras. Vilken fruktansvärd förtrollning var jag offer för?

Jag satte mig på roten till ett stort träd för att överväga hur jag bäst skulle handskas med min situation. Att jag var galen kunde jag inte längre betvivla, även om jag fann en grund till tvivel i min övertygelse. Av feber hade jag inget spår. Tillika kände jag mig upplivad och styrkt på ett sätt som var helt nytt för mig – en känsla av själslig och kroppslig upprymdhet. Mina sinnen tycktes helt vakna; jag kunde känna luften som en tung substans; jag kunde höra tystnaden.

En stor rot från det gigantiska träd som jag lutade mig mot där jag satt, slöt i sitt grepp en stenhäll, av vilken en del sköt in i en fördjupning som skapades av en annan rot. Sålunda var stenen delvis skyddad från väder och vind, om än mycket söndervittrad. Dess kanter var rundnötta, dess hörn avbitna, dess yta djupt fårad och avskalad. Glittrande fragment av kattguld syntes i jorden runt den – tecken på dess förvittring. Denna sten hade uppenbarligen markerat graven som trädet hade vuxit upp ur för länge sedan. Trädets fordrande rötter hade plundrat graven och gjort stenen till sin fånge.

En plötslig vind föste undan några torra löv och kvistar från stenens övre del. Jag såg en inskription i låg relief och böjde mig fram för att läsa bokstäverna. Min Gud! *Mitt* namn och inget annat! – Datumet för *min* födelse – datumet för *min* död!

En jämn ljusstråle belyste hela trädets sida när jag sprang till mina fötter i förskräckelse. Solen steg upp i den rosaskimrande östern. Jag stod mellan trädet och den breda röda solskivan – ingen skugga förmörkade stammen!

En kör av ylande vargar hälsade gryningen. Jag såg dem sitta där, ensamma och i grupp, på åsarna till oregelbundna vallar medan gravhögar fyllde hälften av min ödsliga utsikt mot horisonten. Och då visste jag att detta var ruinerna efter den gamla och namnkunniga staden Carcosa.

* * * *

Så lyder de fakta som meddelades av anden Hoseib Alar Robardin genom mediet Bayrolles.

An Inhabitant of Carcosa
Övers. Rickard Berghorn

Plågade själar

Henrik Johnsson

MORDET

Joakim satt på sängen med en pistol i handen och funderade på om han skulle ta livet av sig. Han hade tillbringat hela sitt liv i ofrivillig ensamhet; hans blyghet gjorde att han aldrig kunnat närma sig de kvinnor som han blivit intresserad av, och vid trettiotvå års ålder hade han ännu inte haft ett långvarigt förhållande. I skolan hade han varit utstött och betraktats som allmänt konstig, och han hade tagit sin tillflykt till böcker, filmer och annat som kunde förse honom med en mer behaglig verklighet. Hans föräldrar tillhörde den kategori av människor som inte visar sina känslor öppet, och Joakim hade aldrig känt att han var älskad eller ens omtyckt av dem. Han arbetade som bibliotekarie på ett litet kommunbibliotek, men varken på arbetsplatsen eller utanför hade han lyckats skaffa sig några vänner. Han hade gått till tre olika psykologer de senaste åren, men ingen av dem hade kunnat göra något åt den depression som verkade ha blivit en del av hans liv. De hade funnit olika botemedel som alla fungerade utmärkt i teorin, men som Joakim inte förmådde att omsätta i praktiken: det gick bra att tänka att kvinnan han var intresserad av trots allt bara var en vanlig människa, men att sedan närma sig henne var en helt annan sak. Alla de gånger då han försökt men misslyckats att träffa vare sig vänner eller flickvänner hade till slut övertygat honom om att han var värdelös, och att ingen kunde älska honom. Med tiden hade han börjat förakta sin omgivning, och ibland fick han för sig att själva världen var ond. Hans dagar gick åt till att försöka fly från verkligheten. Emellanåt satte han Velvet Undergrounds *Heroin* på repeat på stereon och låtsades att han inte fanns. Endast hans inre liv betydde någonting för honom. Omvärlden tyckte han var meningslös och ointressant.

Men till slut hade han tröttnat på att ständigt tränga undan sin smärta och istället beslutat sig för att göra slut på sitt lidande. Han hade gått igenom alla eventuella för- och nackdelar med att ta livet av sig, och han hade gjort en lista över dem. Så här såg den ut:

Fördelar

Man slipper lida

Inga mer nederlag vad gäller kvinnor och vänner

Ingen mer kärlekslöshet från föräldrar som inte bryr sig

Ingen mer ensamhet

Spalten för nackdelar upptogs endast av ett stort frågetecken.

Eftersom han aldrig varit särskilt religiös av sig, kom det inte in några religiösa frågeställningar i bilden. Han fruktade inte en existens av evigt lidande i Helvetet – han tyckte att hans liv redan nu var ett sådant – och han var heller inte rädd för att Gud skulle straffa honom om han tog livet av sig. Han hade förberett sig mentalt och gått igenom självmordets alla aspekter; han hade studerat olika metoder genom att läsa böcker om medicin och anatomi, samt laddat ned bilder från Internet på människor som begått självmord. Vapnet hade han fått tag på genom att gå med i en skytteklubb; klubben hade stränga regler mot att ta med sig vapen hem, men han hade smusslat ned en pistol utan att någon såg honom. Han hyste inga tvivel inför sin förestående död; detta var vad han ville. Det var alltså med fast hand som han satte pistolen i munnen – det var det säkraste sättet att skjuta sig, om han satte den mot tinningen så kunde rekylen göra så att han klarade sig – och tryckte av.

Ingenting hände.

Joakim tog ut pistolen och såg förvånat på den. Klubben han fått den ifrån hade hög standard, så pistolen borde vara väl underhållen, men han hade fått lära sig att alla skjutvapen strejkar förr eller senare. Missödet rubbade dock inte hans beslutsamhet, utan han stoppade åter in pistolen i munnen, och tryckte av.

Ingenting hände den här gången heller.

Nu började Joakim ansättas av maniska tankar. Kanske var det någon högre makt som ville att han skulle fortsätta leva, om inte Gud så åtminstone ett ogripbart öde? Men så kunde det inte vara – om någon sådan makt fanns skulle den inte ha tillåtit att han hamnade i en sådan här situation. Då slog honom tanken att det kanske var en högre, men illasinnad, makt som såg till att han inte kunde dö. När han tänkte efter så var det ju uppenbart – om Gud fanns men var ondskefull, skulle detta förklara Joakims alla missöden. Fast sådana tankar hade han haft förut, och han visste att de bara var inbillningar som växte sig starka när han själv var som svagast. Nej, han trodde lika lite på allsmäktiga, onda krafter som på ett liv efter döden.

Men av någon anledning vägrade pistolen trots allt att fungera. Han började undra om det trots allt inte kunde vara ett tecken. Han övervägde att fortsätta skjuta tills dess att ett skott brann av, men han hade så smått börjat tvivla på att självmord verkligen var det enda alternativet. En gnutta hopp vaknade långsamt till liv inom honom. Hans liv kunde i alla fall inte bli sämre om han fortsatte med det ett tag till. Joakim satt och grubblade över om han skulle vara eller icke vara när det plötsligt ringde på dörren.

De enda som brukade ringa på hos honom var Jehovas vittnen, dörrförsäljare eller brevbäraren som kom med företagspaket; antingen det, eller så var det någon granne som behövde få låna telefonen eller nyckeln till tvättstugan. Joakim kom att tänka på en specifik granne, en kvinna i tjugofemårsåldern som bodde i lägenheten bredvid, och som han på senare tid hade börjat bli lite förälskad i. Han lekte med tanken att det var hon som ringde på – kanske för att berätta att hans känslor var besvarade. Joakim gömde pistolen under kudden och gick för att öppna dörren.

Utanför stod just den grannkvinna som han blivit smått förälskad i, klädd i en lång klänning och gympaskor. Joakim trodde för ett ögonblick att han hallucinerade, men insåg att hon faktiskt stod där, och uppenbarligen ville honom något. Tanken slog honom också som hastigast att hon var en ängel i människohamn som skickats för att trösta honom. Hans stigande nervositet blandades med försiktig hoppfullhet.

– Hej Joakim! sade kvinnan och log ett leende som gjorde honom ängslig, men på ett angenämt sätt.

– Hej Sanna, sade han.

– Jo, jag tänkte bara komma in och säga hej. Får jag det? frågade hon.

– Öh... ja... sade Joakim obeslutsamt.

– Bra! kvittrade Sanna och gick in i lägenheten.

Joakim stod fortfarande och betraktade henne med förvåning när hon steg över tröskeln, tog av sig skorna och gick in i lägenhetens enda rum, ett kombinerat sov- och vardagsrum. Han försökte gissa sig till varför hon hade ringt på, men han kunde inte finna någon rimlig anledning.

– Vad fint du har det, sade Sanna och såg sig omkring, inspekterade möblerna och de välfyllda bokhyllorna.

– Tack, sade Joakim. Han lyckades samla sig tillräckligt för att inleda en riktig konversation. Vill du ha kaffe eller nåt?

– Ja, gärna, sade hon och satte sig på soffan framför TV:n. Han undrade hur det skulle vara att sätta sig där när hon gått och känna avtrycket av hennes värme.

– Har du aldrig några fester? frågade hon när han fyllde på kaffebryggaren.

– Nej, hurså?

– Jo, jag hör aldrig nåt från dig. Paret som bor bredvid mig har fester lite då och då.

– Och du har fester du också, sade Joakim och kom ihåg alla de gånger han hört musiken från lägenheten bredvid och önskat att han varit bjuden.

– Förlåt att jag aldrig har bjudit in dig, sade Sanna.

Joakim trodde knappt sina öron. Även om han egentligen visste bättre, så började han misstänka så smått att hon kunde läsa hans tankar.

– Det är lugnt, sade han.

– Har du lust att gå ut nån gång? frågade hon plötsligt.

Under ett magiskt ögonblick kände Joakim samtidigt den

största glädje och den djupaste skräck; glädje för att hon kanske kunde uppfylla hans dröm om att få älska och bli älskad, skräck för att kärleken inte skulle visa sig vara den perfekta gemenskap som han hade föreställt sig. Men både fasan och hoppet försvann när han insåg att hon bara drev med honom.

– Det där är inte kul, sade han med förebrående tonfall.

– Vadå? sade Sanna.

– Att hålla på sådär, som att du bryr dig om mig.

– Jamen, det gör jag visst det. Det var därför jag kom förbi. Jag tycker du verkar trevlig. Jag vill lära känna dig bättre.

– Du har bott här i två år och aldrig försökt lära känna mig, sade Joakim. Du vill inte veta vem jag är.

– Det vill jag visst det, det är därför jag kom hit, sade Sanna och ställde sig upp.

Hon gick fram till honom och lade handen på hans axel. Joakim kände hur han började bli rädd; rädd för att hon kanske menade vad hon sade.

– Du har jämt verkat så trevlig när vi sagt hej i hallen, och jag tycker det är synd att vi inte känner varandra. Jag tänkte försöka ändra på det. Nåt fel med det?

– Nej... det är det väl inte... Han kunde inte bestämma sig för om han skulle tro på henne eller inte; men han lutade mer åt misstro.

– Dåså. Dessutom måste jag erkänna att jag faktiskt är lite förtjust i dig.

Nu kunde inte Joakim känna något tvivel längre; han var övertygad om att hon spelade honom ett synnerligen elakt spratt.

– Lägg av med den här jävla skiten! utbrast han och tog ett par steg in i rummet, för att inte stå så nära henne.

– Vad menar du? Jag tycker om dig, sade Sanna; hennes ansikte fick ett sårat uttryck.

– Du ljuger. Jag tror dig inte. Jag är inte pojkvänsmaterial, sade han och upprepade den ramsa som han alltid tröstade sig med när en kvinna avvisade honom.

– Det är du väl visst det. Men förlåt, det här var dumt av mig. Jag borde inte varit så framfusig.

– Nej, det borde du inte, sade Joakim och tittade ut i tomma intet för att slippa möta hennes blick. Han skämdes för att han nästan hade trott på henne; förebrådde sig för att han fortfarande hoppades på förändring till det bättre. Hopp är farligt, det var han på det klara med. Till och med dödligt, ibland.

De stod tysta en stund. Sanna tittade på kaffebryggaren.

– Kaffet är klart, konstaterade hon och flyttade kannan från plattan.

– Ta du. Jag vill inte ha.

– Då vill inte jag ha heller.

– Men du ville ju nyss, sade Joakim.

– Inte om du inte vill ha.

– Nä men då får den stå då! utbrast Joakim i en ton som var menad att låta sur, men som ändå var ganska road. Han kände att han inte kunde hålla ilskan vid liv; trots allt stod hon ju fortfarande kvar i lägenheten.

Sanna reagerade med ett leende när hon hörde honom.

– Förlåt. Jag borde inte ha sagt det så här. Men jag tycker faktiskt om dig. Okej? sade hon.

– Okej, sade Joakim, som hade väntat hela sitt liv på att få höra en kvinna säga något sådant till honom. Han började tillåta sig att tro på henne. Känslan av hopp kändes ny för honom, ovan. Och det var en underbar känsla.

Sanna verkade vilja sätta sig, och av någon anledning valde hon sängen; Joakim greps plötsligt av rädsla för att hon kanske skulle upptäcka pistolen, men han vågade inte säga åt henne att sätta sig någon annanstans. Hon klappade på täcket för att han skulle sätta sig. Joakim stod kvar.

– Jag bits inte, sade Sanna med ett leende. Om du inte vill att jag bits, förstås.

Joakim gick till slut fram och satte sig bredvid henne. Både de känslor han sedan länge hyst för henne, men även hans trevande hopp inför en gladare framtid började långsamt bubbla upp till ytan. Han kom ihåg de olika gånger då han träffat henne i hallen och hälsat, utan att hon hade sagt mer än ett kort hej tillbaka. Men kanske hade hon varit lika nervös som han, kanske var hon

för blyg för att tala med honom. Så var det säkert. En lättnad kom
över honom, en sorts tillförsikt som uteslöt all nervositet.

– Jag tycker om dig också, sade han bestämt.

– Gör du?

– Ja, fast jag vet inte så mycket om dig.

– Nä, men man kan ju tycka om nån ändå, utan att känna
henne.

– Jo, det kan man väl, sade Joakim. Det var ju det alla hans för-
älskelser gick ut på.

– Tror du det kan bli nånting mellan oss? frågade Sanna.

– Hur menar du?

– Om vi går ut. Tror du det skulle funka? Konstig fråga så här
tidigt, jag vet. Men ibland får man ju vibbar och så.

– Ja, jag tror att det skulle funka. Det tror jag definitivt, sade
han och log.

– Tror jag med, sade Sanna, lutade sig framåt och kysste ho-
nom.

Det var bara en lätt kyss på läpparna, men Joakim kände ändå
hur den tillsammans med hennes doft – mjuk som vanilj och som-
maräng – började göra honom upphetsad. Han skulle just till att
besvara kyssen när Sanna lutade sig bakåt i sängen och flyttade
händerna för att stödja sig, och råkade sätta ena handen under
kudden; Joakim gapade med munnen vidöppen av skräck när hon
drog fram pistolen. Hennes leende försvann när hon förstod vad
det var hon höll i.

– Varför har du den här? sade hon. Hennes röst var dämpad,
svag, ledsen.

Joakim sade inget. Han satt tyst med blicken fäst på pistolen.
Nu inser hon hur sjuk och vidrig jag är, tänkte han. Och nu kom-
mer hon att tappa allt intresse för mig, för ingen kan ju älska en
galning.

– Varför har du den här? upprepade hon. När Joakim inte sva-
rade fortsatte hon: Skall du ta livet av dig? Hennes röst darrade av
återhållen gråt. Joakim sade fortfarande ingenting. Hade du tänkt
skjuta dig med den här? Och sen upptäcker nån dig när du legat
och ruttnat i en vecka, och så kommer polisen och så får jag reda

på att du är död. Är det det du vill?

Hon ställde sig upp med pistolen i handen; han såg på henne i tystnad. Hon drog ett djupt andetag och trängde bort gråten ur rösten.

– Är det det du vill? Vill du ta livet av dig? upprepade hon, kanske som ett slags ultimatum.

– Ja, svarade Joakim skamset. Jag försökte, men pistolen funkade inte.

Sanna stod stilla ett ögonblick, sedan satte hon sig igen. Hon lade pistolen på sängen och ena handen på hans kind. Hon såg på honom med bevekande ögon, som om hon bad honom att lita på henne, att våga älska henne.

Joakim mötte till slut hennes blick.

– Förlåt, sade han.

– Det är klart jag förlåter dig, sade hon. Hon lutade sig framåt och kysste hans panna, lätt. Det var en bra idé, det var bara helt fel pistol.

Joakims alla motstridiga känslor sveptes undan av en våg av förvåning.

– Vad menar du? stammade han fram.

– Jo, det var en bra idé, men du måste ju ha en pistol som fungerar. Det förstår du väl.

Joakim kunde inte avgöra om hon skämtade eller var allvarlig.

– Vänta lite, så skall jag hämta en som är bättre, sade Sanna, reste på sig och gick ut ur lägenheten. Joakim satt kvar och försökte förstå vad som nyss hade hänt. Någon minut senare kom Sanna tillbaka med en pistol i handen. Joakim satt kvar på sängen, fortfarande utan att riktigt tro på vad som nyss hade hänt. Sanna satte sig på sängen och lade pistolen i Joakims knä; han tittade på den, och sedan på henne.

– Sådärja. Nu har du en riktig pistol, inte en sån där fjantgrej som du hade förut. Den här tar garanterat livet av dig, sade hon.

Joakim satt tyst och såg på den kvinna som han trott skulle göra honom lycklig; som skulle uppfylla hans dröm om kärleken.

– Jag förstår inte, sade han.

– Det behöver du inte heller, sade Sanna. Det enda du behöver veta är att du var inne på rätt spår, men du måste ha en bättre pistol. Självmord är verkligen det enda alternativet. Livet är skit, och människorna är bara ruttna och onda. Om Gud finns så hatar han oss. När man väl inser det kan man ju bara ta livet av sig, eller hur?

– Ja, kanske det, sade Joakim.

– Just precis. Det är bara de deprimerade som förstår hur det egentligen ligger till. Bara de galna vet hur Gud tänker. Grattis, och välkommen till de utvaldas skara.

– Tack, sade Joakim, utan att riktigt veta vad han hade att tacka henne för.

– Many are called, few are chosen, sade Sanna med en ironiskt gravallvarlig röst. Se så, tillade hon efter en stund. Var nu en duktig ponke och ta livet av dig. Så skall du se att allt blir bra.

– Ja, sade Joakim svagt.

– Lovar du att du tar livet av dig? För om du inte gör det så blir jag ledsen. Och det vill du väl inte att jag skall bli? sade Sanna.

– Nej, sade Joakim.

– Då så. Jag går nu, men jag kommer tillbaks om en halvtimme, och om du inte är död då så blir det synd om dig. Okej?

– Ja.

Lätt som en fjäder föll Joakims invanda pessimism tillbaka på sin plats. Han visste nu att han ville leva, ville älska, men han visste också att ingen skulle älska honom.

– Bra. Puss och kram, sade Sanna, klappade honom på axeln och gick ut ur lägenheten. Joakim fortsatte att stirra på pistolen, utan att se på henne.

Sanna gick in till sig och började göra iordning lunch, bestående av te och mackor. När skottet väl brann av hörde hon det inte, för hon hade satt på radion.

Rickard Berghorn

SVARTSJUKAN

Hon hette Margareta och jag såg henne där varje morgon. Allt hos henne vissnade och dog: det matta håret som hängde livlöst, ögonen där själen kröp ihop ängslig och besviken i djupen, ansiktet som började vittra. Trettiosju år var hon. Som ung sade folk att hon var vacker, men hon trodde aldrig riktigt på det. Margareta litade inte på något i livet, utom sina egna tankar och uppfattningar. Och kanske gjorde det henne till en stark människa, någonstans i sitt hjärtas innersta. Det är konstigt att jag aldrig tänkt så innan.

Jag visste allt om henne, kanske mer än jag ville veta. Hur hon låg vaken i mörkret och lyssnade på sina illusionslösa tankar i huvudet, hur hon vårdade sin man inte av omtänksamhet, utan av rädsla för att han skulle sluta älska henne. Några barn hade de inte. Ibland ville hon skaffa sig ett, eftersom det skulle få henne att känna sig mer som en kvinna. Hon trodde i alla fall att en liten pojke skulle bättra hennes självkänsla. Alla de kände och umgicks med hade barn.

Varje morgon såg jag henne. Hon fanns där i spegelglaset, trött och fortfarande med nattens drömmar inom sig. Tandborsten strök över tänderna, kammen trasslade ut håret, fingrarna masserade kinder och ögonlock. Sedan kunde jag gå ut i vardagen av äggkokning, bröd som skulle skivas och kaffe i muggar med texten Hon och Han.

Jag älskade verkligen min man. Jag älskade honom så mycket att det gjorde ont, för jag tänkte att det bara skulle binda oss närmare varandra. Kanske litade jag inte på hans kärlek. Jag var nog inte värd att ha en man.

Vi låg bredvid varandra i sängen. Jag kände honom under mina fingrar, den mjuka hyn och de hårda musklerna därunder. Han smekte mig och sade att han älskade mig. Hans händer var känsliga och ömma, inte så hårda och stumma som hos männen jag knutit mig till före honom. Men jag misstänkte att han var lika öm med alla kvinnor. Jag tog emot honom och blundade, men njöt inte så mycket som jag ville eller tillät mig.

– Jag kunde inte ha hittat en bättre hustru, Margareta. Det menar jag verkligen.

Sedan var det över och han kysste mig och sjönk ner i kudden för att sova. Jag sträckte mig efter sänglampan. Men ofta släckte jag den inte, utan tittade istället på hans lugna ansikte och läpparna som log i dvalan. Vi hade varit gifta i nio år. Jag kunde alla hans vanor, allt som hänt honom i livet – men kände jag honom verkligen? Jag kunde inte se vilka känslor som rörde sig i hans djupaste väsen, visste inte vad han funderade på när han gick sina långa promenader varje dag.

Han var så vacker i skenet från sänglampan. Jag lutade mig fram till honom, försiktigt så att han inte vaknade. Hans andetag svepte över mina läppar. Han luktade fortfarande av kvällens dusch och jag kände den mörkare doften av manlighet därunder.

Egentligen var du en främling som delade livet med mig och pengarna du tjänade. Men jag var rädd för att få veta mer om dig. Då kanske du inte längre skulle vara samma människa jag älskade.

Han var författare, min man. Varje dag satt han i sitt mörka rum med persiennerna neddragna och bleknade i skenet från datorn. Bekymrad var han ibland, andra gånger upphetsad och rodnande över en formulering han funnit. Han var stolt över sina små påhitt, men ändå lät han mig aldrig läsa det han skrivit. Jag föreställer mig att han kände som jag själv gjorde när jag var ung och skrev dikter med ord jag fann i mina innersta skrymslen och vrår. Det var inte heller någon som fick läsa dem, om de kände mig – men en okänd publik kunde gärna ha fått göra det, om dikterna blivit utgivna. Kanske avslöjade min man för mycket av sig själv i sina böcker, sådant han inte ville att jag skulle veta om?

Jag tänkte att jag inte ingav honom något förtroende. Eller också bar han på hemligheter som var ömtåliga och farliga – farliga för mig och för honom själv.

Vågar jag berätta det här? Ibland glömde han att låsa dörren till sitt rum. Han kysste mig på pannan och gick ut på sin timslånga promenad och när jag kände mig trygg öppnade jag dörren. Därinne kunde jag sedan bläddra i böckerna, läsa några sidor här och där. Jag vet att jag inte borde ha gjort det.

Alla hans romaner hade samma huvudperson. Hon var en mystisk läkekvinna i de småländska skogarna på 1700-talet. Birgitta Bergsdotter hette hon.

Birgitta hade allt jag inte kunde se hos mig själv. Hon var vacker och frisk, ögonen var sällsamt mörka och tilldragande, hennes fina hår brunlockigt och långt. Som människa var hon mjuk och medkännande men hade också stor integritet. Männen lade märke till henne. Hon ingav dem respekt men även djupare känslor. Min man beskrev henne alltid med de finaste orden. Jag tror han var förtjust i sin hjältinna.

Jag avskydde henne. Tanken att min man ägnade sina dagar åt att skriva om den här kvinnan, ville jag inte bära inom mig. Jag satt vid hans skrivbord på hans skrivbordsstol och läste sida efter sida, alltid lika upprörd med bladen skälvande i mina fingrar. Jag ville avsky min man också men kunde inte förmå mig till det. Kanske var jag rädd. Jag var rädd för vilka känslor det kunde väcka till liv.

Bokhyllan i min mans rum sviktade under lexikon och ordböcker och hans egna romaner. Det skulle inte märkas om jag tog en roman av honom, bara jag satte tillbaka den sedan. Jag tog boken och gömde den under min huvudkudde, plockade fram den och läste berättelsen i skenet från sänglampan när han somnat i natten. Sedan låg jag i mörkret och kvävdes av min ångest. Jag försöker att aldrig gråta, men nu gjorde jag det.

Det var så jag lärde känna henne som en människa i mitt eget liv. Jag visste vem hon var och hur hon såg ut, såg hennes ansikte och perfekta kropp varje gång jag slöt ögonen. Ibland kunde jag nästan höra hur hon skrattade åt mig. Det var inte mig han älskade, min man, utan Birgitta Bergsdotter, hans dröm om den perfekta kvinnan, hans egen älskarinna i fantasin.

Min man levde efter rutiner och slutade alltid skriva vid femtiden på eftermiddagarna. Han kom ut från sitt rum och tycktes ha vaknat ur en skön dröm med en lätt rodnad på kinderna. Jag ville inte se honom då. När han försökte krama mig, undrade han varför jag undvek honom och var upprörd. Men bortförklaringar finner man alltid och jag fortsatte att plocka in porslinet i skåpen och besticken i lådorna, kanske både högljutt och ilsket.

När TV-flimret lyste upp en skymning i vardagsrummet, brukade jag sitta i soffan och iaktta honom. Han vilade stilla och tyst i sin fåtölj som om han slumrat in i sina funderingar. TV-rutan blänkte i hans ögon, men han tittade sällan på programmen. Vad tänkte han på? Jag ville så gärna veta, om det inte var något som skulle såra mig.

– Du tänker och funderar, sade jag ibland.

– Hmm, sade han. Det gick några sekunder, innan han fortsatte. Tänker och funderar? Jag gör väl det, ja.

Den här kvällen satt han med en gammal tidning och en bläckpenna i händerna. Han skrev lite förstrött på papperet, knappt medveten om det. Sedan reste han sig ur dynorna och ställde sig vid fönstret. Glaset var ledsamt randigt, grannfönsterna skymtade genom dropparna som slog tungt i asfalten. Jag sträckte mig efter tidningen min man hade klottrat på. Jag behövde inte vara försiktig när jag gjorde det. Han hörde mig ändå inte.

Jag hade misstänkt att det skulle vara något sådant han skrivit. Visst hade han haft ett leende på läpparna när han satt med pennan i handen, det där inåtvända leendet över en god tanke som jag sett så ofta? Det var hennes namn han präntat i marginalerna: "Birgitta" och "Bergsdotter" och "Birgitta Bergsdotter". Inget annat än hennes namn.

En minut senare satt jag på sängen i sovrummet och pressade händerna mot ansiktet, som om det skulle hålla mig samman och tårarna tillbaka. Jag hade skrikit något till min man och slagit igen

dörren om mig. Nu stod han utanför och knackade och undrade
vad det var som hände.

– Du är inte så lite obegriplig. Öppna är du snäll.

Efter en kvart gjorde jag det. Ingen förklaring, inte ett ord gav
jag – men jag tryckte honom hårt till mig och kysste hans läppar,
kinder, ögon och panna. Han tittade mig förvånat i ögonen men
höll om mig.

– Du är nog galen, sade han. Tokig i alla fall.

Jag kunde inte glömma henne. Jag såg Birgitta i kvinnorna som
passerade mig på gatan, när någon skrattade bakom mig var det
hennes skratt jag hörde. Hon fanns i alla mina tankar, hennes an-
sikte skymtade i molnen på himlen och i fläckarna på parkträden,
det fanns alltid någon i tidningarna och tidskrifterna eller på TV
som hette Birgitta. Och varje dag fylldes mitt huvud av min mans
knatter på tangentbordet, knattret som var det enda av hans hem-
liga tankar jag skulle få höra. Jag fick ingen ro i mitt liv. Maten
smakade inget längre, kaffet gjorde mig illamående och min bästa
väninna tyckte jag blivit tyst och onåbar. Jag ville berätta för hen-
ne men förmådde inte.

En sömnlös natt fångade mig, den typen av nätter som bara
tycks bestå av tankar. Tiden kändes oändlig och mörkret verkade
djupare än vanligt. Hennes namn var inristat i min hjärnas alla
vindlingar: Birgitta Bergsdotter. Mitt huvud värkte och min kropp
frös under täcket. Jag tittade på min man. Var det inte underligt
att han kunde sova så lugnt i min närhet? Han vilade behagligt i
kudden med sitt barnansikte. Det retade mig, retade mig för att
det var så tillfreds, oberört, lyckligt – för att det gjorde mig kär-
leksfull och svag. Jag höjde handen och lutade mig över honom,
tänkte ge honom en svidande örfil.

Men så kunde jag ju inte göra. ”Du är nog galen”, skulle han
säga. ”Tokig i alla fall.” Kanske var jag det?

Jag kände oron dra ihop sig till ett hårt nystan i magen vid tan-
ken. Jag slängde av mig täcket och steg ur sängen. I köket kokade
jag kaffe och försökte lugna mig med några koppar vid köksbor-
det. Jag ville inte stanna här i lägenheten, med min man eller
bland de känslor som knutits till allt jag såg.

Morgonen började krypa emellan persiennerna och jag höll redan på att packa mina resväskor. Min man gnuggade sig i ögonen och satte sig upp i sängen.

– Men vad...?

– "Du är nog tokig i alla fall", härmade jag.

Han tittade på mig och mina händer som letade omkring bland linnena, sockarna, byxorna och tröjorna.

– Visst är du det, sade han med en uppgiven suck.

Trekvart senare hade jag lämnat min förvånade man och satt i en taxi till Centralen. Med tåg kan man lämna hela sin tillvaro bakom sig. Jag hoppades att göra det nu också. Man reser tillbaka till platser i sitt förgångna, samhället man växte upp i, staden man studerade i, kusten där man tillbringade en lycklig sommar och träffade sin första pojkvän.

Men det förgångna är sig inte likt. Jag hade ringt till mina föräldrar och de gamla människorna hämtade mig vid stationen med en trött bil från sextiotalet. Jag blev alltid besviken när jag såg deras gråa och slitna uppenbarelser. Det var inte dem jag ville träffa, utan mamma och pappa jag vuxit upp med. Medan bilen beklagade sin tillvaro åkte vi hem.

– Varför kom du så oförhappandes? frågade mamma mig över axeln. Hon lät både undrande och förvånad.

Men jag sade inget. Jag hade lärt mig det, att inte svara.

Tystnad. Helt vita dukar med krusade kanter på borden, välstrukna gardiner som veckade sig lugnt och stilla, kristallklara fönster utan fläckar och regnstänk, alla prydnadssaker dammade och glänsande och placerade på millimetern där de skulle vara. Och alltid denna tystnad. Ibland prasslade tidningen när pappa vände en sida, någon gång kunde mamma kväva en hostning vid sin kaffekopp. Men stillheten svalde ändå alla ljud till slut.

– Om man bara visste... sade mamma med en blick på mig i köket, när vi lagade mat tillsammans.

Jag brukade resa hit för att få ro. Vad fanns det här som kunde påminna om Birgitta? Jag satt i det ljusa och pedantiska vardagsrummet om förmiddagarna och läste, fram mot eftermiddagarna gick jag ut i naturen och vandrade bland björkarna om det inte regnade.

Men lugn och ro? Jag hade lämnat min man ensam i lägenheten, ensam med datorn och sina fantasier. När jag var hemma kunde jag i alla fall se honom, få veta vad han gjorde. Men vad gjorde han nu?

Hela hans liv bestod av fantasier. När han satt tyst i sin fåtölj om kvällarna, fantiserade han nog också. Han fantiserade om Birgitta, om hennes fina lilla ansikte och fina lilla kropp – när han älskade med mig i sängen, var det säkert Birgitta han älskade med. Kanske var det därför han var så mjuk och öm? Och nu hade han hela dagarna tillsammans med – – –

– Vad är det egentligen med dig? frågade pappa mig bekymrat i vedboden.

Han ställde ifrån sig yxan och försökte lägga en hand på min axel. Men när han märkte att den var klumpig, tog han bort den. Pappas händer hade alltid varit klumpiga när han skulle trösta mig.

Jag önskar att jag kunde berättat. Om någon bara vetat vad jag kände, förstått vad jag tänkte, hade det kanske funnits hjälp för mig och min man.

– Det är dags för eftermiddagsfikat, sade han och log när jag inte svarade. På väg till farstun, lade han åter sin klumpiga hand på min axel, men den här gången lät han den ligga kvar.

– Det är min man, sade jag i min pullover. En regndroppe träffade mig på näsan. Jag måste hem igen. Han gör saker som han inte borde göra. Ingenting blir bättre om jag stannar här.

– Åh, han är otrogen. Jag förstår nu. Men det är inget att bli upprörd över. Vi karlar är på det sättet, lite sämre skapta än andra.

På tåget hem försökte jag att bete mig lugnt och vanligt, drack två muggar kaffe i restaurangvagnen när jag inte ens ville ha en. Trots allt hade det varit en lättnad att besöka mina föräldrar, men min ångest väcktes ur sin oroliga slummer för varje mil jag närmade mig huvudstaden. Otrogen hade han sagt, min pappa.

Centralen slöt sig om livet i hallen, människor som skulle till och från, jag skaffade mig en taxi och gled igenom ett långsamt och mörkt Stockholm. Vad hade jag att vänta mig hemma?

Jag slog igen taxidörren. Min väska vilade med resans hela tyngd i min hand. Jag tittade uppför fasaden. Köksfönstret var mörkt. Fönstret i vardagsrummet flimrade elektriskt blått av TV:n. Kanske en kväll som andra? Men...

Otrogen?

Jag tvekade, kanske ville jag samla mod, slog långsamt portkoden. Dörren öppnade sig med ett ödsligt slamrande som försvann över trapporna. Mitt hjärta, mina andetag, mitt pulserande blod följde mig till hissen. Ordet lämnade mig inte: *Otrogen*... Våningarna svepte förbi fönstret i den repade dörren. Ett slutgiltigt knyck och hissen stannade.

Otrogen –

Dörren till vår bostad stod olåst. Jag sköt upp den. Lägenheten var mörk och tom. TV-mummel nådde mig från vardagsrummet. Skymningsljuset från apparaten föll ut i hallen. Men ingen hörde att jag kom.

– Hallå?

Jag satte ifrån mig väskan och ställde mig i dörren till vardagsrummet. Han var därinne, min man, försänkt i slö sömndvala med hakan mot bröstet. Vad hade du gjort dessa dagar?

Jag lät honom sova vidare. Jag gick tvekande genom lägenheten. Han hade diskat, men tallrikarna och glasen hade inte hittat rätt på hyllorna. Dörren till hans arbetsrum stod öppen. Skrivbordslampan lyste därinne. Det fanns något främmande i rummen, något främmande i stämningen och känslan. Som det känns efter ett besök av en människa man inte önskar sig...

Otrogen –

Sovrummet. Jag kvävde mina andhämtningar. Här hade vi levt vårt intimaste liv. Sängen stod obäddad. Jag visste det – *hon* hade varit härinne. Hon fanns fortfarande här, i atmosfären, i luften jag andades.

Det gjorde ont, kanske jämrade jag mig. Det gjorde ont att närma sig bädden, se täckena och kuddarna i vällustig oordning, gjorde ont att böja sig fram och stryka händerna över lakanen. Fortfarande varma?

Något ringlade sig om mitt ena finger. Jag tog tillbaka min hand och tittade. Osynligt... Jag kände med andra handens fingrar. Jag fann det –

Ett hårstrå.

Hon med det vackra, bruna håret.

Jag skrek nog. Det var ett – långt, lockigt och brunt hårstrå.

Jag måste ha skrikit. Och sedan...

Men vad som hände då, vill jag inte plocka fram ur glömskan.

Jag sprang.

Vattnet i pölarna sprängdes under mina skor. Kunde folk se mig bakom de mörka fönsterna, förstå vad jag hade gjort? Mina jagade andetag fyllde öron och lungor. Till mörkret där gatlyktorna inte lyste – jag sökte mig dit för att inte synas. Men gömma sig? Jag skulle inte kunna gömma mig längre, för någon i världen.

Jag visste vart jag sprang, men inte varför. Jag skulle till parken, samma park som min man brukade promenera i, dit jag ibland hade följt med honom. Inget kunde längre ställa saker tillrätta, men någon väntade på mig bland träden. Jag skulle träffa en människa där. Vem kunde det vara?

De nakna grenarna skar genom vindarna, löven blåste fuktiga över grusgångarna – det viskade, talade, mumlade omkring mig. Om blod och död och skuld. Inte kan man förbli samma människa efter det jag gjort?

Jag lugnade mina steg och tryckte händerna mot kinderna. Min gärning måste ha präntats i mitt ansikte, i hela min gestalt – nu och för resten av mitt liv – hur länge jag nu skulle tillåta mig att leva. *Mördare... din egen man... hur kunde du veta...? blodet...* Jag stoppade fingrarna i öronen för att inte höra.

En kal alm och en parkbänk – det måste vara här vi skulle mötas. Jag närmade mig avvaktande bänken. Det var inte mörkt, en lykta lyste med dimmigt sken i närheten – men satt det inte någon på den? Jag var osäker. Kanske stod hon därborta på grusgången istället, utanför lyktans ljuskrets? I duggstänket på bänken fanns avtrycket efter någon som suttit där. I gruset på gången fanns spåren efter nakna fötter. Det är i alla fall vad jag minns.

Hon var här. Visst kunde jag ana henne, en skymt av en ljus klänning, brunt hår som fladdrade i ögonvrån, en glimt av en fin hand någonstans i min närhet. Omkring mig, nära mig, tätt intill min sida...

Det gjorde mig så förvirrad.

– Margareta, Margareta... sade hon uppgivet i mitt öra.

Hon stod bakom min rygg.

– Vill du veta? Vill du *verkligen* veta sanningen?

Jag vågade inte vända mig om.

Det dröjde länge innan jag gjorde det.

Väggarna var inte vita utan mattgula, vårdarna bar vanliga vardagskläder. De som besökte mig sade att stämningen var lugn och vilsam. Kanske fanns känslan av dämpad rastlöshet bara inom mig själv. Människorna här vandrade sakta genom korridorerna, deras ögon öppnade sig till hemliga världar. Doktorerna och personalen var vänliga men distanserade. Jag tror inte jag lärde känna någon av dem.

Jag var ingen besvärlig patient. Min ångest höll jag för mig själv. När hon ibland talade till mig, lade jag mig i sängen och väntade på tystnaden. Men jag visste att hon alltid fanns i närheten, överallt där jag inte tittade.

”Vill du *verkligen* veta sanningen?” Jag förstod att det betydde något viktigt. Djupt inom mig anade jag innebörden, men hade inte mod att gripa efter den.

– Ännu en timme tillsammans, sade min psykolog de gånger jag träffade honom. Han var den ende som talade om problemen med mig, den ende som kanske till och med kunde ge mig någon trygghet.

– Vad menade hon? frågade jag slutligen, en tidig sommar. De djupgröna bladen på ett träd vacklade slött utanför fönstret.

Hans allvarliga ansikte brast som en isspegel av ett leende.

– Vet du Margareta, jag har väntat i två år på den frågan. Vågar du ställa den, vågar du också ta itu med problemen.

Det var då vi började leta efter sanningen. Vi sökte oss igenom mitt livs labyrint. Om ett vidunder väntade i dess centrum, fann vi det inte. Men där fanns mycket annat, rädsla och sorg, ångest och frustration.

Bland irrgångarna mötte jag också Birgitta. Jag hade tagit för givet att jag visste vem hon var, men så var det inte när jag började tala med henne. Min psykolog och jag läste igenom romanerna. Han fick också tillfälle att ta del av min makes anteckningar till dem. Jag tror det aldrig är farligt att se verkligheten – det enda som är farligt, är vår rädsla för att göra det. Jag började må bättre.

Så kom den stunden när jag hade mod nog att vända mig om.

Och då såg jag att det inte fanns någon där.

Jag vet nu att det inte bara var inbillning. Min man var verkligen förtjust i sin hjältinna. Det var den kvinnan han älskade, och ingen annan.

Birgitta Bergsdotter finns i den här världen som en människa bland andra. Jag kan inte säga om hon är så vacker och fulländad som min man ansåg. Men det var i alla fall hans uppfattning av kvinnan. Min make kände henne. Alla i vår omgivning kände henne, utom jag. Ändå borde hon varit närmare bekant med mig än någon annan människa. Birgitta och jag är trots allt samma person. Jag har också brunt och lockigt hår, även mina ögon är mörka. Jag växte upp i Småland och utbildade mig till sjuksköterska, eftersom jag tyckte om människor. Kanske känner män sig attraherade av mig också, det vet jag ännu inte. Det var naturligtvis inget konstigt med hårstrået jag hittade i sängen.

Mitt liv är ganska bra numera. Jag är inte längre omgiven av vårdare och bor i en luftig lägenhet på Kungsholmen. Inom kort har jag slutfört min utbildning till distriktssköterska och kan gå ut i arbetslivet. Jag tror att jag också kommer att övervinna min skam så mycket att jag snart kan besöka min mans grav på Skogskyrkogården.

Pål Eggert

DEN NOSTALGISKE GUDEN

"Man frestas att tro att vissa människor i Washington dyrkar de aztekiska gudarna – genom att offra centralamerikanskt blod."
– Julio Godoy, guatemaltekisk journalist

Hungermånaderna hade just börjat då soldaterna kom. När de steg fram ur skogens töcken trodde jag för ett ögonblick att de var skogsandar i grönspräcklig skepnad. Men de ägde större likheter med ormarna vilka döljer sig bland ormbunkarna, för soldaterna bar endast med sig de färger som kamouflerar, inte påfågelns koboltblåa eller fjärilens blodröda. Mitt eget folk, särskilt vi kvinnor, bar dessa färger i broderier och brokader i vår klädedräkt, ett regnbågsalfabet som talade om vilken by eller stam vi kom ifrån.

Jag var på väg till den lilla bykyrkan när soldaterna kom ut ur den täta lövskogen. Jag stannade till när jag fick syn på dem, som om åsynen av solreflexerna i kolvarna på deras automatvapen paralyserade mig. Vapnen vilade som insekter med svarta, glänsande skal i deras händer och i remmarna vid axlarna hängde gråa ägg med fruktansvärd avkomma. Jag visste att inget skulle bli som förr.

En av soldaterna gestikulerade med geväret åt mig att följa honom. Jag såg hur de andra soldaterna spred ut sig i byn; gröna skuggor bland hus av vit lera och rött tegel. Snart hade de samlat ihop de flesta av byns kvinnor och av viskningarna förstod jag att männen hölls fångna i kyrkan.

Soldaterna ledde ut oss kvinnor ur byn till en näraliggande dunge där lianer slingrade sig uppför träden och taggiga buskar

97

böljade upp ur marken. Några soldater befann sig redan där tillsammans med några andra som såg ut att vara fångar. Det var fyrafem bybor och en av dem var min bror Velasquéz.

– Olivia! ropade han.

En soldat med dammiga pilotglasögon riktade bajonetten mot min bror och kastade en hastig blick åt mitt håll. Jag såg på ett märke i hans röda basker att han var kaibil, en elitsoldat som under utbildningen var tvungna att äta det råa köttet och dricka blodet av djur för att demonstrera sitt mod. "Kaibilen är en dödsmaskin!" lydde en del av deras dekalog.

– Vi har kommit hit för att straffa dem som hjälper kommunisterna, talade befälet med knytnävarna i sidorna. De här männen har hjälpt gerillan som förstör vårt land. Men ni måste lära er att ta ansvar för er by. Därför skall jag ge er en möjlighet att straffa de kommunister som ni låtit verka i er by. Du –

Han pekade på mig och min brist på vilja förde mig fram till honom. Jag insåg att vi var här för att ingå i en annan ritual, dyrka en annan gud istället för den korsfäste. Befälet nickade åt mig och vände sig till några soldater.

– Häng upp honom, sade befälet och pekade på min bror.

De slog ett rep kring hans handleder och kastade det över en gren ovanför hans huvud. Några kvinnor blev beordrade att hålla repet så att min brors armar sträcktes upp som i desperat bön. När en soldat slet av Velasqués hans skjorta kände jag hur en gevärspipa dompterade fram mig till min bror. Befälet gav mig en piska.

– Gör din plikt för ditt land, sade han. Piska kommunismen ur din bror.

– Men han är inte kommunist, sade jag.

– Det avgör inte du, sade befälet. Piska!

Jag kände gevärspipan i ryggen. Nej, det var inte jag som avgjorde om min bror var kommunist, det var inte jag som bestämde hur och vart jag skulle gå, inte just nu. Det var som med årstidernas växlingar; ville jag inte bli blöt måste jag söka skydd och ville jag inte bli skjuten måste jag piska.

Jag kände åter gevärspipan i ryggen men denna gång lät jag soldatens rörelse fortplanta sig från det kalla stålet ut i min arm som höjdes och snärtade med piskan, slet upp en röd markering i Velasquéz rygg. Han skrek till och hela hans kropp skälvde.

– Så går det när man hjälper gerillan, sade befälet med samma tonfall som jag hört min far använda när jag gått för nära en papegoja och blivit biten. Piska!

Armen höjde sig på nytt, denna gång utan påtryckning från gevärspipan. Min kropp visste redan vad mitt sinne borde vetat från början. Jag piskade en gång, två gånger. Rinnande glipor öppnades och kisade mot mig från Velasquez rygg och för ett ögonblick kändes det som om mina ögon skulle pressa ur sig sina tårar.

Det kom emellertid inga tårar. Min förtvivlan var bara en kokong; det skyddande höljet för något starkare och mer fulländat. När jag blinkade bort tillstymmelsen till tårar var det som om jag blinkade fram en annan verklighet och torkade ut den del av mig som sökte förlossning genom meningslösa tårar. Jag såg döden växa i min bror och jag kände döden i mig själv som ett sparkande foster. Döden växte som en slingrande, spetälsk navelsträng ur Velasquéz djupaste inre och in i min piska. Det fanns ingen återvändo och tårar, släktskap eller skuld spelade ingen roll just nu. Ödet krävde min kärlek och vad tjänade det till att sörja det som var oundvikligt?

Jag tog ett fast grepp om piskan och slet sönder min brors rygg rapp för rapp. Han skrek till en början med och dessa skrik var något jag måste lyssna om till oväsen. Jag piskade honom från skrik till jämmer och vidare till tystnad.

Till slut grep en hand min arm.

– ... Jag sade sluta!

Jag såg på befälet och lät piskan falla till marken.

– Var det verkligen din bror? viskade soldaten som gripit tag i min arm.

Jag svarade inte men min blick och min tystnad måste ha varit mer jakande än vad min tunga förmått uttrycka för soldaten släppte min arm med viss försiktighet. Han kände rädsla trots att han manat på mig att göra det. Jag förstod att beslutsamhet var farligt för honom, för dem alla. De ville se oss tveka, förtvivla och resignera.

Jag såg ner för att inte hota soldaten ytterligare, inte av rädsla men för att det var något som måste göras. Min brors blodiga kropp slängde de åt sidan varpå de hängde upp en ny.

– Nästa! beordrade befälet.

Liksom prästen delade ut oblaten till var och en påbjöds piskan till varje kvinna från byn. Guden som vi brukade dyrka i den vita kyrkan väntade med männen på att soldaterna skulle lämna byn och ta sin makt med sig. Jag såg de andra kvinnorna bikta sin lydnad med tårar, svaga piskrapp, stapplande gång, nedslagna blickar och fumlande med piskan. De gav hela tiden varandra snabba ögonkast, som för att söka och ge stöd och jag kände deras blickar på mig men jag besvarade dem inte. Jag skulle inte be om förlåtelse eller tröst. Till slut tvingade soldaterna ändå dem att lägga mer kraft i piskrappen.

Jag hade hört catecistas, lekmannapräster, tala om att Gud stod på de fattigas sida, men det var inte de som satt i regeringen utan Rios Montt. Han var en hängiven pånyttfödd kristen och medlem av samfundet "El Verbo", Ordet. Jag hade hört Rios Montt på en transistorradio när han talade om demokrati, mänskliga rättigheter och att det inte längre skulle ligga några mördade kroppar vid vägkanten. Men Montt hade tränats på amerikanska militärskolor och en kort tid efter hans tal hade flyktingar som passerat vår by berättat om trupper som förött deras hem, våldtagit kvinnor inför deras familjer och bränt både fält och byar. Men den nordamerikanske presidenten Ronald Reagan i nästa mening att Rios Montt var en man med stor personlig integritet och hängiven demokratin. Även Ronald Reagan var kristen.

– Det gjorde ni bra, sade befälet när de förmenta kommunisterna låg döda i en prydlig rad. Ni vet hur man skall hantera kommunister.

Sedan ställde han sig i givakt och gjorde honnör. Hans mannar skrattade, lyfte upp kropparna och tågade bort mot omärkta gravar. Kvinnorna grät ännu mer, bad om att de skulle få behålla kropparna. Jag sade inget och jag grät inte. De andra kvinnorna undvek min blick även om jag märkte att de såg förstulet på mig. De fruktade mig för att jag inte visat tvekan. Jag kände lika mycket sorg som de andra kvinnorna, men den kunde inte lindras av att vårda och tala till en död kropp. De skulle allesammans återvända till sitt gamla liv, sina majsfält och barn och husgöromål och låta det som sorgen söndertrasat ligga som en ålder vid sidan om åren i lemmar och tanke. Något sådant var emellertid otänkbart för mig. Förtvivlan hade amputerat mitt tidigare liv. På sätt och vis sörjde de andra kvinnorna mindre eftersom de endast lånade sig en tid åt sorgen medan jag lät den omvandla mig.

Jag gick därifrån men inte tillbaka till byn, aldrig mer tillbaka till byn.

Istället begav jag mig in i skogen, upp mot bergens blågröna vågkammar tills trädens löv slutit sig till barr mot kylan. Jag kände snart igen templet där jag och mina bröder lekte när vi var små. Det templet var helt annorlunda än den lilla stenkyrkan med brutet trätak från vilket kallt neonljus strömmade ner över församlingen. Templet inne i skogen höjde sig från mina förfäders händer över trädtopparna och trots att djungeln slingrade sig runt och spred mossa över det, växte in i skrevor och öppningar och lät sina djur passera genom dess öppningar, såg jag något som varade bortom århundraden och nya gudar. Templets pyramidform förde mina tankar till de terrassklädda kullar där vi odlade bönor och korn. Men medan böndernas grödor var synliga och rötterna lätt kunde ryckas ur jorden var templets skördar av en mer förborgad art.

Jag klättrade upp till templets topp och höjde armarna mot den nedåtgående solen. Så åkallade jag dödsgudarna jag hört antydas i sagor och som byns bruja sade en gång dyrkats och fruktats av mina förfäder. Jag vädjade och jag bad, jag skrek och jag viskade, jag hånade och förbannade. I timmar kallade jag på gudar jag inte ens visste namnet på men som jag hoppades skulle vara desperata eller hungriga eller ensamma nog för att svara mig. Till slut tystnade jag och satte mig ner. Men jag tvivlade inte utan slöt ögonen om min åkallan.

När jag öppnade ögonen var det som om ett tredje öga slagits upp i min panna, ett öga som såg förbi det mina båda andra ögon bevittnade. Inför min syn tycktes världen anta ett djup jag inte trott var möjligt. Främmande vinklar och öppningar framträdde i templet mellan mina blinkningar. Det var som om detta andra tempel funnits där hela tiden men att jag först nu förmådde se det, som om jag famlat i blindo tidigare. Liksom nya djup hade öppnats i mitt inre av att döda min bror öppnades världen runt mig när jag sökte dödsgudarna. Jag reste mig upp och vandrade ut i det utvidgade templet. Jag visste inte vart jag skulle gå och det kändes inte som om jag behövde veta det. Ett väldigare tempel vecklade ut sig inför min vandring. Trapporna blev längre, salarna större, relieferna tycktes vrida sig till nya bilder för varje gång jag såg på dem och gångarna ekade av märkliga ljud som kom allt närmare; ljud av vågor och många röster och gråt.

Det kändes som om relieferna sänkte nya mönster i min hjärna, lade nya sinnen till mina gamla tills templet tycktes bygga bort sig kring mig och jag föll ner, ner, ner. En havsyta öppnade sig för mig likt en böld som spricker och jag nådde ett hav av var. Den grågula sörjan fyllde mina näsborrar och sipprade nerför min hals. För en stund var jag redo att drunkna och kände faktiskt en viss besvikelse när en hand fattade tag i min arm och drog upp mig.

– Du hade tur, jag brukar inte ha vägarna förbi här särskilt ofta nuförtiden, sade en röst ovanför mig.

Jag hostade ut var i båtens murkna inre och såg upp. Rorsmannen stod säkert i sina cowboyboots i båtens akter och styrde med en lång åra. Hans kläder var av vitt linne förutom västen som var rikt broderad i rött, blått, vitt och svart. På kraniet vilade en svart sombrero. En cigarr stack ut ur hans läpplösa mun och hans ögon var svarta hålor. Två pistolbälten med långa revolvrar i hölstren korsade varandra över hans bäckenben. Fingrarna som fattade åran var nakna benknotor.

– Jag kallas Santa Muerte, sade rorsmannen och sträckte fram en bengul hand.

– Olivia, sade jag och fattade den.

– Det är inte praxis att besvara enskilda böner på det här viset skall du veta, sade Santa Muerte och styrde in båten mot land.

– Varför besvarade du bönen då?

Santa Muerte hoppade ur båten och drog upp den på stranden.

– Du vet hur det är med gamla vanor, man kommer aldrig riktigt ur dem, sade Santa Muerte. Men vad är det du vill?

Jag steg ur båten och ner på en strand av ben i alla storlekar och former.

– Jag vill ha din hjälp i min kamp mot militären i mitt hemland, sade jag.

Vi vandrade inåt land och benen ersattes av en vidsträckt kyrkogård.

– Naturligtvis, sade Santa Muerte. Jag är bekant med din situation.

– Jaså?

– Jag träffade din bror nyligen.

– Åh, sade jag. Vad sade han?

– Inte mycket, men han visste ju inte att du skulle komma hit så snart.

– Jag är väl inte död?

– Tror du att jag hade frågat dig vad du ville om du varit död?

– Nej, det är klart.

Vi hade nått fram till ett litet hus, en krypta runt vilken det sköt upp en mycket märklig rabatt. Blommor med smala stjälkar av svettblänkande kött eller hudlösa, tvinnade muskler överdragna med en tunn hinna av blod, växte ur en mylla av jäsande förruttnelse. Tjocka, bleka, fettglänsande blad som pulserade av utstående blodådror stack ut från stjälkarna medan rötterna, i den mån jag kunde se dem, var vilsekomna nervtrådar vilka sänktes i kadavermarken som penetrerades av feta, vita maskar. Från stjälkarna slog säregna blommor ut; en mun som viskade hest och forcerat som om den försökte hålla minnen vid liv, en vajande hand som fattade så hårt tag i min när jag rörde vid den att jag nästan drog upp växten ur marken när jag försökte komma ur greppet eller ett öga som blinkade intensivt mot mig som om det försökte förmedla ett budskap. Det slöt sig kring sina tårar när jag ryckte på axlarna åt det.

– Det här är min lilla trädgård där jag tillbringar mycket av min lediga tid, sade Santa Muerte. Och det här är platsen dit själar som slutit personliga förbund med mig kommer.

Jag såg guden klia en blomma bakom dess kronblad av tungor.

Det var en varsam och tillgiven beröring och blomman jollrade som ett spädbarn.

– Och hur kan jag tjäna dig?

Santa Muerte såg upp på mig, puffade på cigarren, tog ut den och gestikulerade mot sin lilla trädgård.

– De här blommorna vattnas av blodet från de som dräps av mina förbundna, sade han. Jag vill att du mördar för mig. Om du fortsätter döda kan du hålla dig vid liv i evighet.

– Men om jag slutar döda?

– Då kommer jag och hämtar dig och planterar om dig här.

– Vad får jag ut av vår pakt?

– Jag odlar din förmåga att döda till dess yttersta gräns, sade Santa Muerte. Du kommer fortfarande att vara en människa med en människas alla begränsningar och sårbarheter men du kommer att vara en av de mest begåvade mördarna i världen.

– Och jag kommer att kunna föra min kamp i evighet?

– Det är inte omöjligt för dig att föra en så lång kamp.

– Hur kommer det sig i så fall att du trots allt har en trädgård?

– Som jag sade tidigare sätter din mänsklighet gränser för vad du förmår.

Vi stod tysta en stund.

– Hur är det med resten av ditt rike? frågade jag. Vad lever det av?

Santa Muerte skrattade och sade:

– Skulle Dödens rike leva? En intressant paradox.

Innan jag hann svara sträckte Santa Muerte fram handen och sade:

– Jag har lite saker att göra. Är vi överens? Så länge du dödar dina fiender som de aldrig blivit dödade förr ger jag dig den yppersta förmågan att mörda.

Det fanns något desperat i hans röst, en svag underton av rädsla. För första gången sedan jag tvingats av kaibilen att bli det jag var tvekade jag. Jag svepte emellertid snabbt undan tvivlen.

– Vi är överens, sade jag och skakade hand med dödsguden.

* * * *

När Adriano gjort sina morgonövningar och sjungit FMLN-sången med de övriga gerillasoldaterna gick han till fältköket tillsammans med Olga och Carlos.

– Träffades någon igår? sade Olga, en i förtid gråhårig kvinna och fabriksarbetare från Bilbao som förenat sig med revolutionärerna för tre år sedan.

Adriano drog sig till minnes den nattliga raketattacken mot gerillalägret. Han hade bara hört tre nedslag och sedan hade allt varit lugnt. Den salvadoranska militären kände sig då och då bryskt fram i gerillans befriade zon.

– Nej, men hade en av raketerna slagit ner lite närmare latrinen hade vår egen skit regnat över oss, sade Carlos, en före detta skollärare från Nicaragua med Ho Chi Minhskägg.

Kockar i gamla, slitna kläder och militärkängor fyllde på de tre companêros tennmuggar med ångande kaffe. Adriano höjde den till bredden fyllda muggen med oljesvart brygd till läpparna och het, bitter ånga slog upp i hans ansikte.

De tre gerillasoldaterna stannade vid ett bord som skyddades från militärens spanarflyg av de utsträckta grenarna från ett amateträd. Varje morgon var de tvungna att gräva upp plastsäckarna med arbetsmaterial – ett stencileringskit, färger, penslar, märkpennor, papper, pennor och en gammal manuell skrivmaskin. Varje kväll måste tingen återbördas till marken. Det fick inte finnas något fast i gerillans läger, allt måste kunna förflyktigas. Detta var visserligen en del av den zon som befriats av FMNL-gerillan men även här måste de glida undan som rök utan spår för att undgå militären.

Olga, Adriano och Carlos var gerillalägrets propagandister. De tillbringade förmiddagarna med att tänka ut slagord, göra dekaler och skriva flygblad medan de lyssnade till Radio Havanna på en knastrande och brusande kortvågsradio.

Den här dagen hann de knappt börja förrän en kvinna kom gående mot dem. Adriano kände igen henne som den guatemaltekiska gerillasoldaten som anlänt till lägret för några månader sedan. Hon skulle ha kunnat se ut som vilken gerillasoldat som helst i sina gröna kläder och leriga kängor men hennes hud var för blek och för omärkt, som om hon dött för länge sedan och genomgått en utsökt balsamering.

Hon hade börjat sin kamp i Guatemala under Rios Montts offensiv, kämpat med sandinisterna mot contras i Nicaragua för att slutligen komma till El Salvador. Adriano hade själv stridit med henne när militären gjorde en helikopterattack in i den befriade zonen. Han mindes hur hon inte bara lyckats skjuta ner en helikopter utan hur hon gjort det på ett så kliniskt vis att det tycktes lika lätt som att sträcka ut handen efter en frukt mogen att plockas. Men det var något med henne som väckte minnen av fallna kamrater, krossade illusioner och mördad kärlek; och mitt i striden kunde dessa minnen börja värka i en, göra en så otroligt ensam att man kramade avtryckaren med längtan efter något helt annat än fiendens död. Han hade hört andra berätta samma sak om sina möten med Olivia. Därför var hon en ensam kvinna, om än aktad.

Olivia hade blivit erbjuden en ledande post inom den guatemalanska gerillan men avböjt och sagt att hon bara ville sända militärens själar till helvetet. Adriano hade hört sägas att det var enda gången som hon gav uttryck för något som ens liknade religiositet.

Det kunde tyckas märkligt att en person som väckte sådan oro hos sin omgivning skulle erbjudas en ledarpost, men det som ingav fruktan hade ofta en säregen attraktionskraft så länge det inte kom för nära. Och finns det inte alltid ett avstånd mellan ledare och folk, ett avstånd som tycktes vara en naturlig del av Olivia.

Hon tog sig aldrig någon älskare och drack inte men lät gärna någon läsa högt för henne.

– Är det ni som är propagandagruppen? sade Olivia.

– Du har kommit helt rätt, sade Carlos. Vill du se vårt senast verk.

Olivia nickade till svar.

Carlos tog fram en affisch som föreställde en storväxt salvadoransk gerillasoldat. Under bilden stod den kombinerade frågan och uppmaningen: "Companêro! Är du redo att krossa folkets fiender?"

– Det här är Dimas som dog i kamp med militären, sade Carlos. Han var ett bra befäl i strid och ändå både känslig och humoristisk.

– En sann revolutionär, lade Olga till. Vi tänker sätta upp affischer för att uppmuntra våra compas att följa hans exempel.

Olivia nickade och medan Adriano såg på henne tycktes hennes ansikte för några sekunder anta dragen hos de två kvinnor han förlorat till regeringens mördare. Han hade skrivit en dikt om dem, om hur han gradvis glömde bort dem och hur de till slut försvann från hans drömmar. Dikten hade ingått i en samling Adriano gett ut för ett par år sedan, men han insåg att det bara varit bravado. För även om enskilda minnesbilder kunde vara dimmiga fanns känslan kvar, skarp och skavande utan slut.

Carlos fortsatte samtala med Olivia men Adriano såg att han redan mist intresset. Carlos strök sig över nacken som han brukade göra när han kände sig illa till mods och hans blick sökte sig bort från Olivia. Till slut ursäktade han sig och tog upp en bunt affischer och vandrade runt med dem lite planlöst. Kanske hade hon väckt onda minnen även hos honom.

Det var något avlägset över Olivia, som om hon hela tiden tänkte på något annat. Ändå verkade hon inte frånvarande. Olivia började gå därifrån när Adriano fann sig själv följa efter henne och fråga:

– Du verkade inte intressera dig särskilt för Carlos utläggningar.

Hon vände sig till honom, överraskad men inte avvisande. Adriano kom med ens att tänka på sina första möten med de kvinnor han älskat; längtan och beräkning, förhoppning och rädsla, och känslan av att vara del av något som var större än han själv. Hågkomsten var sorgkantad och för ett ögonblick ville Adriano bege sig därifrån. Han stod emellertid kvar och kände hur saknaden växte i Olivias närvaro. Till slut överträdde den en gräns där den förvandlade honom. Adriano såg på Olivia och förstod att längtan efter något annat än fiendens död åtminstone för hans del var en längtan efter Olivia.

– Propaganda är inte min starka sida, sade hon.

– Men det var propaganda som störtade den demokratiska regeringen i ditt eget land 1954. Om president Arbenz vetat hur liten invasionsstyrkan var skulle han kanske gjort bättre motstånd men CIA fick det att verka som om deras styrka var mycket större. Det var bilden av invasionen som gjorde att Arbenz störtades, inte invasionen i sig.

Olivia nickade eftertänksamt.

– PR skapar världen, sade Olivia.

– Det är ett tyst vapen i ett stilla krig, det riktigt stora kriget, sade Adriano.

– Det är elitens gerillakrig men jag föredrar andra, mer handfasta metoder för egen del.

Adriano såg in i hennes ögon och mindes hur alienerad och felplacerad han känt sig de första dagarna och att han varit nära att desertera två gånger under den första tiden som gerillasoldat. Kamratskapet och vetskapen att de alla delade samma mödor var vad som höll honom kvar när marxistisk retorik och kampdikter blivit bokstäver för ett annat liv, som bara fanns före och efter det liv han levde då. Adriano undrade om Olivias ögon någonsin tårats av fruktan som hans egna gjorde när han väl fattat sitt beslut om att förena sig med gerillan. Han trodde inte det och han ville veta hur man såg sina ögon fria från tårar.

– Jag måste få veta... Vad ser du egentligen?

Hon verkade förvånad över frågan men blev inte svaret skyldig.

– Du måste ha sett många dö? sade Olivia.

– En och annan, sade Adriano.

– Det ser jag hela tiden, sade Olivia. Inte hur de skall dö – jag är ingen spåkvinna – men hur de skulle kunna dö – hur jag skulle kunna döda dem. Jag ser dödens framväxt i allt. När jag ser ett leende bre ut sig i ett ansikte ser jag även rynkorna sprida sig.

Adriano nickade. Olivia såg förbryllad ut men log sedan, och Adriano kände hur hans egna läppar svarade.

– Du är den förste som ställer frågan, sade Olivia. Hur kan du se att jag... hur kan du våga se något av det jag ser?

Fanns det inte en annan ton i hennes tal, en antydan till beundran, till närmande? Adriano tog ett steg bort från de andra propagandisterna. Olivia följde med. De gick bort från lägret.

– Jag kom att tänka på en dikt av en fransk poet när jag såg dig.

– En dikt... sade Olivia. Det är väl som en sång eller hur...?

– Ja, det skulle man kunna säga, sade Adriano.

– Nå, skall du dikta för mig då? sade Olivia och skrattade.

Skrattet väckte minnen hos Adriano av andra leenden hos döda kamrater, leenden som förmultnat för länge sedan. Men kärlek var egentligen bara vetskapen om brist, om att inte vara hel.

– "Säg åt masken då, när dess kyss er förött/att formen, allt det som var/av himmelskt ursprung i upplöst kött/skall evigt hos mig leva kvar!" reciterade Adriano och tillfogade: Jag tror att poeten måste ha sett som du ser när han skrev dikten.

Olivia sade ingenting.

– Du har aldrig läst dikter? sade Adriano.

– Jag kan inte läsa, sade Olivia.

– Det var läsandet – och skrivandet – som gjorde mig till companêro.

– Men militären kan väl också läsa?

– Åh, men du missförstår mig, sade Adriano. Jag och några andra unga poeter och författare brukade träffas en gång i veckan hos mig och diskutera litteratur, kritisera varandras alster och sådär. Efter en tid märkte vi att man spionerade på oss så vi upplöste vår grupp. Det hände andra saker sedan som gjorde att jag förenade mig med gerillan; jag engagerade mig politiskt och så... men jag tror ändå att det var den där rädslan för våra ord, för våra tankar som betydde mest.

Adriano var tyst en stund varpå han frågade:

– Och hur kom det sig att du blev companêra?

– När jag var ung kom soldaterna till vår by och tvingade mig att piska min egen bror till döds.

– Det måste ha skett under Rios Montts offensiv mot gerillan, sade Adriano.

– Vår by kom lindrigt undan, sade Olivia.

– Men det känns inte så för dig.

– Byn kom lindrigt undan men inte min bror.

– Och inte du.

Olivia var tyst. På något sätt verkade det inte som om hon låtit sig gripas av sorgen utan istället gripit tag i den och överskridit den. Det som sänkte de flesta närmare marken och förmultnandet hade istället burit henne ovanför sina vedersakare.

– Du har varit med länge, sade Adriano. Nu har muren fallit och många är förvirrade.

– Varför det? Mitt folk är fortfarande fattigt. Jag visste knappt vad Berlinmuren var när soldaterna kom till min by och jag hade inte mer än hört talas om Marx och Lenin.

Hon flinade och tillade:

– De som är förvirrade kanske är det för att de är fast i bilden av Sovjet. Men de nordamerikanska ledarna är goda leninister.

– Hur menar du? sade Adriano.

– En sandinist berättade att Lenin sagt: I vår kamp för makten får vi inte hejdas av några principer. Vi måste kunna tillgripa vad som helst – trick, lister, olagliga metoder och lögner. Vi är för våldet.

– Du har gott minne, sade Adriano.

– Jag är så illa tvungen när jag inte kan läsa, sade Olivia.

– Men jag förstår inte hur du kan jämföra Reagan med Lenin, sade Adriano. Lenin kämpade ju för folket och det är klart att man måste ta till alla medel i kampen mot förtrycket. Fienden har ju alla resurser på sin sida.

– Jag menar att USA låter ändamålen helga medlen. De störtar inte demokratier om de kan uppnå sina mål på annat sätt, men de drar sig inte för något om det främjar deras intressen. Och hur mycket hjälp har vi fått av Sovjet egentligen?

– Nej, det är klart... sade Adriano.

– Så varför är folk förvirrade? Borde ni inte varit det lite tidigare?

– Du har säkert rätt, sade Adriano. Vi latinamerikaner har alltid haft mer kontakt med USA än med Sovjet – närkontakt. Ibland tror jag att de lider av något tvångsmässigt, som om de lovat någon att inte lämna oss ifred...

För första gången tyckte Adriano att Olivia verkade närvarande i sin helhet. Eller var det han som trätt in i hennes sfär? De satte sig som på kommando ner i en sluttning och såg ut över skogen.

– Jag har också tänkt så och det – det oroar mig, sade Olivia.

– Det oroar oss alla, sade Adriano och satte sig närmare Olivia.

– Nej, det oroar mig för att – för att de nästan verkar ha ingått en pakt... sade Olivia, såg Adriano i ögonen och lade sin hand över hans.

– En pakt? sade Adriano skrattande och fortsatte. Det gick ett rykte om att César Montes, du vet; den guatemaltekiske gerillaledaren...

– Jag har kämpat tillsammans med honom.

– Naturligtvis – det sägs att han aldrig har sårats och det finns de som menar att det beror på att han ingått en pakt med Djävulen.

Adriano skrattade ännu högre men kom av sig när Olivia sade:

– Han också?

Adriano och Olivia rörde sig i allt snävare cirklar under de närmaste dagarna, tvinnade samman varandras ord och smekte varandra som om deras kroppar skulle falla sönder av brist på beröring. Den ene sökte upp den andre allt oftare och allt längre från de andra i gerillalägret och en natt fann de sig ensamma i ett tält.

Utan ord tog de av varandras kläder och smekte fram ett annat skinn bortom ärr och ålder. Adriano slickade fram suckar ur Olivia och vällusten smälte dem närmare varandra, beröring för beröring. När Olivia sög blod till svällkropparna i Adrianos lem töade all sorg fram i Adriano.

Olivias närvaro hade tidigare fått honom att minnas döda älskande, rädslan och ångesten under hans första tid som gerilla eller de stunder av tvivel som kunde komma över honom när han satt vakt klockan fyra på morgonen. Den lust hon väckte hos honom var dock värre än rädslan och ångesten. Lusten fick honom att minnas alla stunder av skratt, ömhet och skönhet, men det ljus som fanns i dessa minnen sken bara så pass starkt att det framhävde skuggorna, tårarna, döden.

Han lösgjorde sig från Olivias mun och lät kvinnan grensla honom. Hon böjde sig fram över Adriano, bet fram halvmånar och klöste in sina bomärken i hans kött. För varje gång hon höjde eller sänkte sitt sköte över hans kön kände han inte bara hur testiklarna spändes ut av oförlöst säd utan även hur hans tårsäckar fylldes med minnen av skadskjutna drömmar. Han såg upp i Olivias ansikte, såg hur hon höjde sig över honom som en galen gudinna, stirrande ner i hans eget ansikte. Hennes kön kramade en vällust ur honom som hela tiden var lite mer, lite djupare, lite hårdare än de molande bilderna av ansiktena hos döda älskande och fallna kamrater. Adriano kände hur hans egen sorg gled över i hennes, öppnade – sprättade upp – honom för hennes vidsträckta ensamhet. Olivia red honom allt vildare och hårdare, som om hon ville krossa honom med sitt bäcken, och deras smultna kärnor av smärta förenades till en enda enastående förtvivlan som holkade ur Adriano, överskred varje vällust han någonsin känt. Adriano kände hur han gröptes ur ända in där han bara var ett skrik.

– Jag kan inte sluta nu, jag visste inte att det skulle bli såhär för dig, hörde Adriano Olivia flämta fram.

Till slut kom orgasmen och testiklarnas utsöndring förde honom tillbaka till tältet. Adriano såg upp och var tvungen att blinka bort tårarna. Han kände sig blottlagd – dissekerad. Olivia jämrade sig av lust och när han kände på hennes mage skälvde den av orgasmens efterdyningar.

– Lämna mig Olivia, sade Adriano.

– Adriano, jag vill vara här, jag vill trösta dig... sade Olivia och gled av honom.

Adriano hörde sig själv säga:

– Lämna mig Olivia.

Adrianos smärta tvingade in honom mot hans centrum, bort från allt som gick att höra, lukta, se eller känna – in i sterila rum. Han visste inte hur länge han låg så men till slut kände han hur världen kom tillbaka till kroppen och han såg att han var ensam i tältet.

* * * *

Jag besökte Guatemalas huvudkyrkogård första gången när jag var tvungen att söka upp Olivia. Jag hade sett många begravningsplatser men hade aldrig tidigare tänkt på gravgårdar som städer för de döda. Det var märkligt att jag aldrig gjort den kopplingen med tanke på att gravplatser, vare sig de är omärkta eller inhägnade bakom murar och utmärkta med praktfulla dekorationer, är utposter i ett och samma rike. Mitt rike.

Här förmultnade de döda ovan jord; de rika i mausoléer och de fattiga i kistor som skjutits in i murar som både var långa och höga. Vem sade att människor var jämlika inför döden? Jag kunde intyga att det inte var så ens efter döden. Jag gick längs avenyer av tysta hus och förbi kvarter smyckade med blomsterkransar och såg de sorgböjda antastas av pojkar som hyrde ut rangliga stegar för att man skulle kunna nå de översta raderna av kistor. Pojkarna undvek emellertid mig och ändå hade jag inte maskerat mig till en rik man.

Till slut såg jag Olivia framför en av gravmurarna. Hon var hålögd och blek och det svarta håret hade mist sin lyster, men hon stod rak och stark. Hon vände sig om innan jag hälsat på henne.

– Kände du någon av dem? sade jag och såg mot gravarna.

– Nej, de flesta jag kände ligger utanför någon liten by eller i omärkta djungelgravar, sade Olivia med tonlös röst. En del ligger utspridda.

– Vad gör du i så fall på en kyrkogård?

– Jag tänkte att du skulle uppskatta omgivningarna, sade hon.

Jag nickade. Vad kunde jag säga? Jag bestämde mig för att gå rakt på sak.

– Du har inte skänkt mig några döda den senaste tiden, sade jag. Det oroar mig.

– Har blommorna börjat sloka? sade Olivia och log smädligt.

Vårt första möte hade i och för sig varit tämligen informellt men jag tyckte ändå att den ironiska undertonen i hennes yttrande kändes lite för påträngande.

– Det är ingen fara, sade jag utan att riktigt veta varför jag lät så överslätande. Jag har fler förbundna som vattnar dem. Men vi hade ett avtal som du uppfyllt med besked – tills nu.

– Du vill veta varför jag slutat döda?

– Jag gissade alltså rätt, sade jag. Du har bestämt dig för att sluta döda.

Olivia nickade till svar.

– Jag ger dig gärna en chans till om du är osäker, sade jag. Jag är inte oresonlig även om avtalet självfallet måste uppfyllas.

Jag uppträdde oftast korrekt när jag hade direkt kontakt med dödliga men tyckte ändå att mitt sätt att uppträda började likna en strävan att vara Olivia till lags. Jag var tvungen att intala mig att hon bara var människa medan jag var guden eller demonen.

– Varför gjorde du det? sade Olivia.

– Vad menar du?

– Varför slöt du avtal med mig?

– Du kallade på mig, det minns du väl?

– Vilka sluter du avtal med egentligen?

Jag kände mig irriterad. Det verkade som om jag ännu en gång hade att göra med en av dessa dödliga som till en början var så säkra på att de vill sälja sin själ, men i efterhand gnällde om att jag utnyttjat dem eller gett fel signaler eller att de handlat fel och att jag måste släppa dem fria, eller vad de nu kunde komma på. Jag hade emellertid inte trott det om Olivia. Hon hade verkat så genomtänkt och beslutsam. Inte den vanliga desperata sorten. Jag stack in tummarna innanför revolverbältena.

– Hör nu här, du kan inte anklaga mig för att inte hålla min del, du gick med på... började jag.

Det var lugnet i hennes röst som fick mig att tystna.

– Jag och andra som du slutit personliga förbund med är bara en hobby för dig, eller hur? Mitt dödande ger dig bara lite blod till dina blommor.

– Mina blommor är viktiga för mig, sade jag men visste att min replik bara var ett sidosteg i en dans hon förde.

– Men ditt rike är stort, sade Olivia. Det måste leva av annan död också. Jag frågade dig om det en gång men du skämtade bort det.

Jag stod stilla och tyst och såg på Olivia. Det fanns inget fördömande i hennes ögon, bara konstaterande. Hon visste redan. Och hennes överseende skrämde mig mer än ilska och förtrytsamhet någonsin skulle ha förmått.

– Du har rätt, sade jag. Jag har ett personligt förbund med dig och några andra gerillasoldater – och en och annan svartmagiker naturligtvis. Men jag har också ett förbund med militären – både i Guatemala och i andra latinamerikanska länder.

– Jag trodde du hade ett förbund med den amerikanska militären.

– Amerikanerna har ett förbund med Gud, den kristne Guden, sade jag. Men Han tolererar demoner på sina bakgårdar så länge de bidrar till hans mål. Så på sätt och vis hade du rätt.

– Så även du böjer dig för nordamerikanerna?

– Nordamerika är latinamerikas dröm – och mardröm. Jag var här när spanjorerna erövrade indianstammarna. Det fanns mycket död och blod och smärta här då, men jag såg att makten fanns hos de kristna.

– Men kunde du inte ha skapat en egen makt, en motmakt?

– Gud har svårt att fördra andra gudar och demonerna får bara leva så länge de på sikt främjar Gudsväldet. Gud tål inte att man skapar sig en egen frihet, bara att man skapar sitt eget förtryck. Och nu råkar de flesta som både är mäktiga och kristna vara kapitalister och västerlänningar eller åtminstone knutna till västerlandets maktstrukturer.

– Men varför hjälpte du mig överhuvudtaget? Hur kunde du sluta förbund med mig som motverkade ditt välde?

– Mitt välde är dödens välde, det förgås inte, sade jag. Men någon annan kan ta över det. Jag gav dig en ansenlig makt, men du är bara en enskild människa. Min pakt med dig var personlig, med armén är den, strukturellt. Hur många du än dödade var du bara en enda människa med en människas begränsningar. Du kunde vinna över varje enskild soldat – men inte mot armén.

– Men det förklarar fortfarande inte varför du inte struntade i mig. Jag var ju bara kuriosa för dig.

– Mitt minne är långt och jag minns hur jag dyrkades innan de vita kom till Amerika och... jag har väl alltid varit lite nostalgisk, sade jag. Men – man måste leva och därför försöker jag hålla mig väl med de regerande makterna.

Olivia stod tyst en stund. Sedan sade hon:

– Det finns kristna som predikar befrielseteologi och dör i kampen, sade Olivia. Är Gud också sentimental?

– Kanske, eller så är han opportunist, sade jag. På så sätt blir bilden av Gud mångtydig – eller bara svår att tyda – vilket gör att han förmår dyrkas av motsatta sidor.

Olivia stod tyst en lång stund.

– Olivia? Hur är det?

När jag inte fick något svar sträckte jag ut en hand och rörde vid hennes axel. Hon skyggade inte undan utan fortsatte bara vara tyst. Jag drog tillbaka handen.

– Du vet att jag måste hämta dig om du inte fortsätter tjäna mig inom den närmaste tiden.

Olivia såg på mig.

– Du är upprörd nu Olivia, sade jag. Tänk över saken i lugn och ro några dagar.

Hon log mot mig, lite trött och lite uppgivet och kanske lite väl överseende. Jag var trots allt en gud – i alla fall en demon – men jag kände ändå lättnad när jag inte kunde uppfatta något anklagande hos Olivia.

Olivia skakade nekande på huvudet och vände sig framåt.

– Både du och jag vet att jag inte tänker fortsätta döda åt dig.

Jag insåg att jag inte förstod hur en människa som låtit sig drivas så nära döden i sin strävan mot ett mål, som visat sig vara en illusion, inte bröt samman eller blev bitter eller något liknande. Det var som om hon bara skakade det av sig, som om ansatsen varit nog. Och kanske hade jag missuppfattat henne från början angående mål och drömmar.

Det står att läsa i Guds egen bok att Guds vägar är outgrundliga. Jag har alltid misstänkt att det är ren propaganda för att rättfärdiga gudomligt godtycke, kanske till och med gudomlig vilsenhet – men denna ensamma människa hade blivit en gåta för mig.

Olivia tog min hand och började gå. Jag följde med och för varje steg vi tog vecklade gravplatsen långsamt ut sig mot mitt rike, spred ut sig i ett böljande hav av gravkullar och kadaversavanner.

Ondskans mekanismer

Rickard Berghorn

ETT GOTT LIV

Så gör jag varje eftermiddag, lutar mig tillbaka i soffan och låter fingrarna stryka över Missys följsamma päls. Man kan nog säga att jag är en kattmänniska på flera sätt. Jag älskar deras spinnande välmående och njuter själv av tillvaron som en katt. Så kanske var jag en sådan i mitt tidigare liv?

Livet är faktiskt gott. Jag har då aldrig farit illa av det. De säger att världen står i brand och att den där tysken skördar liv som våra bönder slår hö. Men det händer långt bortanför min dörr. Det betyder rakt inget i min värld.

Visserligen har jag inte ens ledsyn, men det har jag heller aldrig haft så vitt jag kan minnas – och det man aldrig haft, det saknar man inte. Min son ställer alltid upp där jag själv inte räcker till. Och vi har klarat oss bra. Inte klagar nån här inte.

Vi lever ganska behändigt. Huset och våra pengar var den gamla vanliga testamentehistorien. Kanske tycker folk att rummen är kalt inredda och att råttorna och mössen är en smula för många. Men det lider sannerligen inte jag av, och min son klagar som sagt inte heller. Han är inte en människa som säger mycket ändå. Det behöver man inte göra som far och son.

Fast nu slår klockan visst tre. Jag undrar om Johan är färdig med våfflorna. Kaffet bör han i alla fall sätta på spisen. Eftermiddagskaffet gör det goda livet ännu bättre.

Johan, min stöttepelare – hur skulle jag klara mig utan honom? – är knappa tjugo år. Han är inte mycket för världen, men sköter saker och ting så gott som någon. Visst önskar jag det vore mer bevänt med honom, att han inte var så skygg och försagd bland folk och hade självförtroende nog att skaffa sig ett jobb, att han vore en riktig karl. Men i min förståndiga ålder accepterar man att alla människor inte är fullgångna.

Hans mor dog för tio år sedan på sanatoriet i Hässleby. Laura hette fruntimret – jag hade känt henne hela livet eftersom våra föräldrar var vänner. Varför hon valde mig bland alla mer färdiga karlar vet jag inte, och det förstod hon inte ens själv, sa hon emellanåt. Ibland känner jag fortfarande ett styng av dåligt samvete i bröstet. Jag borde ha låtit Johan ta över redan då när hon hostade som hon gjorde, fastän han var nog så ung.

När vi bidade Lauras sista dagar grep hon min hand och viskade:

– Snälla Gustav, se till att skaffa en piga. Pengar har du. Och Johan är bara barnet.

Jag strök henne över kinden – den var het och skälvde under mina fingrar.

– Men kära Laura, inte behöver du oroa dig. En ordentlig familj klarar sig alltid på egen hand. Vi kommer att ha det så bra. Men bäst vore förstås... De osagda orden trängde fram en tår ur mitt öga.

Minnet av Laura är nu husets hemtrevliga ande som svävar genom rummen och våra tankar om kvällarna. Prasslar det över golvet på övervåningen, är vi mer böjda att förklara det med Laura än någon mus eller liten råtta. Vi vet förstås att det inte är så, men tanken känns skön. I alla fall vet jag det – om Johan gör det kan jag inte säga.

Så brukar vi sitta om höstkvällarna. Min son stoppar min pipa och läser sedan ur en eller annan harmlös bok medan jag smeker Missy. Jag skulle önska han läste med större inlevelse, men allt kan man ju inte få ens i Per Albins Sverige.

Livet är ändå inte alltid en skön kudde att slå sig till ro på, det ska erkännas. Jag måste berätta hur det gick till då min tillvaro nästan föll i spillror. Jag blir ännu en smula förstämd när jag tänker på det.

Det började kanske den morgonen jag skickade iväg Johan till handelsboden. Han skulle egentligen ha bäddat min säng, tvättat golvet i min kammare, huggit ved, lagat maten och stoppat mina strumpor, men jag sa honom att det fick han göra under eftermiddagen istället – och han är ung, tänkte jag, så han har inget bättre för sig. Dörren slog igen bakom honom så rutorna skallrade. Det måste ha blåst ordentligt den dagen.

En halvtimme senare var han hemma igen och mumlade nånting om ransonering.

– Tidningarna skriver om det, sa han. Det är dags att ta fram ransoneringskorten.

– Inget kaffe? undrade jag.

– Bara hundra gram däromkring. Och det ska räcka hela månaden.

Jag fingrade bekymrat på min pipa.

– För hela...? Men hur ska det gå?

Det var mest en retorisk fråga, som man säger, så något svar förväntade jag mig inte. Men då förstod jag att inte heller herr Augustsson med son undslapp världens bekymmer.

– Och det ryktas om ransonering på allt annat också – fläsk, grädde, socker och smör, sa Johan uppgivet. Kanske ryckte han på axlarna också.

Den bistra verkligheten kändes nästan som en örfil. Men inte kunde jag visa mig förkrossad inför min son.

– Nåväl, sa jag. Kaffet får bli mitt. Pratar vi om fläsk, grädde, socker och smör och allt annat, så vet jag att en god son inte förnekar sin far en mätt mage. Vi delar alltså två på tre. Och du, Johan, är ung – och ungfolk klarar sig alltid.

I den stunden var jag glad att jag var blind, så jag slapp se honom i ögonen. Ibland är det smärtsamt att stå upp för sanningen och rättvisan.

Jag väntade.

– Johan? sa jag när det varit tyst en stund.

– Det är dags att hugga veden, sa han kort.

Sedan öppnades dörren och föll igen. Kvar var jag med mitt blinda, förnöjsamma liv.

Nu lever vi alltså under ransonering, en hård tid för Sverige. Inte ens med dubbla kuponger räcker kaffet långt. Det är den ranson som känns, annars lider jag ingen större nöd vad gäller kött och bröd, den bördan kan ändå placeras på rätt rygg. Då har jag haft större anledning att bekymra mig för annat under året. Min son gick till byn i tid och otid utan att jag fick veta varför. Jag började misstänka att han träffade ett fruntimmer.

Laura säger jag inget om, men kvinnor har en förmåga att trassla till ett välordnat liv. En karl är rak och handfast i tanke och handling, i kvinnans värld gäller andra regler och lagar. Vilka de är vet då inte jag, och inte de själva heller skulle jag tro. Ofarliga varelser, javisst – livet blir bara så invecklat när de är i närheten.

Jag kände mig märklig, nästan sjuk i magen, vid tanken på att min son skulle sälja sig till ett fruntimmer. Hade han det inte bra som han hade det? Det må så vara om han var lycklig, men det vi delade var alldeles för värdefullt för att slarvas bort. Johan var ung, han var oförståndig – och förvisso måste vi alla plocka lite förbjuden frukt då och då – men inte oemottaglig för bättre tankar. Det var väl det som gav anledning till förtröstan.

Vem kunde hon vara? Någon handelsbodsjänta eller postkassörska. Jag var inte särdeles bekant med folket i byn, men gissade på flickan i handelsboden. Hon lät åtminstone trevlig när vi var där, vad nu det kunde betyda. Vem som helst kan låta trevlig.

Johan hade betett sig underligt i en månad. Ibland vid middagsbordet märkte jag att han gjorde ansatser för att säga något.

– Förlåt? undrade jag.

– Inget särskilt, mumlade han. Hoppas bara vi får mat på bordet snart. Jäklar Hitler.

Jag lugnade honom och sa att man inte skulle klaga så länge den viktigaste magen i huset var mätt.

Jag blev allt mer rastlös, vandrade från ena rummet till det andra och räknade minuterna på tickandet från köksklockan när Johan var i byn. Skulle han inte komma hem snart? Och vad skulle jag säga när han var hemma igen? Missy blev visst också orolig och började vässa klorna på dörrkarmarna, det gjorde hon aldrig annars. Till och med råttorna var mer oroliga än vanligt i väggarna, tyckte jag.

– Nu har du låtit mig vänta hela eftermiddagen, sa jag förebrående när dörren öppnades en kväll.

– Jag har med mig en vän, sa han försiktigt. Lena heter hon.

– Lena?

Någon gick fram till mig med självsäkra steg och letade upp min hand.

– Lena Persson. Det är jag som jobbar i affären.

Jag tog tillbaka min hand.

– Jaså, sa jag kort. Vill du ha kaffe... – ett glas mjölk och en bulle så ordnar Johan det.

Jag vände om på klacken och satte mig vid grammofonen i vardagsrummet. De trodde att jag lyssnade på stenkakorna, men ljudet var precis så lågt att jag hörde vad de sa i köket. Johan hade plockat i skafferiet, nu stängde han dörren. En stund hördes inget.

Lena fnittrade: – Gör inte så.

Johan kvävde ett skratt: – Så här då?

Lena låtsades ond: – Blåser du mig i örat så blir jag tokig! Tror du inte far din kan höra oss?

Det var fundersamt tyst en stund.

– Kanske bäst ändå om vi går, viskade Johan. Han blev inte så glad när vi kom.

Nu verkade Lena ond på riktigt, och jag kände mitt ursinne bränna när hon viskade tillbaka: – Är det inte dags att göra nåt åt ditt liv? Jag vill då inte vara tillsammans med pappas pojke.

– Men hur skulle han klara sig?

– Åjo, det finns säkert ett hem nånstans. Då skulle både du och han komma ut i världen lite grann.

– Det är väl sant...

Det blev tyst igen.

Lena var bestämd: – Vi har pratat om det innan, det vet du.

Johan svarade inte, det gör han aldrig när man säger emot honom, men jag förstod att han tagit intryck av kvinnan.

Jag var så upprörd att jag måste resa mig upp för att kunna andas. Och Johan – han skulle vara min son!

Jag tog ett par djupa andetag och lyckades slutligen sansa mig. Det här dög inte – något måste göras.

Nästa minut stängde jag av grammofonen och styrde stegen mot köket. Jag kände nästan hur de väntade in mig när musiken hade tystnat.

– Johan, min son, och Lena, sa jag leende. Förlåt en gammal gubbstrutt, men det kom som en chock för mig. Jag måste ju också inse att ungfolk ska bryta sig ur familjebanden någon gång. För ni är alltså kära, förstår jag?

Jag kunde föreställa mig att Johan rodnade vid det sista. Lena svarade i bådas ställe:

– Vi skulle gärna vilja förlova oss – bara vi har din tillåtelse? Men vem har råd med ringar nu för tiden...

Jag knäppte förtjust med fingrarna i luften.

– Ringar...? Men här finns ringar! Jag måste fundera på vart de tagit vägen, men min och Lauras förlovningsringar ligger nånstans. Vad sägs om lördag?

– Lördag? undrade Johan.

– Ja, på lördag fram emot kvällskvisten, fortsatte jag ivrigt. Vi ordnar en liten fest, vi tre och så dina föräldrar, Lena – en förlovningsfest. Inget märkvärdigt, bara en liten förlovningsfest.

Lena greps av entusiasmen och slog armarna om Johan, vad det verkade som.

– Det vore *jätteroligt*.

Jag skrockade för mig själv.

– Då säger vi lördag klockan sex, slog jag fast.

De oskyldiga små turturduvorna satt i soffan och småpratade medan vi väntade. Emellanåt levererade jag någon välvillig kommentar, men satt för det mesta i tysta tankar. Klockan slog strax sina sex.

– Har pappa ringarna nu? undrade Johan. Han var nervös, det hörde jag på rösten.

– Å, ingen anledning att oroa sig, sa jag och skrattade överseende.

Så knackade det på dörren och upp for de som en virvelvind

och släppte in de försagda föräldrarna, och Lena drog förtjust fram dem till mig, men inte förrän min son tagit hand om deras ytterkläder.

Presentationer följde med förlägna skratt och harmlösa skämt: "Ja, då får vi se hur det går att bli svärfar också."

Lenas föräldrar hade med sig kuponger, men jag var generös och överlät en del av månadens kafferanson till gästerna. Det plågade mig ändå att höra smuttandet, sörplandet och smackandet vid kaffebordet. Men en god sak kräver ju också uppoffringar.

Vi pratade lite allmänt och bekantade oss runt bordet. Föräldrarna var blygsamma små varelser, sådana man sällan lägger märke till men har sympati för när man väl gör det. Allt de sa var omsorgsfullt och nästan ängsligt vänligt. Nåväl, det var ju inte de som skulle drabbas.

– Jaha, sa jag högtidligt. Ska vi sätta oss i vardagsrummet då?

De tog mig på orden och vi lämnade bordet och de församlade sig andäktigt runt mig i soffan och på stolarna i rummet intill. På något sätt var det jag och inte turturduvorna som blivit sällskapets medelpunkt. Kanske kände de att jag väntade på att säga något viktigt?

– Ja, som far till den sämre halvan passar det mig kanske att säga några ord.

Någon skrattade och trodde att mitt omdöme var ett skämt.

– Nåja, å huvudets vägnar är Johan, min son, en dynghög. Tror ni han gjorde bra ifrån sig i skolan? Som klassens fårskalle var han åtminstone ett fenomen. Stryk fick han av både stora och små – och inte vågade han försvara sig heller. Jag minns hur det var den eftermiddagen då de andra pojkarna hade tryckt ner honom i Ottossons gödselstack... Men det skulle vara rent smaklöst att berätta. Och tror ni det är bättre bevänt med honom nu för tiden? Så tusan heller! Han må knyppla som en hel gumma, och hans sockerkringlor kan man aldrig klaga på, för att nu inte tala om hans broderier, men i somras kom han hem en kväll och dröp som en tvättsvamp. Vad har du gjort? frågade jag. Han hade visst mött en gammal klasskamrat – sotarns son – och flygit handlöst i diket för att inte bli sedd. Det är min son det – ett fruntimmer.

Jag kände mig plötsligt så oerhört ensam i rummet – det var nära att jag frågade om de var kvar.

– Du... du är bara elak, hörde jag till slut. En elak *skitgubbe*. Men rösten lät inte riktigt övertygad om sitt påstående.

– Lena då, sa jag överseende. Johan är sannerligen ingen du ska haka upp dig på. Se bara på det här.

Jag krängde av mig tofflorna och höll upp dem.

– Johan, min son, om du skulle ta och tvätta dem ikväll? Det var ett tag sen sist.

En minut gick och andetagen hölls tillbaka. Jag skakade tofflorna lite uppfordrande.

– Nå?

Och då hördes nästan i rummet hur något brast i min son. Han gick osäkert över golvet och ryckte till sig det jag hade i händerna.

– Jag tänkte väl det, sa jag nöjt.

Rösten som till slut talade nästan tröt:

– Det är nog... bäst att vi... går... sa Lenas far.

Tysta som våra inneboende möss smög de ut i farstun och hämtade sina kläder. Jag hörde hur Lenas snyftningar försvann bortåt vägen när jag lyssnade efter deras förstulna flykt.

– Så var det med den saken, sa jag och gnuggade händerna. Tofflorna kan vänta tills imorgon. Då skulle du kanske stoppa min pipa och ta fram boken igen...?

Det gjorde han inte. Istället skrek han något en finkänslig själ inte mäktar återge, störtade genom hallen, uppför trappan och slog igen dörren till sitt rum så att tavlorna skallrade på väggarna. Jag lyssnade fascinerad på uppträdet. Däruppe rumstrerade han om och kastade sig sedan på sängen – resåren gav sig, hörde jag – och därpå var det tyst. Tog väl till lipen som fruntimmer brukar göra.

Då återstod bara jag själv. Jag vankade omkring lite planlöst, kelade med Missy och plockade i skafferiet. Jag lyssnade på en platta med Fridolf Rhudin. När klockan slog tio makade jag mig upp till övervåningen, klädde av mig och gick till sängs.

Det ska inte förnekas att de närmaste dagarna blev en smula obekväma. Johan stack inte näsan utanför dörren, men i skafferiet hittade jag lyckligtvis lite mat, och vatten kunde jag hämta mig från pumpen om jag bara letade mig dit ut försiktigt. Jag var speciellt vaksam på råttorna som smög sig fram i skafferiet när det nu var så lugnt i huset. Men nog klarade jag mig ganska bra trots allt. Fast Johan var väl inte allt för välgödd, kan tänka.

Det måste ha varit fram mot kvällen den fjärde dagen, då jag satt i köket och rökte pipan som jag stoppat på egen hand och lyssnade på tassandet av en råtta nånstans på golvet. Då hörde jag något som jag nästan förlorat hoppet om att höra: att dörren på övervåningen öppnades. Snart knarrade också steg ner för trappan. När de kommit till köksdörren hejdade de sig en halv minut.

– Johan? undrade jag.

Men tigande fortsatte han bara in i skafferiet, plockade lite på hyllorna, gick ut till spisen, tände eld i den och tog fram kaffepannan.

– Det är väl dags för det sista kaffet, sa han, min son.

Jag rynkade ögonbrynen en stund. Men så lutade jag mig förnöjt tillbaka.

– Du är en bra pojk ändå, slog jag fast. Då har vi inget mer att diskutera. Är du hungrig så finns det lite knäckebröd i skafferiet.

Livet är verkligen gott. Jag kan då knappast klaga längre. Johan sköter om huset och sin vördade fader så gott det anstår honom. Jag önskar bara jag kunde se hur välvårdat och prydligt vårt hem har blivit. Det gör mig till och med förvånad, vilket gott resultat min lilla tillrättavisning fick. Jag tillåter honom bara en fjärdedels ranson numera, så inte går det någon nöd på mig.

Johan står i, det ska inte förnekas. Han är till och med på god väg att utrota råttorna och mössen – jag hör sällan av dem numera. Varje morgon går han omkring i huset och vittjar råttfällorna han har placerat ut i varje upptänklig vrå. En ordentlig pojke. Vore jag Missy skulle jag avundas hans hängivenhet som råttjägare. Jag undrar bara vart han gör av liken.

Hans matlagning ska jag inte heller klaga på. Även där avancerar han. Han måste ha hittat några nya recept nånstans, för maträtterna känner jag inte riktigt igen, och smaken är rent originell.

Köttbitarna är små, men i gengäld desto fler. Och upp till belåtenhet är det. Jag tror till och med att jag blivit lite småfet.

Johan är en snäll pojke. Inte mycket för världen, men nu vet han vad man förväntar sig av honom.

Maten räcker till och med så bra att Missy kan få det som blir över. Hon slickar i sig det av hjärtans lust. Jag var orolig för hennes måltider ett tag, men nu spinner hon som aldrig förr och jag känner hennes kärlek till sin välgörare där hon kryper ihop och skälver i mitt knä. Lite märkligt, förvisso, när hon inte varit så förtjust i köksmaten tidigare.

Så vad bryr man sig då om Hitler och Stalin och okända människoliv bortom horisonten?

Då undrar jag mer över Missy just nu. Jag har inte märkt av henne sedan i morse. Jag tänkte be Johan leta upp henne, men han har varit i vedboden hela morgonen. Men hon dyker väl upp, man ska inte oroa sig för mycket.

Vad sysslar då Johan med därute? Inte hugger han ved i alla fall.

Jag har inte tålamod att vänta så länge till, när klockan blivit så mycket.

Han lovade mig en rejäl munsbit till middag.

Och nu börjar magen knorra.

Rickard Berghorn

SJUK HUSTRU

Kvinnan jag lever med:

Middagsmaten lagar hon timmen innan jag kommer hem. Hon petar bland potatisen och köttbiten med vinbärsgelé i mitt sällskap, talar ibland om radiopjäserna hon lyssnar till varje kväll. I vardagsrummet läser hon tidningen jag köpt och kommenterar världshändelserna som vore de delar av hennes vardag. Sedan lånar hon ett par kronor av mig för att köpa ett paket chokladglass i kvartersbutiken. Den smuttar hon halvhjärtat i sig medan hon lyssnar på radion och det är kväll. Sedan dröjer hon på toaletten tills hon tror att jag somnat. Ofta har hon huvudvärk, ikväll fick jag inte ens en kram.

Nu är klockan halv tolv och hennes främmande andetag fyller tystnaden. Jag skulle tro att hon sover bara för att undvika mig. Ann-Sofi heter hon, min fru.

Ann-Sofi är inte längre ung. Hennes ansikte har förlorat sin lyster som hos alla kvinnor över fyrtio och hon försöker skyla den vittrade fasaden med kraftigare smink. Men hon gör det inte för sin egen skull, det är inte hennes sätt. Kanske av kutym istället, när en kvinna skall se ung ut medan hon fortfarande kan göra det – eller kanske för min skull. Då är mina blickar på henne i alla fall inte kritiska.

Men ålder är inte bara ett fysiskt begrepp. När jag träffade henne var hon en entusiastisk ung dam, betydligt mer snabbtänkt än jag som alltid begrundar saker och ting och sorterar bland mina tankar. Den livligheten har mattats nu. Hennes tillmötesgående har förvandlats till vänlighet, infallen river inte längre konventionernas murar. Ibland kan jag ännu se henne leva upp, men bara i väninnors slutna sällskap. För det mesta är det skymning inom henne.

Människor trivs fortfarande i hennes närhet. Hennes intelligenta kommentarer stimulerar samtalen, hennes dämpade leende får folk att slappna av, vänner öppnar sig när hon så gärna lyssnar.

Men jag är den ende som märker att hon bara kommenterar samtalen och inte deltar i dem, att det dämpade leendet är ett inåtvänt leende, att det endast verkar som hon lyssnar när hon egentligen tänker på annat.

Många människor är inte medvetna om sin vantrivsel. Jag undrar om Ann-Sofi är det.

Den tidiga sommarsolen ger liv åt gårdsplanen utanför fönstret. Kaffekannan av stål, brödrosten och marmeladburken på bordet bygger en mur mellan oss.

– Ann-Sofi, Ann-Sofi, mitt hjärtas dam... sjunger jag förstrött. Det gör jag ofta – alltid samma stump. Hon lyssnar med ett tillbörligt leende. Marmeladkniven knastrar över min brödskiva.

– Några nya patienter? undrar hon, kanske för att en god hustru skall intressera sig för mannens sysslor.

– De gamla vanliga, säger jag. De söker skydd i min soffa och jag hjälper dem med analyser och resonemang. Ett par depressioner, några ångestneuroser, en eller annan hysteri.

– Att se rakt in i människors djupaste hemligheter...

– Man vänjer sig, Ann-Sofi, säger jag likgiltigt. Den ena hemligheten är den andra lik. Jag har ju arbetat som analytiker så länge nu.

Ännu en brödskiva knastrar i min hand. Jag sjunger en stump igen. Min fru suckar och vittrar ännu lite till framför mig.

– Hur mår du? undrar jag.

En morgon lik alla andra morgnar kommer min fråga som ett avfyrat skott. Det var länge sedan jag frågade henne något sådant.

Ann-Sofi hejdar bettet hon skulle ta av sitt rostade bröd. Hon låter brödskivan långsamt sjunka till bordet.

– Hur jag... mår?

– Hur du mår, älskling.

– Jag måste känna efter först. Fråga mig ikväll, så har jag nog letat fram ett par originella hemligheter. Hon skrattar lite högre än skämtet föranleder.

Jag tittar på min klocka.

– Då så Fia, dags att vända åter till depressionerna och ångesten. Det var väl kalops till middag?

På min väg ner i trapphuset sjunger jag "Ann-Sofi, Ann-Sofi, mitt hjärtas dam". Det ekar mellan väggarna och hon hör mig säkert.

* * * *

Människor har alltid intresserat mig. Redan som barn tänkte jag mer på andra än på mig själv. Jag ville kanske förstå vilken värld det var jag hamnat i. Egentligen upplever jag det fortfarande som om jag inte existerar.

I sjunde klass gjorde jag mig bekant med en klasskamrat, bara för att få veta varför han aldrig sade något i lektionssalen eller umgicks med oss andra på rasterna. Vår lärare tyckte om honom för att han var lugn och snäll. Själv anade jag att något var fel i hans liv.

Det visade sig också stämma. Hans pappa hade varit alkoholiserad och vårdade nu sitt livs bitterhet genom att förödmjuka och misshandla sin son. Min vän sökte skydd hos sin mamma och storasyster, men mamman vågade inte trösta och systern hade upptäckt att hon fick sin faders gillande om hon själv behandlade brodern illa. Så pojkens situation var mer eller mindre olösbar.

Inte heller var det min uppgift att ställa hans liv tillrätta, ens om jag kunnat. Mot slutet av terminen förklarade jag för honom att hans efterhängsenhet började bli påfrestande. Jag kan faktiskt inte minnas att vi sade ett ord till varandra under resten av skolgången. Han mötte aldrig min blick efter det.

Fyra år senare hittade jag bibliotekets psykologihylla och förstod att det var själsläkare jag borde bli. Jag hade en del nära vänner som så att säga blev mitt studieunderlag. Redan tidigt upptäckte jag det bästa sättet att locka en människa att öppna sig. Det är lika simpelt som effektivt: att helt enkelt lyssna på honom eller henne. Överlåter man bara sitt öra till folk, kan man snart få höra de mest intima detaljer. Människor har ett sällsamt behov av att uttrycka sig. Vissa personer griper nästan desperat tag i en och kan tala i timmar. Det har blivit mitt sätt att utforska själens labyrinter. Efterhand blev jag också psykoanalytiker.

Jag vet egentligen inte varför, men de sista åren har jag fått problem med att behålla mina patienter. De verkar missnöjda. Snart reagerar nog också mina kolleger. Jag tycker redan att de tittar snett på mig när vi träffas.

– Ann-Sofi, Ann-Sofi... Hur mår du nu?

Det är den förutskickade frågan, men hon menade säkert inte allvar i morse. Vi sitter i ett lugnt vardagsrum, jag med en torftig fackbok i händerna, hon lutar sig mot radion. En menlös slagdänga spelas, det är därför jag passar in min fråga.

Jag ser en ryckning i hennes nacke som om hon hejdat en impuls att vända sig om. Min kvinna sitter kvar och vrider långsamt ner ljudet. Jag vänder en sida i boken.

– Douglas Håge kommer efter låten. De är så samspelta, han och Hjördis.

– Du har blivit så undflyende, Fia, de sista åren.

Jag tittar upp från sidan. Hon sitter stilla, rör inte en min. Efter nitton år vid terapisoffan vet jag att det ofta är ett tecken på starka känslor.

– Hör här Fia, säger jag och bläddrar tillbaka några sidor i boken. Detta: "Det är ett allmänmänskligt drag att undertrycka problem. Patienterna upplever det så, att problemen inte existerar om de inte tänker på dem. Detta kan i viss mån ses som en infantil rest i våra psyken, som påminner om barnet som tror att föräldrarna inte finns om de är utom synhåll..."

Jag slår ihop boken och tittar på Ann-Sofi som för att invänta ett svar. Hon tittar tillbaka.

Hennes ansiktsdrag skärps. Den där blicken ger mig plötsligt intryck av ett rovdjur – en tigerhona som väckts till liv.

– Jag *tror* inte att tystnad alltid handlar om undertryckta problem.

Hon säger det i en skarp ton, som gör mig fundersam. Tonen och det ironiska i ordvalet får mig att luta huvudet mot handflatan.

Om hon börjar bli irriterad, måste jag välja mina ord med omsorg.

Jag tar upp boken från knäet och bläddrar i den igen, omsorgsfullt och eftertänksamt. Det är tyst i rummet. Douglas Håges Fridolf-röst talar bortglömd i bakgrunden.

– Ah, här har vi det.

Jag harklar mig och är tydlig med orden:

– ”När de varmare känslorna svalnar i förhållandet föredrar framför allt kvinnan att ersätta sina uttryck för kärlek med ren äktenskaplig formalia. Men de inneboende spänningar som ofta blir följden, resulterar gärna i symtom som huvudvärk, sexuella hämningar och frigiditet.”

Det är något annorlunda med kvinnan framför mig. Hon verkar inte arg eller upprörd, inte heller stridslysten – det verkar bara som om hon mottagit en förödmjukande örfil. Jag har inte sett henne sådan tidigare.

När radioprogrammen är slut dröjer hon ovanligt länge på toaletten.

Ikväll har hon inte huvudvärk.

Hon säger faktiskt inte något alls. Helt tyst kryper hon under täcket. Jag väntar på hennes främmande andetag i natten.

Men det hörs inga sådana. Bara någon snyftning ibland.

Jag antar att jag borde ägna mig själv några tankar emellanåt. Mina dagar fylls av analyser, tolkningar, frågor och svar, människor kommer och passerar, livsångest blossar upp och skingras. Men gåtorna jag förklarar är alltid andras. Ibland tror jag att det ändå inte finns mycket av intresse att avslöja hos mig själv. Jag har ju inte heller någon anledning att rikta uppmärksamheten annat än åt världen.

Det är kanske en smula oro ändå, en känsla av rastlöshet fram mot kvällarna. Jag brukar också känna mig konstig till mods när folk frågar om mina föräldrar. Inte mycket att bry sig om. Ingen människa mår helt och hållet utmärkt.

Jag drömmer ofta att jag är blind.

Ann-Sofi var ett av mina studieunderlag. Jag träffade henne som student och vi satt ofta i min kammare om nätterna och pratade. Jag ställde frågorna och hon berättade – om sin barndom och föräldrarna, om sexuella erfarenheter; och visst hade hon känt sig attraherad av sin storebror i tonåren. I tonåren utsattes hon också för ett övergrepp, men hade klarat sig utan känslomässiga men – åtminstone var det så hon uppfattade det själv. Kanske led hon ändå av någon liten störning efter händelsen, ett drag av hypomani som kompenserade en djupare liggande melankoli, men på det hela taget kunde jag inte finna mycket som felades henne. Det nästan irriterade mig. Jag skulle förstå Ann-Sofi bättre om jag kunde definiera henne i neurotiska termer.

Men det verkar som om jag hade rätt i mitt antagande. Hennes melankoli har flutit upp till ytan. Hon skrattar sällan nu för tiden. Jag skall ta mig an henne.

Aldrig några ord fram mot kvällarna. Radion döljer den pinsamma tystnaden mellan oss. Kommentarer om väder och vind ersätter samtalen vid matbordet.

* * * *

– I själva verket har du blivit känslomässigt inbunden – direkt hämmad, vill jag påstå. Det är något vi bör rätta till.

Jag står i hallen och tar på mig ytterskorna, väljer bland kavajerna och hattarna. Ännu minuter på mig – har ingen brådska. Jag plockar bland skräpet som legat i fickan.

– Du mår inte bra, Fia.

Jag sneglar på henne. Hon har börjat se ännu äldre ut den senaste veckan. Min hustru står i köksöppningen som en bruten gammal kvinna. Hon kanske till och med mår ännu sämre än jag trott.

En stump blyertspenna i min handflata, en gul gummisnodd
från brevbunten till schackföreningen och ett solkigt visitkort vars
namn jag inte kan minnas. Rester av dagarna som gått.

Ann-Sofi är tyst. Hennes blick vandrar, från mitt ansikte till min
kavaj och mina skor. Hon brukar granska mig så dessa stunder för
att avgöra ifall jag kan släppas ut i samhället. Nu gör hon det av
rutin, fastän hon säkert tänker på annat.

– Ann-Sofi?

– Ja...

Tystnaden irriterar mig. Att inte svara är nästan en social förse-
else. Människor måste kommunicera för att förstå varandra.

– Vi ses ikväll, säger jag sammanbitet. Stek inte pannbiffarna för
hårt.

När jag sluter ytterdörren känns det som ovälkommen symbo-
lik.

Tanken slår mig att jag inte bör vanka fram och tillbaka över var-
dagsrumsgolvet. Gjorde jag det i mottagningsrummet, skulle pa-
tienterna finna det enerverande. Det är inte ett bra sätt att föra
dialog med sin fru.

Jag sätter mig ner.

– För att tala i klartext, älskling: Du är sjuk.

Jag ser att hon gör en åtbörd för att vrida upp ljudet på radion.
Jag höjer avrådande handen. Ann-Sofi sjunker tillbaka på stolen.
Hon tittar avvaktande på mig.

– Vi borde diskutera det du berättade i tältet sommaren vi träf-
fade varandra. Ditt självförtroende tog säkert skada när du blev
våldtagen som 16-åring. Jag kan inte tro att den händelsen inte in-
verkar på ditt känsloliv längre.

Medan jag förstrött gnider hakan ger jag mig en minut för att
iaktta henne. Ann-Sofi gör ansatser att säga något men hejdar sig
– hon påminner mig på ett lustigt sätt om en fisk som flämtar luft.
Jag försöker tolka hennes känslor i ansiktet.

Skam.

– Du skäms, älskling, säger jag.

– Du kan inte förstå.

Orden hörs knappt.

– Visst kan jag förstå. Det är mitt yrke att förstå. Vi skall nog komma tillrätta med problemen – bara du tillåter mig att få veta. Så låt höra nu, älskling.

Jag säger det med ett självklart tonfall. En viss auktoritet måste man alltid ha i egenskap av analytiker.

Om Ann-Sofi tidigare kämpade emot liksom alla i hennes situation, har hon uppenbarligen gett upp nu. Den närmaste halvtimmen kan jag lyssna.

Rösten är en viskning, tonen darrar. Ångest – alltid denna ångest – och uppgivenhet, sorg, skam. Hon hade känt sig sliten i trasor sedan mannen gjort sitt. – Jag *trodde* att jag kommit över det, mumlar hon ner i golvet.

Jag tittar på klockan.

– En otäck upplevelse, säger jag. Du har verkligen min sympati. Men vi får diskutera vidare imorgon. Jag vill inte göra avkall på mina nio timmars sömn.

Snart ligger vi i tystnaden. Sängkammaren sluter sig som en gravkammare om oss.

Vi pratade idag också. Något motstånd finner jag inte längre – nu kan jag hämta upp hennes hemligheter som ur en djup brunn. Någon gång har hon lamt protesterat och tyckt att jag lägger för stor vikt vid problemen. Dumheter, påpekar jag.

Jag väntar att hon skall komma från toaletten. Att hon finner närheten till mig i sängen obekväm, är bara naturligt – vi känner alla skam över vårt inre. Och har vi blottat det, har vi också blottat den svaghet det är att vara människa. Jag tror hon säkert kommer över sina skrupler.

Vattenkranen har tystnat. Det dröjer några sekunder innan hon öppnar toalettdörren, lite för länge för att inte väcka tankar. Dörren glider tvekande upp. Ljuset försvinner med ett klick.

Hon undviker min blick. Täcket viks försiktigt upp och hon försvinner nästan osynlig mellan lakanen.

– Ingen kyss ikväll, älskling?

Det var mer en uppmaning än en fråga. Jag får också min kyss, en stum kyss från stumma läppar. Jag smakar missnöjt på känslan den lämnat.

– Ibland är det mer effektivt att konfronteras med sina rädslor. Rent konkret menar jag – att endast samtala om dem hjälper bara på lång sikt, om ens då. Så älskling –

Jag drar av henne täcket. Hon ligger raklång, orörlig, blek under sitt nattlinne.

– Du måste vänja dig vid mänsklig närhet igen. Och som du förstår vill jag bara ditt bästa.

En rysning ilar genom henne när jag lägger handen på hennes lår. Men det är en rysning av kyla.

– Ann-Sofi, säger jag. Inte så. Ta av dig linnet.

Sedan låter jag mina fingrar glida över hennes kropp, metodiskt, eftertänksamt och omsorgsfullt, som vore den ett studieobjekt. Hon tittar ljudlöst upp i taket.

– Nå, säger jag. Vi får avancera.

Jag arrangerar allt till det bästa. Hennes känslolösa kropp gör inte heller motstånd.

När situationen är fullbordad drar jag mig tillbaka till min egen sänghalva och släcker lampan.

– Det får duga, säger jag. Hur var det, älskling?

Men hon tycks ha försvunnit i mörkret.

* * * *

Ann-Sofi blir inte bättre – snarare tvärtom. Visserligen är det ångestfyllt att gå i terapi som ett led i läkningsprocessen, men jag tycker nog min hustrus tillstånd är en smula överdrivet. Hon har alltid haft en tendens att dramatisera.

Morgon, middag och kväll bär jag in maten till henne. Sällan äter hon särskilt mycket. När jag drar upp gardinen märker jag hur blek hon blivit. Kinder som börjat sjunka in, grådaskig hy under ögonen. Emellanåt blir jag nästan förvånad när hon faktiskt visar livstecken.

Vi har samtalat i någon timme nu. Hon sträcker ut en svag hand för att ta kaffekoppen. Klockan i vardagsrummet tick-tackar, gnager flisa efter flisa ur våningens stillhet. Bara sänglampan fångar vår uppmärksamhet i sin ljuskägla.

– Det var uppenbarligen också ett trauma, när din far förbjöd all kontakt med den där pojken. Han skulle säkert ha blivit din man, om inte detta hänt och du träffat mig.

Även jag dämpar min röst.

– Varför pratar du alltid om andra människor? viskar hon.

Det får mig nästan ur jämvikt. Jag hejdar mig när jag skall dricka en klunk av mitt eget kaffe.

– Jag menar alltså att pojken...

Men mina händer sjunker till knäet.

– Inte ett ord om dig själv, säger Ann-Sofi matt. Varför har du aldrig berättat om din egen pappa?

Jag tittar på mina händer. Vänder dem, följer handflatans linjer med fingret. Jag känner mig... Min egen pappa?

Tiden tickar iväg. Tio minuter försvinner. Ingen av oss säger något.

Min pappa? Han var min gud, en underbart kärleksfull människa, någon som älskade mig... Så *mycket* kärlek gav han mig –

Jag reser mig långsamt från stolen. På väg till köket förstår jag att jag inte håller av min hustru.

Länge står jag i köksfönstret. Det regnrandiga glaset lockar mig nästan själv att börja gråta. Min pappa... Hur vågar min hustru ifrågasätta *honom*? När jag känner tårarna börja komma vänder jag mig hastigt till köket.

Ann-Sofi har ju svårt att sova.

Jag letar i skåpen. Burken med sömntabletterna rasslar fortfarande nästan full i min hand.

Min hustru kastar långsamt ett öga på mig när jag närmar mig med det bubblande vattenglaset.

– Allt blir bättre imorgon, älskling, säger jag.

Rickard Berghorn

SÅSSLEVEN

Det är uppenbarligen en man som bor här inne. Ytterdörren har just stängts – mannens fotsteg avlägsnar sig och stiger ned för trappstegen i jämn takt. Klackarna möter bestämt det hårda golvet. Men ena skon knarrar. Det hörs genom trappuppgången: Klapp, klapp-*knirk*, klapp, klapp-*knirk*...

En elektrisk lampa står böjd på skrivbordet och lyser under sin mjölkvita skärm. Kanske har mannen glömt att släcka den. Men förmodligen låter han den stå tänd för hemtrevnadens skull, när han kommer tillbaka. Mannen är knappast en vårdslös personlighet, av hemmet att döma. Papperna på skrivbordet är lagda i prydliga högar med kanterna mot varandra, de ark som är vikta har vikits med millimeterprecision, kuverten under brevpressen av havskorall är perfekt uppsprättade med en brevkniv. En röd reservoarpenna ligger ovanför skrivunderlägget, parallellt med dess kant, skild från de andra skrivdonen i behållaren. Det måste vara den pennan han vanligen skriver med, placerad där den syns och behändigt kan nås.

Vad är det han skriver? Ett papper som verkar tillhöra ett arbete som för tillfället vilar, ligger framför den inskjutna skrivbordsstolen. Det är präntat med siffror och enklare uträkningar i en jämn handstil som vore den text i en bok; där finns också ett par statistiska tabeller. Kanske är mannen kontorist och räknar ut löner, kanske är han bara road av siffror och uträkningar som ett fritidsnöje bland andra.

Det är en liten lägenhet, inte mer än ett rum med pentry. Hyllorna ovanför den lilla gasspisen upptas av glas och tallrikar – allt så rengjort och glänsande att det verkar nyköpt. Har det någonsin funnits fläckar på spisen, är de nu borttorkade. I kanten på en av hyllorna finns ett jack, som noggrant har målats över med vit färg.

Lägenheten påminner om ett utställningsrum i ett möbelvaruhus. Möblerna och bokhyllorna längs väggarna vilar närmast självmedvetet på sina rätta platser. Mannens säng är välbäddad i sin alkov. Lampskärmen över matbordet är fri från damm och flugprickar. Böckerna i bokhyllan står jämnt uppradade bredvid varandra. Nästan alla är prosaiska fackböcker – ett par kokböcker, några volymer om matematikens grunder, tre-fyra böcker om Sveriges landskap. *Nordisk familjebok* hittas där liksom ett måttfullt urval socialistisk litteratur. En engelsk upplaga av Clelands *Fanny Hill* är det enda skönlitterära inslaget på hyllorna.

Endast en öppnad vinflaska och ett fuktigt vinglas på bordet bryter mot den märkliga ordningen i lägenheten. Det ger så att säga en prägel åt rummet, som de inkonsekventa detaljer en målare kan plocka in i sina tavlor för att ge liv åt scenerna. Flaskan har tömts på kanske ett halvt glas. De röda dropparna har ännu inte torkat på vinglasets kant. Det verkar som om mannen drack vinet strax innan han gick ut.

Enligt almanackan på väggen är det valborgsmässoafton 1932.

2.

Klapp, klapp-*knirk*, klapp, klapp-*knirk*...

Många människor har skor som knarrar, så det är egentligen inget märkvärdigt med stegen. Knappast någon på Odenplan lägger märke till dem, när de passerar torget. Valborgsmässoafton är en dämpad högtid, men folk tar den gärna som ett tillfälle att roa sig. Männen och kvinnorna på torget tycks vara vid gott lynne och är en nyans vänligare mot varandra. Hattar lyfts från huvuden, tillfälliga möten bekräftas med handskakningar.

Klapp, klapp-*knirk*...

Stegen styr mot Odengatan. De har just vandrat förbi ett par

140

sjabbiga ynglingar i kepsar, som står vid ett skyltfönster. Med händerna i byxfickorna tittar de spydigt efter mannen som passerat, kanske inte för att de finner anledning till det, bara för sakens egen skull.

– Se prydlige herrn! ropar den ene. Jag vet en laban som säljer billiga rakknivar. Så noga som herrn rakat sig, behöver han nog många.

Men ynglingen får inget svar. Det glimmar till av förtrytsamhet i hans ögon, innan han vänder sig till vännen igen.

– Jävla gubbe, konstaterar han och tar upp en cigarrett.

Den unge mannen trycker sin hatt mot bröstet.

– Fröken Viktoria! Så trevligt att träffa er. Vi får ju nästan aldrig tillfälle att tala om dagarna, där på Nordiska.

Kvinnan ser ut att vara strax över tjugo och har en ivrig liten hund i koppel. Hon tycks inte lägga märke till den artiga tonen i mannens röst och drar irriterat i kopplet.

– Herr Lundgren, hör ni mannen där borta? säger hon.

De lyssnar båda.

... *knirk*, klapp, klapp-*knirk*...

Stegen försvinner i skymningen längre ner på gatan, ner mot S:t Eriksplan.

– Ja? undrar den unge mannen.

– Man är ju van vid någon sorts hövlighet, som kvinna. Han vek inte en tum från mig, när vi skulle förbi varandra. Jag gick nästan rakt in i karln.

– Han kanske bara var tankspridd, resonerar den unge mannen. Men jag har faktiskt funderat på att ringa upp er, fröken Viktoria. Det har öppnats en ny restaurang vid Hötorget. Jag tänkte att... Ja, inte för att vara framfusig –

Den unge mannen fingrar nervöst på hatten, men hans ansikte behärskar sig med ett leende.

– Det är så många som vill bjuda ut mig, säger kvinnan ointresserat. Kanske när jag har tid, om någon månad. Men kom nu, Tussen, så går vi vidare.

Kvinnan vandrar bort i mörkret med hunden som en virvelvind

av lång päls framför sig. Mannen står kvar och tar sig plågat för pannan.

Klapp, klapp...

Stegen upphör. De har kommit till S:t Eriksplan. Mannen tycks ha stannat för att begrunda något, antingen en syn eller tanke. Efter en stund fortsätter stegen ytterligare en liten sträcka. Ett par fjädrar hörs springa när dörren till en telefonkiosk öppnas.

3.

– Jag tror mina kondomer börjar ta slut. Har du några jag kan låna, Mimmi, om det behövs?

Kvinnan talar med en märklig blandning av Stockholmsdialekt och skånska. Hon är brunhårig och ungefär i trettioårsåldern; den andra kvinnan i lägenheten, hon som heter Mimmi, är några år äldre och har svart hår.

– Naturligtvis. Hur skulle det gå om jag fick en karl och inte kunde skydda mig?

Den brunhåriga kvinnan svarar inte och letar vidare i sina garderober, som är fulla av billiga men moderiktiga kläder. Hon ser själv välvårdad ut. Det tar en stund att upptäcka den brutna stoltheten i hennes ansikte.

– Det är säkert stockfullt med folk på Djurgår'n. Vad tycker du om den här kappan?

– Den är jättesnygg, tror jag.

Mimmi går förstrött omkring i rummet och plockar med prydnadssakerna. Hon tar ner en av de svarta leksakspudlarna av ullgarn från en hörnhylla och tittar misstroget på den.

– Men vi måste bestämma när vi skall åka. Lilly?

Hon hör inte utan fortsätter att gräva i sina garderober. Mimmi uppsöker hemvant skafferiet i kokvrån och tar en kaka, när en telefonsignal ljuder i lägenheten.

Lilly svarar.

– Vasa 104 22.

Ett ögonblicks tystnad.

142

– Ja, det är fröken Lindeström.

Hon rynkar fundersamt pannan, som om hon försöker känna igen rösten.

– Visst är jag hemma. Det hör ni väl? säger hon och skrattar.

Ytterligare några sekunders tystnad.

– Om en stund? Det är nog inga problem. Men jag känner er ju inte. Är ni långt borta? Jaså, alldeles i närheten.

Lilly lägger på luren. Hon ger sin väninna en blick och en blinkning.

– Nu också, säger Mimmi. Jag går ner till mig.

Strax har Mimmi lämnat lägenheten.

4.

Mimmi sitter ensam i ett främmande rum. Hon har nog inte gråtit, men ansiktet ligger i ruiner. Hon rycker till när dörren öppnas och en man med hårda drag kommer in.

– K G Gustafsson, säger han utan känsla. *Kommissarie* Gustafsson.

– Mimmi, svarar hon blekt och tar den framsträckta handen.

Kommissarien makar sig ner i stolen på andra sidan om skrivbordet. Över sina fingertoppar säger han med självklart lugn:

– Mimmi Jansson. 35 år och fnask.

Hon har antagligen för många känslor inom sig för att lägga märke till det krassa klargörandet. – Skall jag berätta för er också? undrar hon.

Kommissarien nickar.

Hon skildrar samvetsgrannt valborgsmässoaftonen. – Sedan gick jag ner till min lägenhet. Och så ringde Lilly på min dörr, en kvart senare. Han har kommit nu, sade hon, och ville låna en... ett gummi. Ni förstår vad jag menar.

– Hennes kläder?

– Lilly hade en kappa på sig – jag kunde se att hon var naken under den. När hon fått det hon ville ha, gick hon sin väg och verkade glad och visslade på den där slagdängan som man hör så ofta...

– Och det var sista gången ni såg henne?

143

Mimmi nickar och låter blicken sjunka till golvet. Hon är tyst ett par minuter och fortsätter sedan att berätta:

Efter två timmar ringde hon på Lillys dörr, utan att någon öppnade. Kanske hade väninnan gått ut med sin kund istället?

Inte heller nästa dag öppnade Lilly. Men det hade hänt förut, att hon rest iväg med herrbekanta utan att meddela sig.

Den 4 maj talade hon med portvakten. Eftersom han inte fått månadshyran betald av Lilly, kontaktade de polisen.

Två konstaplar från närmaste polisstation bröt upp dörren.

UTDRAG UR UNDERSÖKNINGSPROTOKOLLET:

[...] Lilly Lindeström upptäcktes därmed död i rummet, liggande framstupa på en ottoman. Några tecken till tumult stod ej att finna. Lägenheten var till synes orörd. En väninna till den döda kunde meddela att inga föremål blivit stulna. Fröken Lindeström hade bragts om livet med tre kraftiga slag mot huvudet, som uppenbarligen krossats. Mordvapnet fanns ej kvar i lägenheten.

Närmare beskrivning av brottsplatsen:

Kroppen hade prydligt placerats på ett utslätat och oskrynklat överkast och ottomanens tre kuddar vilade pedantiskt på ryggen, staplade mot varandra. De kläder offret burit låg snyggt sorterade över en stol i den lilla sovalkoven. Blodet på golvet vid ottomanen hade omsorgsfullt torkats upp av en kökshandduk. Denna återfanns ihopvikt i kokvrån. Eventuella ledtrådar hade avlägsnats från platsen...

5.

Det är en sal i Stockholms kriminalmuseum, visar ett anslag på väggen. En förhållandevis ung man med imposanta mustascher vilar i en stol bland hyllorna och ser ut att vänta på någon. Han bläddrar förstrött i en anteckningsbok, men hejdar sig vid en sida:

"... togs huvudstadens kända sadister och våldsmän till förhör, speciellt de som tidigare förgripit sig på fruntimmer. Med hjälp av

144

det åttiotal visitkort som Lilly hade i en skål, undersökte man också hennes 'arbetsgivare'. Dessutom granskades många av medlemmarna i Gaiety, en nattklubb som Lilly frekventerat bland annat för att skaffa kunder. Antalet förhörda uppgår nu till tusentalet personer. Om sju år, 1 maj 1957, preskriberas brottet. Kommer mördaren mot all förmodan att gripas?"

– John Berg, sålunda. Museiföreståndare.

Den nyanlände är en äldre herre i representativa kläder. Mannen i stolen samlar sig när han hör rösten. Han reser sig och hälsar på herr Berg och visar sig nu vara en person med myndig hållning.

– Börje Heed, kriminalreporter på Aftonbladet. Ni var överkonstapel år 1932 och sysslade med brottsplatsutredningar. Jag tar gärna del av era minnen från Atlasmordet.

De båda männen vandrar sedan genom Kriminalmuseets salar medan den äldre talar och den yngre för anteckningar. Ibland ställer han några frågor, allmänt formulerade för att ge vidlyftiga svar.

– Och ledtrådar?

– Brottsplatsen var ju nästan orörd. Allt saknades, allt sådant som brukar göra det möjligt att rekonstruera händelsen. Atlasrummet var Sveriges kalaste mordplats, så att säga, när det gällde spår.

Den äldre mannen blir tyst en stund och går fundersamt med händerna i kavajfickorna.

– Men visst hittade vi något, även om det inte blev offentliggjort, säger han plötsligt. Låt mig visa.

De går in i ett förråd. Det är välordnat men belamrat av kartonger, böcker och lösa föremål, där herr Berg tar fram en brungrå pappkartong ur ett skåp. Han öppnar den och plockar upp ett litet föremål som glänser av metall.

– Fröken Lindeströms lägenhet var som sagt helt i ordning. Enda undantaget var det här föremålet. Det låg slängt på golvet i kokvrån, med botten uppvänd. Tydligen hade mördaren stampat på det med klacken – varför vet jag inte.

Han ger föremålet till kriminalreportern, som granskar det noggrant i sina händer.

– En såsslev, säger han enkelt.

Den är tillbucklad och solkad av en rostfärgad fläck i botten.

– Den här fläcken – det ser ut som blod, konstaterar reportern.

– Det är blod.

– Vad innebär det?

Museiföreståndaren ler ett svalt leende när han svarar:

– Vi funderade mycket på det, fastän vi förstod hela tiden. Vi vågade bara inte tänka tanken fullt ut.

– Och ni förstod vad?

– Tja, låt mig påpeka att mördaren inte var en vanlig mördare. Han använde såssleven för att dricka... ja, ni inser nog vad jag menar...

6.

Och nu finns det inte så mycket mer att berätta. Mördaren greps aldrig. Förmodligen kommer allmänheten aldrig att få veta vem Atlasvampyren var – eller snarare är. Få brottslingar har ju lämnat färre spår efter sig.

Klockan är nu ett par minuter in på ett nytt dygn, 1 maj 1957, ett betydelsefullt datum i min berättelse. Jag har tillbringat kvällen med att skriva den här redogörelsen, efter att i en veckas tid ha forskat fram detaljer jag inte redan visste om. Skrivbordslampan har böjt sig över skrivbordet och lyst under sin mjölkvita skärm. Min röda reservoarpenna har strukit över papperet. Medan jag noggrant tänkt igenom någon viktig formulering, har jag vägt brevpressen av havskorall i mina händer. Min lägenhet ser ungefär likadan ut som för tjugofem år sedan – jag föredrar att leva mitt liv som jag alltid har levt det.

Vem är det då som skriver detta?

Jag kastar en blick på spegeln i rummet. Som synes är jag sextio år, bär runda glasögon med stålbågar, är välbevarad för min ålder men har strödda gråslingor i håret. Jag ger ett strikt intryck, vilket kan bero på korrekt läggning eller hämningar. Det har hänt att människor påstått jag har utseendet hos en direktör eller högt uppsatt tjänsteman. Mina händer är känsligt formade och naglarna vackert klippta.

Min profession skall inte avslöjas – dock är jag inte direktör eller tjänsteman. Låt mig bara säga att jag tillbringar mina dagar bland de bästa av människor. Därmed får ni anta att jag arbetar på bårhus, om ni vill, eller att jag är begravningsentreprenör. Antag att jag bara redigerar dödsrunorna i en tidning, om ni vill *det*. Vad ni tror är mig ganska likgiltigt.

Men det är ett viktigt datum. Som för tjugofem år sedan har jag öppnat en vinflaska. Den väntar på bordet, ett trettio år gammalt årgångsvin från Frankrike. Sådant brukar väcka liv i mina slumrande livsandar.

HENRY LEE

Det är jag som är Henry Lee och jag ska tala om varför. Just efter att navelsträngen snörpts av och jag blev en egen människa drog morsan sina spretiga fingrar över min drypande blåa kropp.

– Det var korset det, sa hon. Gud vet att jag är god, sa hon också, och teg resten av dagen. Så var det med det, men man vet aldrig vad som finns utanför fönstret. Jag har aldrig litat på världen utanför, jag.

En dag vred jag huvudet av en duva på ett oansenligt torg. I det lövlösa trädet ovanför satt en svart kråka med ruggiga fjädrar. Den såg nästan nyfödd ut. Den öppnade näbben och visade sin spetsiga maskliknande tunga. Jag drog snöret ur min ena känga, knöt det om duvans hals och fäste den i en knagglig gren. Man skulle kunna tro att den dinglar där än, om man inte visste bättre. Den är liksom min egen livsklocka.

På vägen hem stod en lång man i den vassa skuggan från den tunga kyrkporten och såg på mig. Men vad betydde det, mer än att han viskade ett par ord i mitt öra och att det kändes som om en sval vätska sipprade in. Jag var som en sovande kung och fick lust att strypa brorsan. Tur för honom att han inte befann sig där. Jag tror den långe skuggmannen sade: – Jag har sett snön smälta och jag har sett bäckarna torka ut och jag har sett dessa rytande lejon utan raseri. Lev människor, lev! Men ni måste dö.

Farsan dog, när en sotare körde på honom. Bilen kom tjutande genom den dimmiga gränden. Asfåglarna flög lågt och stötte sina dova skrän framför sig. Jag höll på att spela kula och såg hur skallen sprack upp; hans vita simmiga hjärna läckte ur. Så nu behövde jag inte bry mig om att hålla reda på vad han gjorde och så.

Morsan sa som hon brukade: – Gud vet att jag är god, Henry Lee. Nu får vi klara oss själva. Hon gjorde korstecknet över sina små torra bröst. Själv tänkte jag på brorsan och hur jag skulle kunna göra livet ännu lättare, för oss alla. Det brinner nämligen ibland i händerna på mig; då river jag hål i handflatorna, och inte bara dem kan jag säga.

Syrran började få bröst; det var som morsan bytte med henne. Den ena växte upp och blodet pumpades runt så starkt så hårt. Ja och den andra tappade färgen och lät knarrigt. Jag hörde morsans andning på natten och fick lust att hjälpa henne vidare. En morgon spydde hon blod på köksbordet, men jag gick ut och hoppades att det skulle bli en skön dag. På innergården häckade ett par duvor som flög upp så fort jag satte min fot där. De flaxade upp till vårt fönsterbleck och stirrade illasinnat på syrran, med sina bröst och det uppsatta håret, som hon alltid hade det när hon gjorde rent. Jag spottade och strövade ut mot centrum och såg upp mot den fula solen. Stora vassa fåglar svävade i siluett mot resten av den ihåliga himlen.

På begravningen kom inte många, jag missade den nästan själv. Det var den dagen det vart mer skuggor. De hängde ut från husfasadernas veck som sönderslitna kroppar. Och sen så kunde man nästan höra dem slingra sig undan ens beröring. Prästen högg tag i min nacke med sin kraftiga näve. Han talade till mig, sade han, men jag sket i vilket, för allt som allt lät det som orden kom baklänges. Jag lät fanskapet hållas; tungan min låg och skavde mot kindtänderna; under växte det och rörde på sig, ungefär som en visdomstand, men det var något helt annat.

Brorsan tittade snett på mig, i min långa svarta rock; han gillade inte heller igelkottfrisyren. Jag kände en ny kraft, eller livsvilja om man vill, spira så skör så stark så min egen. Och då landade kråkan i trädet på gården igen och kraxade mot prästen, syrran och alla. Jag gick iväg med huvudet högt och önskade att deras skulle rulla. Syrran såg åt mitt håll, jag vinkade utan att vilja det.

Med ryggen mot dem alla mindes jag plötsligt vad prästen sagt.

Orden nötte som ett trubbigt regn och svepte med mig ned för ett par unkna knastriga gränder. Vad jag hade hört var, "En stor hund mager och svart, som släpar sig långsamt fram, kommer varje natt att yla utanför din dörr, fördubblande sitt skall. Din förfaders ande visar sig inför dina ögon iklädd en lång liksvepning, och från händerna river långa vassa kloliknande naglar, ständigt växande, och huvudet bär på havsnät och ogräsliknande rötter."

Molnen slöt sig och jag gav dem fingret i en spegelblank stillhet. Gatstumpen luktade av damm och hundskit. Det var äntligen tyst och skuggorna krälade som mörka osedda maskar in och ut ur folks skallar.

En tid senare, det var kväll och dimmigt, förresten är det så allt som oftast. Fula och oregerliga röster rullade mot väggarna; skuggorna högg mot dem och det väste i kloaköppningarna. Jag gick och sippjade på en flaska vodka. Knackade på dörren. En påtänd vakt såg ut i tomheten; jag gjorde korstecknet bakom hans rygg när jag gick in.

Musiken låg som ett blött draperi runt oss alla. Ur munnen på en långsmal knotig sångare i en svettig skjorta kröp orden, "flickan jag har i det lyckliga gröna landet, henne älskar jag bra mycket mer än dig. Och vinden tjöt och vinden slog. La la la lee." En cig satt redan i mungipan; ett missfoster såg på min nya sminkning och gungade med i sångens stilla rytm. Jag spände musklerna under rocken. Växandet det är jag. Jag såg genast att det inte hade mycket att ge livet och tänkte på det en stund. Stumhet och annat avskräde sugs in i mig och träffar mig djupt. Det finns folk som ställer sig under mig, nära mig, för nära mig. Min skugga skalar av dem all fernissa. Jag äter ur dem och får sån lust att göra saker, att göra fint. Jag är nog ett slags konstnär i alla fall.

I ett hörn stod en man och såg ut ur mörkret, och jag såg tillbaka så som jag brukar göra tills inget är kvar av dem. Men han rörde sig inte ur fläcken, kom närmare mig och pratade in i mig; hur det gick till vet jag inte. Han sade ord som det inte spelade någon roll att jag förstod, men de betydde massor, så sant jag heter Henry Lee.

Jag märkte att jag andades på ett nytt sätt. Ett litet smycke gnistrade till under hans ena örsnibb. Dinglade och spred ett matt sken med små hål i. En viss ilska kände jag så klart, men inte så jag måste avsluta honom. Jag till och med gillade att hata honom, som när man sprättar upp sin gulliga hamster, ja som när brorsan skar av sig ena fingret och fick svårt att skriva och använda kniv och gaffel.

Han borde nackas, tänkte jag och klev över till baren med en fimp mellan tumme och pekfinger. Drog i mig ett par shots och väntade.

Folket var i allmänhet, som jag brukar säga. Ett gäng låtsasmän satt runt ett bord, med hårluggar slängande över strama tömda ansikten. Läppstiftet låg som en söt cocktailbärhinna i undre delen av nunan, ett hål. Jag tänkte på hur man kunde rycka ur tungan på en av dem och lyssna till hans väsande, om man ville; det skulle säkert vara i takt med den monotona trumrytmen. Det hördes andra instrument.

Ett par i slängkappor och blåfärgat koniskt hår flöt förbi och in i krokgångarna. Jag följde nitarnas fläckvisa glittrande, spetsen fladdrade; hals och nacke påminde mig om ett rev. Jag skälvde till som en gammal mordisk gud och en het rysning knep till om ryggraden. Jag tänkte på gift och gröna källor med vitt kletigt vatten och ögonliknande stenformationer, medan jag höll jämna steg med dem. Jag föreställde mig alla förbannade hål som skulle finns i dem, ur dem till dem över dem, dem dem.

Jag såg på dem ur mitt hörn. De stod under ett par nymålade grafittifigurer med rombögon, tunna läppar och fiskbensfärgad hud. Sprutor satt uppradade som en vågformad livslinje, straxt invid. De pratade och stoppade i sig varsin tablett. Jag hörde flåsandet och visste att det var dags. Näsan täppte till sig själv och jag simmade fram mot dem.

Hur det nu var, så var det lugnt i den delen av klubben; inte många i vår närhet. Jag drog fram revolvern, undrade kort var den kom ifrån; stirrade på dem och spände haken. Glöm inte att jag nu stod nära dem och var hungrig. Som sagt man vet aldrig vad som finns utanför. I andra handen märkte jag att det fanns en lång kniv. Inte tog det lång tid inte.

Jag sa åt kvinnan att plocka ned några av sprutorna från väggen. Hon lydde, hon var duktig. Hon var blek från början. Jag öppnade upp en ven, på mig själv ska sägas. Små hål tänkte jag och gav dem blod, riktigt tjockt hett blod, mitt blod, fyllt av infruset liv. Det var som att se deras gravskrift i neon, "men du når ej de ögon, vilka nu förgäves din strålglans leta och ej dagning se". Det ökade min lyckoilska.

Jag korsade mig, tänkte på morsan och hur hon skrattat ibland med syrran. Gud vet att hon är god, sade jag. Jag simmade undan, tungan slog mot kindtänderna; bakom mig låg slafsigt urgröpta knän och bräckta revben stack upp i ett undervattensblått ljus; i mungipan hängde hennes långfinger eller om det var rester av ord jag hört men inte riktigt förstått.

Varför de inte skrek vet jag inte. Jag tyckte att hans hals eller om det var hennes, att den såg ut som en grop fylld av klängande stjälkar och kulformiga knoppar. Jag har ju sagt att jag växer. Förmodligen blev min andning kallare; den lindrade, hindrade varsamt övergödning. Månlösa nätter tindrade den. Det är så det var då. Men lik förbannat är jag Henry Lee.

Det hände och inte hände en del, men jag befann mig efter ett tag vid farsans grav. Jag var nöjd, trots känslan av att ha vandrat genom törne. Natten var ett kistlock och stjärnorna glimmade som spottloskor. Månen var en förskärare. Bortom snåret de slängt ner farsans gamla kött i låg kyrkotornet med sina polyptinnar och ständigt lika sönderblåsta demonhuvuden. Jag skrek ofta i valven som liten. Vi var natthundar och kastade småsten mot figurerna man hade huggit in ovanför porten. Jag gillade deras tystnad. Brorsan blev som dem när han kom i närheten, medan jag gurglade runt saliv och luft.

Vid koret fanns många saker som glimmade kan jag säga, och ovanför svävade prästens valkiga hand. Den blev hårig med tiden. Jag slutade ta honom i hand och bet krasande ihop käkarna. Predikan var som att låta käftarna slå igen. Världen klickar, på sitt eget vis, men jag är på min vakt.

Jag stirrade på gravstenen och försökte föreställa mig gubbens spräckta skalle, lika tom inuti som så mycket annat här i livet. Mitt i tankarna kände jag hur det drog i skinnet och fötterna blev tyngre. Månen skar upp molnslamsor och ljuset gödde naglar och hår. Kittlingar rann igenom mig och fortsatte ut i fingrarna. Jag såg naglarna växa ut till vågiga krokar och håret lade sig som ett nät över farsans lilla kulle och tunnlövade snår. En ljummen vind pillade i kläderna och fick mig att tro att allt var i trasor. Vad som for upp och in i mig vet jag ännu inte, att gubbens liv inte varit värt något var klart, men som sagt det var inte det enda. Huvudet tickade och inom mig föll sand till botten och tankarna kläcktes som flugägg. Jag visste att något skulle ta slut. Kanske var det en varning för Henry Lee, alltså mig. Och slutligen grodde jag då och farsan hade pratat till mig.

Det prasslade i snåret, och jag väste tillbaka med ett vackert leende. Jag slängde till det lilla djuret några fingrar utan naglar, en knäskål och adamsäpplet som jag skurit ur mannen från klubben. Kvinnan hade inget så jag fick karva i annat. Se där, saker går i arv, tänkte jag och tyckte nog att det rörde sig underifrån. Jorden var torr, mina steg var lätta men sjönk ändå djupt ner i marken. Jag har sagt precis som det var.

Kyrkogårdgrinden gnisslade, kråkan landade på min axel och jag kände vad som kanske är lycka. Fyra ögon gick framåt och ville inte se bakåt, inte idag, fel, i natt.

Nästa kväll fick jag ett meddelande. På hallgolvet hade någon skjutit in ett brev som det stod Henry Lee på. Jag rev i tu det, drog ut delarna och pusslade ihop dem. Utanför fönstret drev dimbankar, fukten rann längs glasen i pentryt. Händerna hade bleknat och blodfläckarna spätts ut till rosa små puffar. Fågelklor mot fönsterbläcket. Jag höjde handen till en gest och tystnaden lade sig som dimma runt mitt väsen.

Brorsan ville träffa mig på ett café tillsammans med syrran. De var större nu och jag äldre, men utöver det hade inte mycket ändrats. Ibland kunde jag höra hur det tickade i dem och det slog in i mig som ett skarpt, hårt regn. Det retade mig.

Jag hade dragit håret bakåt som en fors. Svartglänsande låg det framför deras trånga ögon. Men egentligen såg ögonen inte ut så, utan bara som vanligt. Syrran tittade mot kyparen i sin frack och smaragdgröna borsthår.

Jag lyssnade inte på vad de sade, men värmen i cafét fick mig att nicka och se medgörlig ut. De pratade om livet och vad vi kunde göra tillsammans. En fest, det var vad de ville göra. Jag beställde en dubbel whisky. Syrran smuttade på något, liksom brorsan. En skål med nötter och torra små fosterskrynkliga tilltugg stod på bordet och stank. Det var inte mycket folk runt oss. Jag tänkte på splittrade flaskor och människor som satt fast i en lerväling. Där svängde jag med mitt vapen över dem som en korgosse. Röken var deras urvattnade liv som sögs in i luftens alla hål. Jag hostade så det rev i strupen, slängde i mig whiskyns sista två klunkar med bilden av morsan och farsan bakom pannbenet, lätt upplösta som i de billiga tabloiderna. En förbannad släktfest då.

Jag släppte cafédörren, som slog igen med en dallring. Det var något förebådande över det. Kullerstenen var nyspolad efter ett häftigt skyfall. Syrran och brorsan gick åt andra hållet. Månen hade flyttat på sig, men förföljde mig likväl med sitt bleka susande ljus. Ibland trillar världen ner på mig, och jag vet inte varför. Jag huttrade och såg hur händerna stelnat i en kloformad gest. De var nästan genomskinliga. Under låg skelettet. Jag hörde en röst bland de förbiströmmande människorna som kryssade mellan skuggor och gatuartister. Jag sket i allt oväsen och lyssnade till mitt eget inre tickande och knakande, knoppar värkte. Rösten drog i mig, klockan inom mig kom i otakt, men slog sedan ett hårt nytt slag och jag vände mig om och såg in i ett ansikte fyllt av runda flytande skuggor och mannen eller vad det var släppte ifrån sig gnistor och kattguldglimrande ljuskorn. Händerna vecklade ut sig och jag fylldes med nattens klorofyll. Runt mig såg jag tunga pelare och en ekande pelargång som vibrerade av röstens fuktiga andedräkt och allt den pressade in i örat på mig; vindpustar slog emot mig, det var vingslag och porten som slutligen öppnade sig. De stora osynliga ödesstegen vibrerade i kroppen.

De hörde mig knappt ens. Känslan flög på dem ovanifrån och mitt skri låg som en sammetsbonad runt öronen på de kylslagna nattmänniskorna. Jag viskade med min isande utandning bakom dem. Naglarna sjönk in syrrans hals som när man petar ur äppelkärnor. Hon skrumpnade snabbt i mitt grepp; inget ovanligt kan jag säga. Och brorsans skalle blåste jag ur med revolvern, så det knakade. Jag tänkte på skorpor och en utflykt i skogen. Kvistar går av men fåglarna kvittrar och man kan höra bäcken i bakgrunden. Men jag är min egen naturupplevelse, min egen växtlighet. De låg ruttnande insvepta i mitt alltjämt växande hår, en brudslöja med avrivna nagelbitar som höll allt på plats. De bubblade inifrån och ur kanylens stickhål frätte resterna från mitt starka blod. Gud vet att jag är god, viskade jag; morsans tandlösa mun grinade så sprickorna i läpparna lös. Gränden log inte, men att den andades kunde man inte missta sig på.

Nu vart det inte så skönt som jag skulle velat och det brukade vara. Ett slags ljud strilade efter mig: ett däcktjut, krasandet av en krossad skalle, och hostningar tills väggputsen nötts av. Jag höll för öronen, men naglarna rev och bet i skinnet. Jag irrade runt och väste, drog i kråkans fjädrar. Den hade landat på axlarna straxt efter att syrran och brorsan stillnat och börjat kläcka larver. Vita prickar på dess tunga vibrerade och tickade. Jag knäppte med fingrarna för att ha något att göra. Hustaken böjde sig ner över oss och skuggorna såg törstiga ut; små torra rop strilade ner över mig och kråkan kraxade från axeln.

Mitt i virrvarret sattes en stor klumpformad känga i marken till höger om mig. Vänsterhanden greppade revolverhandtaget när en hårig och senig hand föll på min högeraxel. Rösten kom liksom de väsande orden från skuggan invid väggen och de halvöppna syltornas dörrposter. Kråkan sträckte på sina vingar och försvann.

– Henry Lee, inte sant, handen knep åt ytterligare om axeln. Jag stod stilla. Naglarna ringlade sig som ormyngel i fickorna. Revolvern klickade till. Jag nickade och undlät en rossling.

– Du är en duktig pojke mr Lee. Orden flöt in i mig och öronmusslan täcktes av frost. Han drog på u:en och o:et. Jag tyckte det var löjligt. Förtjänar inte herrn en belöning efter att ha gjort det en man ska, sa han. När makten och härligheten är inom räckhåll. Hans andning slog som vinden i tygstyckena morsan brukade hänga ut på linorna utanför köksfönstret. Jag vred på huvudet mot skuggans mitt, varifrån lukten av bränt kött sipprade fram. Tungan slog mot kindtänderna och ur fötterna krälade små skott och letade efter kullerstenarnas sandiga ligament. Jag växte och höll på att explodera, blomma ut. Himlen öppnade sig och ett par stjärnor föll som vore det min egen sådd. Jag såg himlavalvet i ögonvrån och hatet vibrerade som hungriga bivingar och sedan sköt kraften fart.

Jag minns hur det smällde och mannens erbjudande om horor i en oändlig följd, som en uråldrig syndaflod och vaginor fyllda med gyllene puder. Jag skrek åt honom och hans duvliknande ansikte att kvinnor aldrig intresserat mig. Jag är köttätare och alla är lika inför mig ylade jag. Jag slet av hans huvud och slängde åt kråkan lite mums mums.

Bakom mig satt hans sladdriga daggtäckta kroppsdelar fastnaglade på en kyrkoport i väntan på välsignelsen. Bloddroppar slog i marken som ett slags ny klocka. Han skakade och påminde om en docka med trådar upp till sin skapare och härskare. Jag ökade på stegen. Jag öppnade käftarna och tog ett kraftigt, tog ett nytt andetag.

Välkomna till guds hus viskade jag och kände hur min andedräkt blev ljum och värmde handflatorna. Jag tappade farten, men ett slags förvånad glädje spred sig i kroppen på ett sätt jag bara hade hört syrran prata om ibland. Jag sket i henne för hon var död, men det var så jag kände då.

Många stela ansikten var ute på gatorna den natten. Natthundar bröt månljuset med kantiga siluetter; kråkan landade varsamt på min axel. Jag såg förtjust mot den, som den lade huvudet på sned och omsorgsfullt vecklade in vingarna. Det fanns en lätthet i stegen jag aldrig känt tidigare. Jag gick omkring utan att bry mig om var jag hamnade. Fingrar och händer krasade som blod och underliga ord stelnade. En grind gnisslade och jag gissade vart jag hade fört mig eller vem det nu var.

Ett par vindkast drog igenom buskarna och rufsade i gräset på farsans kulle, som låg stilla och mer lugn än någonsin. Det växte inte längre vilt omkring och i mig. Farsan hade funnit en ny tomhet.

Jag stod tyst en stund och lät allt som varit strömma genom

mig tills jag bara hörde kluckandet från en mätt uggla. I stiltjen funderade jag över mitt liv och om något verkligen hade förändrats. Skuggorna teg.

Håret hängde fritt och naglarna såg ut som de skulle. Kyrkan skimrade i det klara nattskenet. Lukten av torra löv tumlade runt i näsborrarna. En underlig känsla, denna glädje. Jag frågade mig om det är jag som bestämmer över liv och död; om jag är livet, om jag tar och ger efter behag.

Jag såg mig i handflatan, dess sårskorpor, speglade mig i kråkans reptilögon och såg mannen i den långa svarta rocken; han som vandrar över jordens sönderblåsta slätter och nerregnade städer med sina tomma ögon för att kunna fyllas av fjuttiga stjärnljus och allt som ser ut att kunna brinna; jag sade: – Tag mig till dig och fängsla mig, för om du inte gör mig till träl blir jag aldrig fri, och aldrig kysk om du inte våldtar mig.

Det ekade så förbannat, och det tycktes aldrig ta slut. Jag skakade på huvudet. Håret klatschade mot kind och nacke. Det kliade i fingrarna och jag kände smaken av kall saliv. I magen märkte jag en svart pirrning och klappade mig lugnande med händerna. En mindre blödning strilade ut från naveln. Inget allvarligt tänkte jag.

Saliven slog mot kindtänderna och tungspetsen kände smaken av uppiskat skum, innan stormen blåser igång. Jag sög på smaken av skummet samtidigt som det slog mig att även om allt förändrats och jag känner mig fri spelar det ingen roll. Jag är Henry Lee och gud vet att jag är god. Jag spottade på marken så det fräste och undrade vad livet gjort för mig och vad Henry Lee kunde göra mot det.

Citaten är tagna från:

1. Jean de Sponde (1557-1595), dikt

2. Saint Amant (1594-1661), *les Visions* (*Synerna*) (drabbad av författarens strykningar)

3. Nick Cave (1957-), *Henry Lee*

4. John Milton (1608-1674), *Paradise Lost*

5. John Donne (1573-1631), *Holy Sonnets*

Blandade sällsamheter

Edgar Allan Poe

SFINXEN

Medan den fruktansvärda koleran härjade i New York, hade jag accepterat en inbjudan från en släkting att tillbringa två veckor med honom i hans avskilda *cottage ornée* på Hudsonflodens bankar. Vi var här omgivna av alla sedvanliga möjligheter till förströelse i sommaren; och strövtågen i skogen, att rita, paddla, fiska, bada, spela musik och läsa, skulle hjälpt oss att fördriva tiden nog så angenämt, om det inte vore för de skrämmande underrättelser som nådde oss varje morgon från den folkrika staden. Inte en dag passerade utan att vi överbringades nyheten om någon bekants eller närståendes frånfälle. Och medan olyckan fortskred, blev det oss en vana att dagligen emotse förlusten av någon vän. Slutligen darrade vi inför varje budbärare som nalkades. Själva luften från söder tycktes oss tyngd av död. Det var en förlamande tanke som sannerligen tog herraväldet över min själ. Jag kunde varken tala, tänka eller drömma om något annat. Min värd ägde större själslugn, och fastän själv djupt beklämd i anden, bemödade han sig att fördraga min upprördhet. Hans djupt filosofiska intellekt var aldrig i någon stund anfäktat av orimligheter. Om skräcken i sig var han nog så medveten, men för dess skuggor ägde han inga skrupler.

Hans försök att hjälpa mig ur den onaturliga förstämning i vilken jag sjunkit blev i hög grad fåfänga på grund av vissa volymer som jag funnit i hans bibliotek. Dessa var av en sort som gav näring åt varje frö av nedärvd vidskeplighet som låg begravt i mitt bröst. Jag hade läst dessa böcker utan hans vetskap, och därför låg det utanför hans förmåga att förstå vilka allvarliga intryck som påverkat min inbillning.

Ett av mina favoritämnen var den populära tron på omen – en tro som jag nära nog var allvarligt benägen att försvara under denna period av mitt liv. Kring denna fråga spann vi långa och livliga diskussioner; han vidhållande det fullkomligt grundlösa i en sådan övertygelse, medan jag påstod att en folklig uppfattning som uppkommer fullkomligt spontant – det vill säga: utan att kunna härledas till någon uppenbar tanke – i sig bar en omisskännelig prägel av sanning, och borde beaktas därefter.

Faktum är, att strax efter att jag anlänt till lantstället, hade jag upplevt en händelse så fullkomligt oförklarlig och av sådant olycksbådande slag, att det borde ursäktas då jag betraktade den som ett omen. Den förskräckte mig och samtidigt gäckade och förbryllade mig i sådan grad, att många dagar förgick innan jag kände mig beredd att delge min vän omständigheterna.

Fram emot skymningen efter en ovanligt het dag, satt jag med en bok i handen vid ett öppet fönster, som genom en lång glänta vid flodbäddarna överbringade en vid utsikt över ett avlägset berg, vars närmaste sida hade berövats sitt huvudsakliga trädbestånd genom ett jordskred. Mina tankar hade länge vandrat från volymen framför mig till dysterheten och ödeläggelsen i den närliggande staden. När mina ögon lyfte från sidorna, föll de på den nakna bergssidan och ett föremål – på ett monster så skrämmande som benämningen medgav, vilket mycket hastigt tog sig ner från åsen till bergets fot, innan det slutligen försvann i den täta skogen där under. När mina ögon först mötte denna varelse, kunde jag bara tvivla på mitt eget förstånd – eller åtminstone på mina ögons vittnesmål – och många minuter passerade innan jag lyckades övertyga mig själv att jag varken var galen eller drömde. Ändå befarar jag att mina läsare nu när jag beskriver monstret (som jag tydligt urskilde och lugnt granskade under hela dess vandring), kommer att ha svårare att övertygas än någonsin jag själv.

Uppskattande storleken på varelsen genom att jämföra den med diametern hos de omfångsrika träden som den passerade – de få giganterna som hade undkommit det våldsamma jordskredet –

slöt jag mig till att den översteg storleken på något existerande linjeskepp. Jag skriver linjeskepp, eftersom monstrets gestalt förde tankarna till just det; skrovet hos någon av våra sjuttiofyror borde ge en mycket god uppfattning om de huvudsakliga dragen. Djurets mun var placerad i änden av ett utskott av sextio eller sjuttio fots längd och med tjockleken hos en normal elefant. Nära denna snabels fäste växte en stor mängd svart buskigt hår – mer än vad som skulle ha kunnat levereras av pälsen från ett tjog bufflar – och nedåt och sidlänges ur detta hår strålade två glimmande rovtänder inte olika vildsvinets, men av oändligt större dimensioner. Sträckande sig ut parallellt med snabeln och på båda sidorna om den, fanns två gigantiska stavar till synes skapade i ren kristall och med utseendet av perfekta prismor – de reflekterade på ett underbart sätt strålarna från den sjunkande solen. Bålet var format som en kil med spetsen mot marken. Från det bredde två par vingar ut sig – varje vinge nära nog av hundra meters längd, ena paret placerat över det andra, och alla tjockt täckta av fjäll i metall; varje fjäll uppenbarligen mellan tio och tolv fot i diameter. Jag noterade att övre och undre vinglagret var sammanbundna med en stark kedja. Men det mest säregna draget hos detta fruktansvärda väsen, var teckningen av en *dödskalle* som täckte nästan hela bröstets yta, lika noggrant skisserad i glänsande vitt mot kroppens mörka bakgrund, som hade den blivit omsorgsfullt tecknad av en konstnär. Medan jag betraktade detta skrämmande odjur, och i synnerhet tecknet på dess bröst, med en känsla av skräck och bävan – med en aning om kommande olycka, som jag fann det omöjligt att kuva med någon ansträngning av förnuftet – såg jag de väldiga käftarna i änden av snabeln plötsligt öppna sig; och från dem hördes ett högt ljud som uttryckte sådan sorg, att det lamslog mina nerver likt klämtningen från en dödsklocka, och när monstret försvann vid bergets fot, föll jag genast avsvimmad till golvet.

När jag återhämtat mig, var min första impuls naturligtvis att meddela min vän vad jag sett och hört – och jag kan knappast förklara vilken känsla av motvilja det var som hindrade mig.

Slutligen en afton tre eller fyra dagar efter händelsen, satt vi tillsammans i rummet där jag hade sett uppenbarelsen – jag sittande på samma stol vid samma fönster, medan han dåsade på en soffa i närheten. Förbindelsen med platsen och klockslaget gav mig impulsen att redogöra för fenomenet. Han lyssnade på mig tills jag tystnade – till en början hjärtligt skrattande, för att sedan försjunka i ett tillstånd av utpräglat allvar, som om min själsliga ohälsa var ställd utom allt tvivel. I denna stund skönjde jag plötsligt ännu en gång tydligt monstret, och med ett skräckfyllt utrop riktade jag hans uppmärksamhet på det. Han tittade angeläget ditåt – men hävdade att han inte såg något, ehuru jag noggrant angav varelsens riktning medan den banade sig väg nerför den nakna bergssidan.

Jag var nu obeskrivligt ängslig, för jag betraktade visionen antingen som ett omen om min död eller – än värre – som förkänningarna av kommande vanvett. Jag kastade mig hetsigt tillbaka i stolen och begravde för några ögonblick mitt ansikte i händerna. När jag blottade mina ögon igen, var uppenbarelsen inte längre synlig.

Min värd hade emellertid i någon mån återfått sitt tidigare lugn och frågade mycket handfast ut mig med avseende på varelsen i visionen. När jag till fullo hade tillfredsställt honom i saken, suckade han djupt som om han befriats från en tung börda och fortsatte att tala om olika aspekter av filosofisk vetenskap, som tidigare hade varit ämne för diskussioner mellan oss; detta med en ro som föreföll mig hänsynslös. Jag minns att han i synnerhet (bland andra saker) vidhöll tanken att den huvudsakliga källan till misstag i all mänsklig utforskning är förståndets benägenheten att undervärdera eller överskatta värdet i tingen, genom att tilldela det felaktiga proportioner i förhållandet till distansen.

– För att till exempel rättvist kunna bedöma inflytande över mänskligheten i stort vid demokratins fullständiga utbredning, sade han, borde inte avståndet till den epok då en sådan utbredning måhända är möjlig, hindra uppskattningen i fråga. Kan du ändå nämna någon politisk skribent som någonsin ansett denna speciella aspekt av saken värd någon som helst diskussion?

Han tystnade här för en stund, gick fram till en bokhylla och plockade ner en av de sedvanliga avhandlingarna i naturhistoria.

Sedan han undrat om vi kunde byta sittplats eftersom han då lättare kunde urskilja den finstilta texten i volymen, tog han plats i min karmstol vid fönstret, slog upp boken och fortsatte sin utläggning i en ton mycket lik den han använt tidigare.

– Vore det inte för din utomordentligt detaljrika beskrivning av monstret, sade han, skulle det aldrig stått i min makt att förklara vad det var. Låt mig först och främst läsa upp en enkel redovisning av släktet *Sphinx*, i familjen *Crepuscularia*, av ordningen *Lepidoptera* och klassen *Insecta* – eller insekter. Redovisningen lyder sålunda:

"Fyra membranaktiga vingar täckta med små färgade fjäll av metalliskt utseende; munnen formande ett ihoprullat utskott, skapat genom en förlängning av käftarna, på vars sidor rudimentära mandibler och fjuniga känselspröt står att finna; de mindre vingarna fixerade vid de större genom ett stelt hårstrå; antennerna i form av prismatiska, utsträckta klubbor; bakkroppen spetsig. Den dödskallemärkta sfinxen har emellanåt orsakat stor oro bland enkelt folk genom det melankoliska läte den avger och det Dödens signum den bär på sitt bröstharnesk."

Här slöt han boken och lutade sig tillbaka i stolen, varmed han placerade sig i samma läge jag befunnit mig i den stund jag skådade "monstret".

– Ah, här är det, utropade han snart; det klättrar tillbaka uppför bergssidan, och jag må säga att det är ett djur med anmärkningsvärt utseende. Ändå är det på intet sätt så stort eller så avlägset som du föreställde dig; för faktum är, att medan det slingrar sig upp i denna tråd som någon spindel har spunnit längs fönsterbågen, finner jag det vara omkring en sextondels tum som längst, och samtidigt hänga omkring en sextondels tum från pupillen i mitt öga.

The Sphinx
Övers. Rickard Berghorn

Mattias Fyhr

Drömmar i Tallinn

Jag, Anna, och min pojkvän, Zakh, sitter i fartygets bar. Kvällen känns drömlik. Jag föreslår att vi ska gå i land och ta en promenad.

När vi kommer ner på kajens asfalt liknar skeppet en hög mur med dimmiga starka ljussken uppe på krönet. Det är tidig höst eller sen sommar. Luften är fuktig av regn och Tallinns gatubelysning speglas i asfalten. Vi har bara tänkt gå en liten bit men befinner oss plötsligt på P'havaimu, en liten gata som mynnar nära Rådhusplatsen. Inga människor syns ute. Vi går över rådhusplatsens kullerstenar.

I ögonvrån till vänster ned mot Vana turg ser jag en gänglig svartklädd man gå förbi med ett vitt ansikte vänt mot oss och intensiv blick ur dunkla ögongropar. Han rör sig på samma sätt som en käpp när man försöker balansera den på ett finger. Jag tänker att han kommer från det håll där stadsfängelset låg förut.

Fukt vältrar mellan husväggar och kullerstenar. Vi går vidare längs Kuninga och Harju och korsar Kaarli.

Estlands nationalbibliotek reser sig framför oss. Det enorma rosettfönstret på den släta stora entréväggen är platt och svart som en fiskpupill, tänker jag innan jag kommer ihåg från dissekeringarna i skolan att fiskars pupiller också är runda fast ögonen är platta. Zakh känner på entrédörren, och jag säger:

– Känn inte på den! Tänk om den är larmad!

– Tänkte inte på det. Det är sant. Jag måste ha känt på dörren för att kontrollera. Du vet, på samma sätt som jag rycker i dörren hemma för att se om den verkligen verkligen är låst!

– Ja, men låt gärna bli att rycka i den här dörren för att se om den är låst!

Han skrattar till svar, men ansiktsuttrycket ändras, ögonen spärras upp – han ser något bakom min axel, innanför biblioteksdörren av glas. Jag vänder mig hastigt om.

Därinnanför står någon och tittar på oss. En märkligt hög, smal figur, ett vitt ansikte och två små svarta hål till ögon. Jag stirrar förstummad. Men figuren står helt stilla. Så kommer jag på vad detta måste vara – ett konstverk. Hela Tallinns nationalbibliotek innehåller konst, och flera av dessa verk är otäcka, mörka och kusliga, så som bara estniskt konst kan vara. Jag har själv varit inne i det här biblioteket och sett verk dyka upp på de mest förvånande ställen. I en trappa finns till exempel en kopparärggrön manshög staty med en spricka i ansiktet, och genom sprickan tycker man sig se strömmande vatten.

Jag ser på Zakh. Han stirrar in genom biblioteksdörrens glas och börjar larva sig genom att tala på ett skämtsamt utredande sätt: – Anletsdragen är frusna. Det kan inte vara en människa, utan måste vara en staty. I och för sig har jag läst att likstelhet kan sätta in omedelbart under vissa omständigheter. Vid ett tillfälle hittade man en kvinna som stod död utanför en port, lutad mot väggen. Men det där ser inte ut som ett riktigt ansikte, eller vad säger du? – Nej, det är ett konstverk. Jag har aldrig sett något liknande. Det ser otäckt och nästan levande ut på något sätt –

Innan jag hinner avsluta meningen börjar figuren röra sig. Den faller ihop på marken och vrider sig som om den inte kan kontrollera sina muskler. Och plötsligt, som genom ett trollslag, lyses dunklet i bibliotekshallen upp av ljus i starka färger. Jag ser upp mot himlen: Månen – den har kommit fram ur molnen och lyser genom rosettfönstret!

Då ser jag att Zakh ligger på marken och vrider sig i ett anfall. Hallens färger speglas i hans vidöppna stora pupiller. Foajén ser ut som ett kalejdoskop som vrids. Det är omöjligt! Jag ser på månen.

Den tycks rusa fram över himlen. Kanske är det de förbivirvlande molntrasorna som ger illusion av rörelse, men då borde inte färgerna i biblioteket röra sig. Jag står böjd över Zakh och plötsligt griper han tag i min arm. Samtidigt ser jag i ögonvrån hur figuren förvandlas. Den har sträckt ut armarna som en Jesusfigur, och lyfter från marken, som om någon drar i trådar knutna till armarna. Då ser jag vingarna. Kanske är det regnbågsskimret från rosettfönstret, men strax under och bakom byltets huvud tycker jag mig se spinnande insektsvingar. Jag ser hur dess käkben faller ner, som om den ger något ljud ifrån sig, men inget hörs.

Den underliga varelsen hänger stilla i luften med armarna utsträckta, och munnen öppen. Det känns som om det gör ont i bröstet, som om själva hjärtat tar skada, som om det gör ont i själen. Sedan sprängs fönsterna –

Jag kastar mig över Zakh för att skydda honom samtidigt som bibliotekets runda fönster högt ovanför oss exploderar så att glaset faller som färgade isbitar omkring oss, studsar på våra hukande ryggars jackor och pulvriseras mot gatan. Jag drar in honom under entréns skyddande tak, ser efter varelsen, vrider blicken mot natthimlen. Den syns inte någonstans men det känns som om den är i närheten. Zakh reser sig på ostadiga ben och vi börjar springa så gott det går, längs med bibliotekets östra vägg, ner mot Tönismägi. Jag håller i honom och vi följer Toompea norrut, förbi Slottet med Långe Herrmanns Torn, över Lossi plats, längs Pikk jalg, genom Lång bensgrinden, förbi Estniska dockteatern och stadsteatern, ut längs Pöhja, över hamnområdet, fram till fartyget, uppför lejdaren och in i skeppet. Den vita runda månen ser ut som en alltför rund dödskalle och tycks gunga fram över himlen, förfölja oss.

Vi sitter i ett hörn i fartygets nattklubb och ser på klubbgästerna och ut genom fönstret mot staden. Kajen utanför lyses upp av månen så att frosten gnistrar. Zakh pratar som om inget har hänt. Medan han pratar får jag syn på en lång, smal, käppliknande figur vid bardisken. I nästa sekund ser jag att det inte alls är en person utan en smal, svartblank käpp som en av gästerna håller i. Jag börjar undra hur länge vi har suttit här och om jag på något sätt har drömt allt som nyss hände.

Mannen vid bardisken, med käppen, vänder sig om mot oss, lutar korsryggen mot disken och slår käppens ena ände i vänsterhanden med korta slag medan han tittar ut över lokalen. Han är klädd i svart kostym och bär små svarta solglasögon. Bakom honom glittrar alkoholens flaskor i alla färger.

Då förstår jag allt: Åsynen av mannen, med ryggen mot baren, fick mig på något sätt att fantisera. Han har ju ett konstigt, blekt ansikte, och flaskornas lysande färger bakom honom – ja, det var den figur jag tyckte mig se i biblioteket. Vi lämnade aldrig färjan, jag måste ha drömt. Nu förstår jag också varför mitt minne av statyn i biblioteket väcktes, för mannen vid bardisken har en spricka i ansiktet bakom vilken man tycker sig se strömmande vatten.

Rickard Berghorn

EN SKÖN KONST

Edvard Nordkvist tittade sig omkring med kritisk blick. Målningarna på väggarna var sällsamt fula. Ansiktena var äckelrosa och oformliga och färgerna kladdigt utsmetade; några av dukarna hade inga ramar. En av gubbarna saknade ett ögonbryn, men gubben på tavlan intill hade tre. En katt kisade på honom med fyra ögon.

– Naivism, avgjorde han för att lugna sitt estetiska sinne.

– Det är nog bara dåligt, invände hans vän. Jag tror inte man skall ta dem på allvar.

Han hette Herman K Lundgren, mannen på andra sidan om fikabordet. K:et betydde antingen Karl eller Knut, men gav främst pregnans åt namnet på bokomslagen. De var båda författare. Ett par eftermiddagar varje vecka satt de på sina utvalda kaféer och broderade ut mordplaner, föreslog ställen där kropparna kunde gömmas, tipsade varandra om vapen och tillvägagångssätt. De skulle nog bli utmärkta lönnmördare, om de bara gjorde praktik av sina teorier.

De satt tysta ett par minuter och rörde samstämt i sina kaffekoppar.

– Jag tror att du bär på en hemlighet, sade Herman.

Edvard ryckte till men tog sig genast samman. Han trodde inte att Herman hade märkt något.

– Hemlighet? Alla människor har hemligheter. Han skrattade och förvandlade antagandet till nonsens.

Herman gav sig inte.

– En *grundläggande* hemlighet, menar jag, något som är kär-

nan i hela ditt liv. En hemlighet som alla dina handlingar kretsar
runt.

Edvard lyckades förmå sig att inte tappa ansiktet. Han blev arg
istället.

– Struntprat!

Det ordet och det tonfallet räckte. Herman förstod att ämnet
var slutdiskuterat.

Det blev också slutrepliken för det här eftermiddagsmötet. De
plockade upp rockarna i tanken att befria sinnet med en promenad
i det friska höstvädret. Vid dörren bestämde sig Edvard för att
tycka illa om de löjliga jukeboxarna av minimodell vid vägg-
borden, nästa gång de besökte det här sjappet.

Edvard var inte längre ung, och det var nog bra på det sättet – den
yngling som burit hans namn för fyrtio år sedan hade ställt till lite
för mycket elände i hans liv. Han borde åtminstone ha skaffat sig
en ordentlig utbildning. Nu hade han lämnat medelåldern och
börjat förnedras av grått hår och gråa rynkor. Han var inte små-
vuxen men kände sig som det. Människorna i hans omgivning var
inte av hans format och just därför höll han sig på vakt gentemot
dem.

Visst hade Herman haft rätt. Visst bar han på en hemlighet.
Det var hans livs innersta önskan och därmed hans största besvi-
kelse.

Edvard var inte deckarförfattare för intet. Han hade blivit fasci-
nerad av brott redan i sina yngre tonår när han läst Wilkie Collins
Månstenen och sedan upptäckt hela det blodiga sällskapet: John
Dickson Carr och F Wills Croft och Raymond Chandler och Do-
rothy Sayers... De Quincey hade ju skrivit om mordet som skön
konst. Och visst kunde det betraktas så, liksom många gjorde det
med naivism och andra brutala avarter. Kanske borde dess världs-
historia nedtecknas, ett verk lika mäktigt som Churchills skildring
av Andra världskriget? Det hade ju knappast funnits brist på mör-
dare sedan stenåldern. Han fördjupade sig i ämnet och försökte
skriva deckare själv. När han vistats tre decennier på det här klotet
och hade ett antal år bakom sig som professionell författare bör-

jade han känna sig rastlös. Han kom till insikten att det inte längre var nog med att bara skriva om mord.

Under en sommar funderade han på möjligheten att ta livet av någon medmänniska. Det skulle kanske ha tillfredsställt honom, om han bara kunnat tänka på sig själv som mördare. Men det fanns en annan utväg, förstod han fram på hösten.

Han resonerade så här: Trots allt hade han inte så mycket att leva för. Livet hade ännu inte blivit en börda men framstod en smula torftigt för honom. Hans tillvaro var en oändlig vardag. Den enda gång han funnit anledning att känna sig riktigt lycklig var det år han fick sin första bok utgiven. Herman hade en eftermiddag skämtat och sagt att det skulle bli långtråkigt att vara död, men det vore nog lika enahanda att leva vidare. Han såg det inte som en katastrof att dö. Edvard Nordkvist bestämde sig, kort sagt, för att själv bli mördad.

Och det skulle naturligtvis vara ett hedrande slut för en man som vigt sin själ åt mordets estetik. Dessutom borde det göra hans liv en smula mer ovanligt.

Hans problem var bara hur han skulle bära sig åt. Mördare fanns inte i varje gränd eller på varje nattligt torg, även om TV och tidningar ville göra det gällande. Han började sitt sökande med att besöka de krogar i Stockholm som var ökända för sina gäster, om de så var förortsslynglar eller garvade kåkfarare med förflutet i form av brottsregister. Men när han lyckades övervinna sina sociala hämningar och bekantade sig med de tänkbara mördarna, tog de honom sällan på allvar. Förolämpningar blev till skämt, försökte han ställa till med ett slagsmål tittade de bara oförstående på honom. Uppenbarligen var det inte där han kunde få sin dröm förverkligad.

Han visste att de flesta morden inträffade bland släkt och vänner och inom familjen. Någon släkt som kunde stå till tjänst hade han i stort sett inte. Hans måttliga bekantskapskrets bestod till största delen av välartade akademiker och intellektuella, varför han knappast hade någon hjälp att hämta där heller. Som trettioåttaåring gifte han sig med en jämngammal kvinna, främst i avsikten att förmå henne till mord med hjälp av kökskniv eller sömnpiller (fastän han hoppades på det förra). Men efter sju år av elaka insinuationer, antydningar om otrohet, matkassor som slösades bort, skoavtryck på det nybonade golvet och cigarrettaska i vardagsrumssoffan, gjorde hon det enda riktiga – hon tog ut skilsmässa. Han blev naturligtvis förtvivlad, om än inte av den anledningen som hans vänner trodde.

Herr Nordkvist tog som vana att gå nattliga promenader i Stockholms innerstad, framför allt om helgerna. Som inslag i storstadsnatten började han bli en smula udda i sextioårsåldern när gatorna annars befolkades av berusade tjugo- och trettioåringar, men de rörde inte den oansenlige och numera ganska gråe mannen; ibland verkade han till och med betraktas med en smula sympati. Vid åtminstone två tillfällen hade han dock blivit rånad, men inte ens utsatts för ett knivhugg eller slag i huvudet. När han vägrat lämna fram sin plånbok hade de helt enkelt muddrat honom. Den gången han gjorde fysiskt motstånd låste de resolut hans armar bakom ryggen. Dessa ungdomar var knappast så våldsamma som ryktet och förhoppningen sagt honom.

Edvard Nordkvist började känna sig uppgiven. Varje människa som bygger sitt liv på en ouppfylld önskan blir bitter; Edvard var därmed bittrare än andra.

Herman K Lundgren var hans närmaste vän sedan tjugo år tillbaka. Edvard hade läst hans romaner långt dessförinnan och uppskattat hans utmärkta handlag med intrigerna. De fann sedan varandra på en deckarkongress i Göteborg och kom sällsynt bra överens. De var kanske inte särskilt personliga i sitt umgänge – Edvard på grund av sin hemlighet, Herman undvek det nog för att bevara sin ensliga läggning – men på ett intuitivt plan förstod de varandra bättre än några andra människor. Herman var ett par år äldre och klädde sig i ljusblåa skjortor och byxor med ojämna pressveck; ett urmodigt fickur låg nedstoppat i hans bröstficka och hans attityd var godmodigt auktoritär.

Den prydliga ambitionen var kanske bara en fasad. När de nu satt i hans lägenhet i Gamla Stan skådade Edvard ut över ett förvirrat landskap av boktravar och tidskriftsbuntar; på vardagsrumsbordet låg pennor och ett par förstenade brödkanter, och en siameskatt hade gett sitt bidrag till förödelsen genom att strö hår över möblerna. Att Herman också saknade kvinnligt stöd i livet skulle vara uppenbart för varje besökare.

Edvard lutade sig uppgivet tillbaka i vardagsrumssoffan, trött under tyngden av sitt liv. Herman hade vant sig vid att umgås med honom i det tillståndet.

– Tillåt en simpel tankelek bara, sade Edvard. Vad krävs egentligen av en vanlig, hederlig människa för att han skall bli mördad?

Herman fördrev en minut med att doppa sitt kex i temuggen.

– Först och främst är det ju inte så många hederliga människor som blir mördade. Du vet att man själv bör vara kriminell eller våldsam. Och inte ens folk hängivna farliga yrken löper ju särskilt stor risk att bli offer. Som poliser och väktare, menar jag.

– Man kanske löper risk om man öppnar butik i någon nergången förort och lockar till sig rånare? Jag har själv funderat på... Men det är en annan sak.

Herman smakade försiktigt på teet innan han luftade ett resonemang:

– Jag undrar ofta om det inte finns ett fåtal människor ibland oss som bär omkring på en undermedveten självmords- eller dödsdrift. Sig själva ovetandes placerar de sig i farliga situationer eller beter sig på sätt som lockar fram mördarinstinkterna hos andra människor. Det är kanske det som kallas "olycka"? Jag tror att redan de klassiska psykoanalytikerna har utrett fenomenet. Det lär ju finnas människor som gång efter annan råkar ut för bilolyckor, därför att de egentligen *vill* dö.

– Och de blir också mördade eller råkar ut för mordförsök oftare än andra?

– Exakt. Jag kan föreställa mig hur man känner igen dem.

– *Hur* känner man igen dem?

– Jag tänker mig att de beter sig som offer, därför att de vill vara offer. De går sina promenader i natten eftersom de lider av sömnlöshet – men i själva verket är de sömnlösa för att ha en anledning att gå nattliga promenader – de vecklar upp sina rockkragar som skydd mot hotet de egentligen söker efter, kastar ängsliga blickar omkring sig som avslöjar deras offermentalitet, styr stegen till de skummaste gränderna i tanken att gömma sig i mörkret när de i verkligheten letar efter sin mördare där... Och mördaren, när han slutligen blir funnen, uppfattar dessa signaler, om inte medvetet så omedvetet – känner sig helt enkelt *tillåten* att rånmörda den skygge nattvandraren. Och det kan sedan hända att han, som kanske också lider av sömnlöshet, själv aldrig haft en medveten tanke att ta livet av en medmänniska...

En insikt slog ner i Edvards hjärna som en blixt.

– Du menar att man ofta måste bete sig som ett mordoffer, för att *bli* ett mordoffer?

– Jag gör nog det.

Edvard kände sig med ens befriad. Hans brist på insikt hade stängt in honom i ett fängelse, men nu rasade murarna.

Han tog sig hem genom ett regnruggigt Stockholm medan en och annan storstadsbo undrade varför han verkade så obegripligt lycklig.

Det var just misstaget han gjort i hela sitt liv: Han hade försökt få till stånd mordet med provokationer och förolämpningar istället för att locka fram kniven eller pistolen genom att spela på folks innersta drifter. Den psykologiska principen var ju lika välkänd som självklar; det barn som beter sig som ett mobbat barn blir ofta mobbat; ger man intryck av att vara en obetydlig människa blir man en ringaktad människa. Det förvånade och grämde honom att han varit blind för det under hela sitt liv.

Edvard stod framför hallspegeln i sin lägenhet. Pendeluret i TV-rummet slog elva sena timmar och skumrasket pressade mot fönstren. En lång rock skulle han definitivt bära, och en skygg keps ner i pannan. Han vecklade upp rockskörten och granskade sin klädsel i spegeln. Nej, det blev för teatraliskt och kunde påminna om huvudpersonen i någon klassisk film noir-deckare, vilket knappast passade i sammanhanget. Han vek tillbaka rockskörten. Vilken kroppshållning skulle han inta för att framstå som offer? Han höjde axlarna en aning och sänkte hakan ett par omärkliga centimeter mot bröstet likt ett barn som avvaktar ett slag.

Misstänksamma ögon med en ängslig glimt djupt därinne. Inga överdrivna signaler, intrycket måste vara naturligt. Han brukade se misstänksam ut, fast på ett grälsjukt och inte skrämt sätt. Han blev nöjd av det han såg och kände inte ens igen sin bild i glaset.

Det hade inte regnat men natten vilade tung när porten stängdes bakom honom, själva mörkret kändes fuktigt. Löven prasslade över trottoarerna i blåsten. Han var bekant med de mörka timmarna i Stockholm, men den här natten verkade ändå annorlunda. Lite främmande kanske, och laddad – om det var hans egna känslor eller en stämning speciell för denna natt kunde han inte avgöra.

Närmaste tunnelbanestation låg på behändigt avstånd. Han vilade sig i ett hörn av vagnen de fåtaliga hållplatserna in till T-Centralen. Den sena timmen hade vaskat fram bottensatsen av befolkningen. Vid plattan fanns fortfarande ett par ungdomar med slitna läderjackor och färgat hår i aggressiva frisyrer, någon raggig uteliggare som frågade efter pengar med en bevekande hand. Men det här, tänkte Edvard, var inte rätta stället; hit kom man inte för att råna eller mörda om man ville undkomma ordningsmaktens uppmärksamhet, här samlades man bara för att finna sina själsfränder. Han promenerade förbi Åhlénsvaruhuset till Klarabergsgatan. McDonald's sjöd av människor, röster och ljus i natten. Några svarttaxiförare erbjöd honom förstulet sina tjänster.

Han skulle vidare in i storstadsnatten. Kanske fanns det en människa där, en annan ljusskygg nattvandrare, någon som vridit sig under täcket och sedan stigit ur sängen för att finna John Blund under en promenad? Främlingen skulle också söka sig till mörkret och de ensligaste kvarteren. Edvard visste vägen dit. Gatorna blev lugnare omkring honom. Han gick in i gränderna bakom det ökända haket Monte Carlo vid Hötorget. De låg öde, ingen rockklädd man i anonym hatt tog form ur skuggorna. Men han förväntade sig det inte heller; här vistades ingen i sådana mörka avsikter om han ville vara oförmärkt under gärningen. Edvard fortsatte in i vildmarken av betong och asfalt.

Den främmande mannen kanske kramade pistolen eller blydaggen i sin ficka nu, det vapen han tagit med sig utan att undra varför. Han måste också styra sina steg mot samma ensliga mål. Edvard var bekant med bakgatorna i Vasastaden. Han skyggade in i sig själv när ett par andra dolska existenser passerade honom på trottoaren. Obestämda blickar fångade honom. De kanske talade om mord, men tillfället var inte det rätta. Inte ännu.

Himlen som skymtade mellan hustaken var en kupa av tungt mörker, gatorna var mörka, asfalten svart; ett upplyst kontorsfönster spred sitt otydliga sken genom den fuktiga atmosfären. Han drog sig fram genom ytterligare ett par kvarter, djupare in i natten. Hans fotsteg ekade mellan de orubbliga fasaderna. Några tomma kartonger låg strödda i gatan. Detta var ingen plats för människor med sunda motiv.

Han kom till en återvändsgränd. Hårda väggar omgav honom, byggnader vars ändamål han inte visste, som kanske ingen kände till. Fasaderna sköt upp som väggarna i en brunn mot den lika hårda nattskyn. Gatan han kommit på var den enda vägen ut.

Den tryckte under tyngden av natten och ett okänt hot. Han väntade. Stadsdelen stämde, området var rätt, tiden var den rätta.

Han behövde inte vänta länge.

Någon kom gående genom gatan. Stegen hördes vandra fram, lugnt men bestämt. Väggarna avvisade deras ljud.

Edvard skymtade honom längre fram. Han glömde sitt liv; nu fanns bara denna stund och mötet han inväntade.

Främlingen närmade sig. Han var faktiskt klädd i rock, grå i det otillräckliga ljuset, men bar ingen hatt på huvudet. Händerna vilade i rockfickorna. Fortfarande ingen tvekan i fotstegen.

Edvard drog sig tillbaka. Känslorna inom honom var många och sällsamma.

Den okände mannen såg honom. Han drog upp sin högerhand ur fickan och en röst talade för sig själv:

– Äntligen...

Den verkade lättad, som hos en man som till slut funnit sitt mål.

I handen kramade främlingen en pistol.

Edvard lyssnade på minnet av rösten. Den verkade tillhöra...

– Är det – *du*? frågade han.

– Märkligt...

Rösten lät förvånad den här gången.

Främlingen hejdade sig. Edvard urskiljde honom bättre.

Det var verkligen han.

Småtimmar. De satt på ett slitet kafé, öppet alla timmar om dygnet, alla dagar om året. De gömde sig i TV-rummet och fyllde den skamsna tystnaden med tankar.

– Så... det var din dröm? sade Edvard.

– Om det inte fortfarande är det, sade Herman.

Kaféet var avfolkat och ingen hörde de båda författarna. Ett par dåsiga taxichaufförer tuggade på sina ostmackor i serveringen intill.

– Jag tror vi borde förklara lite bättre för varann, framkastade Edvard.

Han inledde själv bikten och berättade sitt livs historia. Herman lyssnade eftertänksamt och plockade med smulorna på bordet.

– Det låter bekant, sade han när Edvard tystnat. Vi har en del gemensamt.

Herman hade ända sedan de första skolåren varit fascinerad av mördare. När hans lekkamrater uppsökte kvartersbiografen för att se den nya westernfilmen låg han i sin säng och vände bladen i böcker som *Klassiska brott* och *Mordkrönika*. I sin ungdom ville han göra något kreativt av sitt deckarintresse och började skriva själv. Men det var inte helt och hållet tillfredsställande.

Kanske vore det förlåtligt om han tog livet av en människa som verkligen ville dö? Sedan trettiofem år tillbaka hade han letat.

Så var det ju det här med Edvard. Herman blev tidigt fängslad av hans böcker eftersom de levde sig så väl in i offrens situation, vilket ju talade till hans egna innersta tankar. När de sedan bekantade sig med varandra på kongressen hade han inte förstått varför, men känt en djup sympati för människan bakom böckerna.

Och nu hade det blivit så här.

– Du vill alltså fortfarande mörda? undrade Edvard.

Hans vän nickade.

– Och du ser fram emot att dö?

Edvard instämde genom sin tystnad.

– Förstår du vad det här innebär? frågade Herman.

Han förstod mycket väl.

Tysta lämnade de kaféet och lika tysta vandrade de bort på gatorna. Edvard kände staden bättre än sin vän och visade vägen.

De kom till Slussen. Under de slingrande väglederna hittade de en gångtunnel med väggarna täckta av kakel och graffiti. De stannade och tittade på varandra. Tunneln var tom.

– Det är dags, sade Edvard.

Hans närmaste vän sedan två decennier drog återigen fram sin pistol. Han vägde den i handen.

Det var inget tecken på tveksamhet. Han förberedde sig bara i själen.

Edvard såg hans drag hårdna och hans ögon bli grymma. Han lyfte vapnet och riktade det mot sitt mål. Edvard böjde fram sitt huvud. Han darrade av upphetsning.

En explosion trasade sönder alla tankar, trasade sönder natten och verkligheten och livet som varit. Tillvaron förvandlades till kaos och mörker. Stjärnor föll som meteorer i evigheten. Han kände sitt huvud rämna i tusen fragment. Blod men ingen smärta, skallfragment och hjärnsubstans kastades ut i världen.

Skottet rungade i tunneln.

En försiktig rökslinga frigjorde sig från pistolen.

Herman och Edvard tittade på varandra.

Edvard satte händerna mot huvudet, kände försiktigt på det. Han var oskadad. Högerörat var bedövat men inget mer.

Han försökte hitta rätt i sitt inre. Känslorna tumlade omkring med förvirringen.

Herman sänkte handen med pistolen och bröt tystnaden:

– Fan också.

Edvard masserade sitt öra.

– Det är... Jag tror det blev fel någonstans.

Den misslyckade mördaren öppnade sin pistol. Han tog ut en av de intakta patronerna.

– De är inte så gamla, sade han. Jag köpte dem illegalt.

Han räckte den till Edvard. Edvard granskade föremålet.

– Men det är ju en löspatron! Vet du inte hur man skiljer skarp pistolammunition från lös?

Han gav tillbaka krutbehållaren. Herman tittade missnöjt på den.

– Fan också, sade han.

Herman var inte längre besviken. Inte heller Edvard – om han ondgjorde sig över de löjliga jukeboxarna vid fikaborden var det snarare med humor och inte galla. De gamla herrarna rodnade av förtjusning, i sin vänskap eller i en gemensam upplevelse. Om storstadsbor lade märke till varandra skulle de andra kafébesökarna bli förvånade över att se dem.

– Lustigt, sade Herman. Nu är allt som det skall vara.

– Vi behöver inte leta mer. Du har tagit livet av en människa, fastän skottet visade sig vara ofarligt. Och själv blev jag mördad, fastän jag inte dog.

– Det påminner mig om hemska tortyrmetoder. Du känner till historien om mödrarna i Bosnienkriget som skulle skjutas. Men bödlarna lät kulorna passera förbi deras huvuden. När de sedan släpptes tog de avstånd från allt i livet – man, barn, hem och vänner. Varför skulle de bry sig om det när de nu var döda? Men för dig ledde inte upplevelsen till någon tragedi. Du är också död – och trivs med det.

Den vänskapliga tystnaden sänkte sig igen. De log och tuggade på fikabröden. De hade i ren sympati köpt samma sorts kanelbulle och tagit samma antal sockerbitar.

– Jag har på sistone börjat undra, sade Edvard slutligen, hur det skulle kännas att själv avfyra pistolen. Har du tänkt något liknande... fast tvärtom?

Richard Middleton

TASKSPELAREN

Publiken var verkligen motsträvig. För det första ansåg den sig bedragen, emedan Cissie Bradford, vars leende ansikte prydde affischen utanför varietén, uteblivit och för det andra därför att denna ryktbara divas vikarie var henne betydligt underlägsen. Den lille, spenslige taskspelare, som jonglerade med sina glaskulor, gjorde fruktlösa försök att behärska sina nerver, ty han märkte mer än väl att detta nummer var fullkomligt misslyckat. Han var nära att brista i gråt av missräkning och harm, ty detta var hans provföreställning som skulle belönas med ett års engagemang vid Hennings varieté, om den utföll till belåtenhet. Men de tricks varmed han med största lätthet tusentals gånger förvånat en intresserad publik misslyckades ikväll gång efter annan och väckte åskådarnas löje. Slutligen föll en glaskula i golvet och gick i kras, och under hånfulla rop och visslingar från läktaren vände taskspelaren sig till sin hustru, som varit hans assistent.

– Jag har förlorat alla utsikter, sade han med en kvävd snyftning.

– Bry dig inte om det, älskade, viskade hon. En liten god supé väntar oss därhemma.

– Jag skall försöka tricken att låta dig försvinna och sedan ge mig av. Här har jag spelat ut min roll, och han vände sig åter till publiken.

– Mina herrar och damer, började han med darrande röst, jag skall nu visa er mitt slutnummer. Jag skall låta denna dam försvinna mitt för era ögon utan tillhjälp av några slags konstgrepp.

Detta var endast vanlig taskspelarjargong, ty konststycket var i själva verket rätt enkelt, men när mannen förde fram sin hustru för att föreställa henne för allmänheten undrade han om han fortfarande skulle förföljas av otur. Han kände sin hustrus hand darra i sin och tryckte den hårt för att lugna henne. Om han endast ansträngde sin vilja till det yttersta skulle allt gå bra. Ett ögonblick dansade ljusen för hans ögon, men så stramade han upp sig och vände sig om för att föra sin hustru till den lilla alkov, från vilken hon skulle spårlöst försvinna. Men hon fanns inte längre på scenen.

I första sekunden fattade han ej hela vidden av sin olycka. Så märkte han den andlösa tystnad, som rådde i salongen och förstod, att han nu måste erkänna, att detta sista fiasko var större än något av det föregående. Hans tunga fuktade de torra läpparna, då han bugade sig för publiken.

Då brakade applåderna. Åter och åter genljöd salongen av handklappningar, medan ridån gick upp och ned, och taskspelaren stod tyst och orörlig. Vad hade hänt? Först trodde han, att de gjorde narr av honom, men det var omöjligt att i längden missförstå denna spontana hyllning, och för övrigt tillät ju regissören honom att gång på gång träda fram till rampen, som om han varit en uppgående stjärna. När ridån slutligen gått ner för sista gången, och orkestern spelade upp till nästa nummer, raglade taskspelaren ut i en sidogång, som om han varit drucken. Där mötte han mr James Hennings i egen person.

– Ni kommer att bli bra, sade den store mannen. Den där sista tricken var mycket fin, men ni behöver öva de andra litet mer. Ni vill förmodligen inte tala om för mig hur ni bar er åt? Nej, jag kan förstå det, men kom upp till mig imorgon, skall vi göra upp kontraktet.

Och innan taskspelaren hann få fram ett ord, avskedades han med en vink av mr Hennings, som hade några ord att säga sin regissör.

– Det var briljant gjort, sade han. Såg ni det?

– Det var det underbaraste konststycke ni någonsin haft.

– Hur bar han sig åt, tror ni?

– Har ingen aning. Ena minuten bredvid honom, den andra borta, utan fallucka, draperi eller någonting.

– Ett nummer som kommer att dra, inte sant?

– Århundradets allra finaste konststycke, skulle jag tro.

– Jag skall låta honom skriva under kontraktet redan ikväll, och mr James Hennings skyndade bort till sitt kontor.

Under tiden vandrade taskspelaren omkring i korridorerna med ett vilsegånget barns sjunkande mod. Vad hade hänt? På vad sätt hade han gjort succé, och varför stirrade folk så konstigt på honom, och vart hade hans hustru tagit vägen? När han frågade betjäningen, svarade de skrattande, att de inte sett till henne. Men varför skrattade de? Han längtade att få höra henne förklara hur allt gått till och att tala om för henne vilken succé de gjort. Men hon fanns varken i sitt avklädningsrum eller någonstans, och ett ögonblick kände han sig nästan gråtfärdig.

För andra gången denna kväll stramade han emellertid upp sig, ty noga betänkt, hade han ingen anledning att känna sig orolig och han kunde ju vara belåten med kontraktet, av vilken orsak det än blivit uppsatt. Det tycktes som om hans hustru lämnat scenen på något besynnerligt sätt utan att bli sedd. För att öka det mystiska, hade hon antagligen lurat portvakten på något vis och skyndat hem i sin kostym. Alltsammans föreföll mycket besynnerligt, men kunde naturligtvis förklaras på ett helt enkelt sätt. Han skulle ta en cab och åka direkt hem till henne; en god stek väntade dem till kvällen.

Medan han satt i caben, blev han mer och mer övertygad om att han gissat rätt. Molly hade ovanligt gott huvud, och denna gång hade hon sannerligen överträffat sig själv. Vid framkomsten gav han med lätt hjärta kusken en shilling i drickspengar, sprang muntert uppför trappan och öppnade dörren. Det var mörkt i korridoren, och han undrade varför hans hustru inte tänt gasen.

– Molly! ropade han. Molly!

Den lilla utsläpade tjänsteflickan kom ut ur köket, kringfläktad av en stark lökdoft.

– Har inte missis följt med er hem, sir? frågade hon.

Taskspelaren tryckte handen mot väggen för att stödja sig, och det var som om tapeten bränt hans fingertoppar.

– Är hon inte hemma? frågade han den uppskrämda flickan. –

– Var kan hon då vara? Var kan hon vara?

– Jag vet inte –, började hon stammande, men taskspelaren vände sig häftigt om och rusade ut. Hans hustru var naturligtvis kvar i varietélokalen. Det var ju löjligt att inbilla sig, att hon kunnat lämna den obemärkt i sin granna kostym, och nu var hon antagligen stött för att han inte väntade på henne. Så dum han varit!

Det dröjde en kvart, innan han fick tag i en ledig cab, och varietén var mörk och tom, då han kom tillbaka. Han ringde och portvakten öppnade.

– Var är min hustru? ropade han.

– Ingen är kvar här, sir, svarade mannen mycket hövligt, ty han visste, att en ny stjärna framträtt denna kväll.

Taskspelaren lutade sig maktlös mot dörrposten.

– Följ med mig upp i klädlogerna, sade han. Jag vill se, om hon varit däruppe under min bortovaro.

Portvakten gick före honom genom de mörka korridorerna.

– Om jag vore i ert ställe, sir, skulle jag inte känna mig orolig, sade han. Hon kan inte vara långt borta.

Han visste ingenting om saken, men ville visa sig deltagande.

– Gud vet, mumlade taskspelaren. Jag begriper det inte alls.

I klädlogen låg Mollys kläder fortfarande ordentligt hoplagda, som hon lagt dem, när de gått upp på scenen, och när taskspelaren såg detta, krossades hans sista förhoppning, och han kom på en besynnerlig idé.

– Jag skulle vilja gå ner på scenen, sade han. Kanske jag där kan få någon upplysning om henne.

Portvakten såg på taskspelaren, som om han trott att han tappat förståndet, men följde honom tyst ner på scenen.

– Molly! ropade taskspelaren och lutade sig fram med längtan och ångest avspeglade i sitt ansikte. Molly! Men den tomma teatersalongen gav honom inget svar.

Övers. Ebba Nordenadler

Två svarta klassiker

Arthur Machen

Det inre ljuset

En afton om hösten, när Londons skönhetsfläckar höljdes i en mattblå dimma och dess alléer och långsträckta gator framstod som utsökta, gick mr Charles Salisbury lugnt ner längs Rupert Street och närmade sig så småningom sin favoritrestaurang. Han höll blicken på marken medan han granskade trottoaren, och sålunda stötte han samman med en man som hade kommit från gatans nedre ände, när han gick in genom en smal dörr.

– Jag ber om ursäkt – såg inte vart jag gick. Men se, det är Dyson!

– Ja, helt riktigt. Hur står det till, Salisbury?

– Ganska bra. Men vart har du hållit hus, Dyson? Jag tror inte jag har sett dig på fem år?

– Nej, jag kan inte tro det. Du minns att jag höll på att hamna i knipa när du besökte mig på Charlotte Street?

– I högsta grad. Du var skyldig fem veckors hyra, vill jag minnas att du berättade för mig, och att du hade pantsatt din klocka för en jämförelsevis liten summa.

– Min bäste Salisbury, ditt minne är beundransvärt. Ja, jag var i knipa. Men det märkliga är att strax efter att vi hade setts blev min knipa ännu värre. En vän beskrev mitt ekonomiska läge som "luspankt". Jag gillar inte slang, ska du veta, men sådan var min situation. Men kanske ska vi gå in, det kan finnas andra människor som vill äta. Det är en mänsklig svaghet, Salisbury.

– Så sant, följ med. Medan jag promenerade undrade jag om hörnbordet skulle vara upptaget. Där har man sammet bakom ryggen, vet du.

– Jag känner till platsen; den är ledig. Ja, som jag sade, jag hamnade ännu mer i knipa.

– Vad gjorde du då? frågade Salisbury, tog av sig hatten och gjorde sig hemmastadd i hörnet, med en blick av öm förväntan på menyn.

– Vad jag gjorde? Tja, jag satte mig ner och funderade. Jag hade en god klassisk bildning och en välgörande avsmak för affärer av alla slag; det var mitt startkapital inför mötet med världen. Vet du, jag har hört folk beskriva oliver som vidriga! Vilken bedrövlig brackighet! Jag har ofta tänkt mig, Salisbury, att jag kan skriva äkta poesi under inflytande av oliver och rött vin. Låt oss smaka Chianti. Det är kanske inte utsökt gott, men flaskorna är helt enkelt charmerande.

– Det är ganska gott här. Vi borde beställa en stor flaska.

– Utmärkt. Jag tänkte då på min avsaknad av utsikter, och beslöt att ge mig in i litteraturen.

– Verkligen, det var märkligt. Du tycks i alla fall befinna dig i ganska goda omständigheter.

– I alla fall! Vilket hån mot ett ädelt yrke. Jag misstänker, Salisbury, att du inte har en anständig uppfattning om konstnärers värdighet. Du ser mig där jag sitter vid bordet – eller åtminstone kan du se mig om du bryr dig om att komma på besök – med penna och bläck, och tomt ingenting framför mig, och återvänder du inom några få timmar kommer du i all förmodan att finna en skapelse!

– Ja, så sant. Jag hade uppfattningen att litteratur inte var lönande.

– Där misstar du dig; belöningen är riklig. I förbigående måste jag nämna, att strax efter ditt besök hade jag lyckan att få en liten inkomst. En farbror dog och visade sig vara oväntat generös.

– Ah, jag förstår. Det måste ha kommit lägligt.

– Det var angenämt – onekligen angenämt. Jag har alltid betraktat det som att vara en donation till mina undersökningar. Jag sade dig att jag var det skrivna ordets budbärare; det vore kanske mer riktigt att beskriva mig själv som en vetenskapsman.

– Kära nån, Dyson, du har verkligen förändrats mycket de senaste åren. Jag hade en föreställning om dig, ska du veta, att du var en slags välbeställd lätting, den sortens människa man kan möta på norra sidan av Piccadilly varje dag från maj till juli.

– Exakt. Jag förkovrade mig redan då, om än bara omedvetet. Du vet att min fattige far inte hade råd att skicka mig till universitetet. I min okunnighet brukade jag muttra att jag inte hade fullgjort min utbildning. Det var min ungdoms dårskap, Salisbury; mitt universitet var Piccadilly. Där började jag studera den stora vetenskap som fortfarande upptar mig.

– Vilken vetenskap menar du?

– Den stora stadens vetenskap – Londons fysiologi – bokstavligen och metafysiskt det största ämne som den mänskliga tanken kan omfatta. Vilken förträfflig vildfågelgryta det här är; detta blir otvivelaktigt fasanens undergång. Ändå känner jag mig emellanåt fullkomligt överväldigad av tanken på Londons omfång och invecklade beskaffenhet. En människa kan förstå Paris utan och innan efter en rimligt omfattande studie, men London förblir ett mysterium. I Paris kan du säga: "Här bor aktriserna, här bohemerna och de misslyckade existenserna"; men det är annorlunda i London. Du kan helt riktigt peka ut en gata där tvätterskorna bor; men på andra våningen sitter kanske en man och studerar kaldeiska språkrötter, och i vindsrummet på andra sidan gatan tynar en bortglömd konstnär bort och dör.

– Jag märker att du är Dyson, oförändrad och oföränderlig, sade Salisbury och smuttade sakta på sin Chianti. Jag tror att din alldeles för livliga fantasi har vilselett dig; Londons mysterium existerar bara i din inbillning. Det är för mig ett nog så enformigt ställe. Vi hör sällan talas om ett riktigt artistiskt brott i London, men sådana tror jag att Paris överflödar av.

– Ge mig lite mer vin. Tack. Du misstar dig, min käre vän, du misstar dig verkligen. London har inget att skämmas för å brottets vägnar. Vad vi saknar är fler Homeros, inte fler Agamemnon. *Carent quia vate sacro*, vet du.

– Jag minns citatet. Men jag tror inte riktigt att jag förmår följa dig i spåren.

– Nå, för att tala i klartext, vi har inga goda skribenter i London som specialiserar sig på den sortens saker. Vår vanligaste reporter är en tråkig murvel; varje historia han har att berätta förstörs av berättandet. Hans föreställning om skräck och vad som framkallar skräck är så bedrövligt bristfällig. Inget tillfredsställer honom lika mycket som blod, vulgärt rött blod, och när han kan smetar han på det tjockt och tror att han har kreerat en verkningsfull artikel. Det är ett torftigt koncept. Och med någon märklig följdriktighet är det de mest alldagliga och brutala morden som alltid drar till sig den största uppmärksamheten och blir mest omskrivna. Som exempel, jag skulle tro att du aldrig hört talas om fallet i Harlesden?

– Nej... nej, jag minns ingenting om det.

– Självklart inte. Och ändå är historien som sådan märklig. Jag ska berätta den över vårt kaffe. Du vet – eller jag antar att du inte vet – att Harlesden ligger bland Londons yttre kvarter. Det skiljer sig på ett egendomligt sätt från sådana där igengrodda gamla förorter som Norwood eller Hampstead, hur olika varandra dessa två än må vara. Jag menar att det är i Hampstead man tittar efter överhuvudet i något mäktigt kinahandelshus och hans tre tunnland ägor med drivhus för ananas, även om området på senare tid har börjat få en undervegetation av konstnärer; medan Norwood är hem för de blomstrande medelklassfamiljerna som skaffade sig husen "eftersom det var nära till slottet", bara för att tröttna på slottet sex månader därefter; men Harlesden är ett ställe utan karaktär. Det är ännu för modernt för att ha någon karaktär. Där finns längorna av röda hus och längorna av vita hus med ljusgröna persienner och dörrar med blåsor i målarfärgen, och med de små bakgårdarna som de kallar trädgårdar, och några få ynkliga butiker, och just när du tror du är nära att få grepp om bebyggelsens fysiologi, smälter allt bort.

– Hur tusan går det till? Husen faller inte ihop inför ens ögon, antar jag!

– Nå, nej, inte riktigt så. Men Harlesden som enhet försvinner. Gatan man går på förvandlas till en stillsam liten väg, de bjärta husen till almar och bakgårdarna till gröna dungar. Man passerar med ens från stad till landsbygd; där finns ingen övergång som i en liten landsortsstad, ingen mjuk nyans som leder från de vida gräsmattorna och fruktträdgårdarna med hus som gradvis glesnar – plötsligt upphör det bara. Jag tror att människorna som bor där för det mesta reser in till innerstaden. Jag har en eller två gånger sett fullsatta bussar på väg ditåt. Men hur det än är, kan jag inte tänka mig att ensamheten är djupare i en öken vid midnatt än den är där vid middagstid. Det är som en Dödens stad; gatorna bländar och ligger övergivna, och när du korsar dem slår det dig plötsligt att detta också är en del av London.

Nå, för ett år sedan eller två bodde en doktor där; han hade satt upp sin mässingsskylt och sin röda lampa längst bort vid en av de skimrande gatorna, och bakom huset sträckte sig fälten bort mot norr. Jag vet inte vilken anledning han hade att slå sig ner i en sådan avkrok; kanske var dr Black, som vi kan kalla honom, en förutseende man som såg framåt. Efteråt visade det sig att hans släktingar hade förlorat honom ur sikte många år tidigare och inte ens visste att han var doktor, än mindre vart han bodde.

Hur som helst, där hade han slagit ner sina bopålar i Harlesden med en blygsam praktik och en osedvanligt näpen fru. Strax efter att de kommit till Harlesden brukade folk se dem gå ut tillsammans i sommarkvällningen, och så vitt man kunde se, var de ett mycket kärleksfullt par. Dessa promenader fortsatte under hösten och upphörde sedan, men självklart kan man förvänta sig att de små vägarna nära Harlesden förlorar mycket av sitt behag när dagarna blir mörka och vädret kallt.

Under hela vintern såg ingen skymten av mrs Black; när patienterna undrade brukade doktorn svara att hon var ”en smula krasslig, hon blir säkert bättre i vår”. Men våren kom och sommaren likaså, och ingen mrs Black visade sig, och slutligen började folk skvallra och tala sinsemellan, och man sade allehanda märkliga saker runt teborden; du vet möjligen att det är den enda sortens underhållning man känner till i sådana förorter. Dr Black började ertappa folk med att kasta en del mycket underliga blickar åt hans håll, och praktiken sådan den var tynade bort inför hans ögon. Kort sagt, när grannarna viskade om saken, sade de att mrs Black var död och att doktorn hade gjort sig av med henne. Men detta var inte fallet; mrs Black syntes vid liv i juni.

Det var en söndagseftermiddag, en av de få utsökta dagar som det engelska klimatet skänker, och halva London hade strövat ut på fälten åt norr, söder, öst och väst för att känna doften av den vita hagtornen och se om vildrosorna ännu rodnade i häckarna. Jag hade själv gått ut tidigt på morgonen och länge strövat omkring, och när jag vände hemåt fann jag att jag hamnat i det Harlesden vi har talat om. För att vara exakt hade jag tagit mig ett glas öl på General Gordon, den mest blomstrande puben i grannskapet, och medan jag ganska planlöst vandrade fram, såg jag en ovanligt lockande öppning i en häck och beslöt mig att utforska ängen där bortom. Mjukt gräs är synnerligen behagligt för fötterna efter de avskyvärda grusbeströdda förortstrottoarerna, och när jag gått omkring en stund tänkte jag att det skulle kännas angenämt att sätta sig i en sluttning och röka.

Medan jag höll på att ta fram min tobakspung, tittade jag upp i riktning mot husen, och i samma stund kände jag andan fastna i halsen medan tänderna började hacka, och käppen jag hade i ena handen bröts itu i mitt grepp. Det var som om jag fick en elektrisk urladdning nerför ryggraden, och efter en stund som kändes lång men måste ha varit mycket kort, samlade jag mig och undrade vad i hela världen detta berodde på.

Då förstod jag vad som hade fått mitt hjärta att skälva och mina ben att malas samman i dödsångest. När jag blickade upp hade jag tittat rakt på det sista huset i längan framför mig, och i ett fönster på övervåningen hade jag för bråkdelen av en sekund sett ett ansikte. Det var en kvinnas ansikte, och ändå var det inte mänskligt. Du och jag, Salisbury, har hört talas om en omättlig lust och en okuvlig eld, när vi i våra dagar satt i kyrkan som måttliga engelsmän gör, men få av oss har någon uppfattning om vad dessa ord innebär. Jag hoppas att du aldrig får det, för när jag såg ansiktet i fönstret med den blå himlen ovanför mig och den varma luften som lekte i vindilar omkring mig, visste jag att jag hade sett in i en annan värld – tittat genom fönstret i ett vardagligt, splitter nytt hus och sett helvetet öppnas framför mig.

När den första chocken hade lagt sig, trodde jag några gånger att jag skulle svimma; mitt ansikte dröp av kallsvett och mina andetag drogs in och ut i snyftningar, som om jag nästan blivit dränkt. Jag förmådde mig till slut att stiga upp och gå runt till gatan, och där såg jag namnet "Dr. Black" på grindstolpen. Som om mitt öde eller lycka ville det, öppnades dörren och en man kom nerför trappan när jag passerade. Jag tvivlade inte på att det var doktorn själv. Han var av en sort som är ganska vanlig i London: lång och tunn, med ett blekfett ansikte och en ganska tråkig svart mustasch. Han gav min en blick när vi passerade varandra på trottoaren, och trots att det var den sortens tillfälliga blick som en fotgängare skänker en annan, kände jag mig i hjärtat övertygad om att detta var en otäck individ att ha att göra med.

Som du kan föreställa dig, gick jag min väg rejält förbryllad och även förskräckt efter det jag sett. Jag hade gjort ännu ett besök på General Gordon och samlat på mig en hel del av platsens vanliga skvaller om paret Black. Jag nämnde inte det faktum att jag hade sett en kvinnas ansikte i fönstret; men jag hörde att mrs Black hade blivit mycket beundrad för sitt vackra gyllene hår, och runt det som hade drabbat mig med sådan namnlös skräck hade funnits ett töcken av flödande gult hår, så att säga en skimrande strålkrans runt en satyrs anlete.

Hela saken bekymrade mig på ett obeskrivligt sätt; och när jag kommit hem gjorde jag mitt bästa för att intala mig att intrycket jag hade fått var en illusion, men det var lönlöst. Jag visste mycket väl att jag sett det jag har försökt att beskriva för dig, och jag var innerligt säker på att det var mrs Black. Och sedan var det platsens skvaller, misstanken om brott som jag ju visste var ogrundad, och min egen övertygelse att en dödlig illgärning av ett eller annat slag utspelade sig i det ljusröda huset vid hörnet av Devon Road; hur gör man för att bygga en förnuftig teori utifrån dessa två byggstenar?

I korthet, jag fann att jag befann mig i en värld av mysterier. Jag brydde mitt huvud över det och fyllde mina lediga stunder genom att samla ihop omaka trådar av spekulationer, men jag kom aldrig ett steg närmare en riktig lösning. Och medan sommardagarna fortsatte började saken bli oklar och försvinna i dimma, medan den kastade skuggan av en vag skräck likt en mardröm från förra månaden.

Jag antar att den efterhand skulle ha sjunkit ner till botten av min tankeverksamhet – jag skulle inte ha glömt det, för en sådan sak kan aldrig glömmas bort – men en morgon när jag tittade igenom tidningen fångades mitt öga av en rubrik över ett dussin rader med litet typsnitt. Orden jag hade sett var helt enkelt: "Fallet i Harlesden", och jag visste vad jag skulle få läsa.

Mrs Black var död. Black hade skickat bud efter en annan läkare för att säkerställa dödsorsaken, och ett eller annat hade väckt den främmande doktorns misstankar, vilket ledde till undersökning och likbesiktning. Och resultatet? Det, vill jag erkänna, förvånade mig betydligt; det var en triumf för det oväntade.

Vad brott angick tvingades de två doktorerna som utförde obduktionen tillstå att de inte kunde upptäcka minsta spår. Deras mest utsökta tester och reagenser misslyckades med att spåra närvaron av gift i ens försvinnande liten kvantitet. Döden, fann de, hade orsakats av någon svårfattlig och vetenskapligt intressant form av hjärnsjukdom. Hjärnans vävnad och de grå cellernas molekyler hade undergått en ytterst ovanlig serie förändringar; och den yngre av de två doktorerna, som jag tror har visst rykte som specialist på hjärnsjukdomar, anmärkte några saker vid sitt vittnesmål som gjorde djupt intryck på mig, ehuru jag inte förstod deras fulla betydelse.

Han sade: "I inledningen av undersökningen förbryllades jag av att finna företeelser av ett slag jag aldrig förut sett, trots min ganska omfattande erfarenhet. För tillfället behöver jag inte specificera dessa företeelser, det torde vara tillräckligt att jag förklarar, att då jag fortskred i mitt värv kunde jag knappast tro att hjärnan framför mig tillhörde en mänsklig varelse."

Som du kan föreställa dig möttes denna redogörelse med viss överraskning, och koronern frågade doktorn om han menade att hjärnan liknade ett djurs. "Nej", svarade han. "Så skulle jag inte uttrycka det. Vissa av företeelserna jag noterade tycktes peka i den riktningen, men andra – och dessa var desto mer överraskande –

visade en organisation hos nerverna som var av helt annan karaktär än det både människan och lägre djur kan uppvisa." Det var ett märkligt uttalande, men naturligtvis blev juryns utslag "död av naturliga orsaker", och såvitt åhörarna angick var fallet avslutat. Men sedan jag läst vad doktorn sagt bestämde jag mig för att ta reda på ytterligare detaljer, och jag började arbeta på vad som såg ut att bli en intressant undersökning. Det innebar verkligen en hel del besvär, men i viss mån skulle jag ha framgång. Fast... men käre vän, jag hade ingen aning om vad klockan var. Är du medveten om att vi har varit här i nästan fyra timmar? Kyparna stirrar på oss. Låt oss ta notan och gå.

Under tystnad gick de båda männen ut och stod en stund i den kalla luften medan de iakttog den skyndsamma trafiken som passerade på Coventry Street ackompanjerad av droskornas ringande klockor och tidningspojkarnas skrik; det djupa avlägsna London-mumlet svallade emellanåt upp under det mer högljudda oväsendet.

– Det var ett sällsamt fall, eller hur? sade Dyson till slut. Vad tror du om det?

– Käre vän, jag har inte hört slutet, så jag väntar med min åsikt. När kommer du att delge mig resten?

– Kom till min lägenhet någon kväll; nästa torsdag, säg. Här är adressen. God natt; jag ska ta mig ner till Strand.

Dyson hejdade en passerande droska, och Salisbury vände norrut för att gå hem till sin bostad.

II.

Som man möjligen kunnat sluta sig till av de få yttranden han fann det möjligt att inflika under aftonen som gick, var mr Salisbury en ung herre med ett synnerligen jordiskt intellekt, skygg och tillbakadragen inför det mystiska och ovanliga, med en rent fysiskt motvilja mot paradoxer. Under måltiden på restaurangen hade han i nästan fullkomlig tystnad tvingats lyssna på en märklig härva av osannolikheter hopvävda med sinnrikheten hos en boren fuskare i intriger och mysterier, och det var med en känsla av leda han korsade Shaftesbury Avenue och försvann in i Sohos gömslen, för hans bostad låg i ett anspråkslöst område norr om Oxford Street.

Medan han gick spekulerade han om det öde Dyson förmodligen skulle ha mött om han hade tvingats förlita sig på litteraturen, utan att ha gynnats av en omtänksam släkting, och kunde inte undvika slutsatsen att så mycket skarpsinne förenat med en allt för livlig fantasi i all sannolikhet skulle ha belönats med bärandet av ett par dubbelskyltar eller en köbricka bland daglönarna.

Försvunnen i detta följe av tankar och full av beundran för den förryckta fingerfärdigheten som kunde förvandla en sjuk kvinnas ansikte och ett fall av hjärnsjukdom till de grova beståndsdelarna i en sällsam historia, strövade Salisbury vidare genom de dunkelt upplysta gatorna utan att uppmärksamma de skarpa vindbyarna som drog förbi hörnen och virvlade upp det vilsna skräpet på gatläggningen i luften, medan svarta moln samlade sig över den sjukligt gula månen. Inte heller en enstaka regndroppe eller två som blåste i ansiktet väckte honom från hans begrundan, och det var först när ovädret plötsligt bröt ut med full kraft över gatan som han började överväga det lämpliga i att söka skydd.

Regnet som drevs fram av vinden störtade ner med våldsamheten hos ett åskoväder, slog upp från stenarna och väste genom luften, och snart forsade vattnet i rännstenarna och samlade sig i pölar över de tilltäppta avloppsbrunnarna. De få vilsna fotgängarna som hade flanerat snarare än gått genom gatorna hade pilat iväg som skrämda harar till osynliga tillflykter, och trots att Salisbury visslade högt och länge efter en droska, visade sig ingen sådan. Han tittade sig omkring som för att se hur långt han kunde vara från den trygga hamnen Oxford Street, och som han vårdslöst hade strövat iväg, var han nu vilse och fann sig vara på okänd mark, som såg ut att vara helt renons på till och med en pub där han kunnat köpa sig skydd för den blygsamma summan av två pence.

Gatlyktorna var få och glest utspridda och brann bakom smutsiga glas med oljans bleksiktiga sken, och i detta vacklande ljus kunde Salisbury urskilja de skuggiga och omfångsrika husen som gatan bestod av. Medan han skyndade sig vidare och kurade ihop sig i regnets häftiga jakt, lade han märke till de otaliga klockhandtagen och under dem mässingsplattor med namn som tycktes på väg att försvinna av ålderdom, och här och var hängde ett rikt utsmyckat regntak över dörrarna, svartnande under fem decenniers smuts.

Stormen syntes mer och mer aggressiv; han var genomvåt och hans nyköpta hatt hade förstörts, och fortfarande tycktes Oxford Street vara lika avlägsen som någonsin. Det var med djup lättnad den drypande mannen fångade skymten av en mörk valvgång som såg ut att lova skydd från regnet, om än inte vinden. Salisbury tog plats i det torraste hörnet och tittade sig omkring. Han stod i en sorts passage under en del av ett hus, och bakom honom sträckte sig en smal gång som ledde mellan tomma väggar till okända regioner.

Han hade stått där en stund och fåfängt bemödat sig om att bli av med lite överflödig väta och lyssna efter en droskas passerande hjul, när hans uppmärksamhet väcktes av ett ljudligt oväsen som kom i riktning från passagen bakom honom och växte sig högre medan det närmade sig. Inom ett par minuter kunde han urskilja en kvinnas gälla, sträva röst som hotade och nekade och fick själva stenarna att eka av hennes tonfall, medan en man morrade och förebrådde emellanåt.

Trots att han föreföll helt sakna ett romantiskt sinnelag, hade Salisbury en viss smak för gatugräl och var verkligen något av en expert på de mer roande stadierna av berusning. Han samlade sig för att lyssna och iaktta med något av minen hos en hängiven operabesökare. Till hans förargelse visade det sig att stormgrälet plötsligt lugnade sig, och han kunde endast höra kvinnans otåliga steg och mannens långsamma raglande när de närmade sig. Medan han höll sig tillbaka i skuggan av väggen, kunde han se de två komma; mannen var märkbart drucken och hade mycket sjå med att undvika upprepade sammanstötningar med väggen medan han vacklade från ena sidan till den andra, lik en julle som kryssar mot vinden. Kvinnan tittade rakt framför sig med tårar strömmande från sina brinnande ögon, men när de gick förbi bröt plötsligt lidelsen ut igen och hon undslapp sig en skur av ovett medan hon vände sig till sin följeslagare.

– Din ynklige skojare, din elake, usle hund, fortsatte hon efter en osammanhängande storm av förbannelser. Du tycker att jag jämt ska slita och släpa för dig, kan tänka, medan du ränner efter den där flickan på Green Street och dricker upp varenda penny du får? Men där misstar du dig, Sam – sannerligen, jag klarar inte av det längre. Fördömda karl, din smutsiga tjuv, jag är färdig med dig och din husbonde likaså. Du kan gå dina egna ärenden, och jag hoppas bara de ställer till det för dig.

Kvinnan rev vid bröstet på sin klänning och tog fram något som liknade papper, skrynklade ihop det och kastade iväg det. Det föll vid Salisburys fötter. Hon sprang ut och försvann i mörkret, medan mannen långsamt raglade ut på gatan och muttrade otydligt för sig själv i en förbryllad ton. Salisbury tittade efter honom och såg honom driva iväg på trottoaren, medan han emellanåt hejdade sig och svajade obeslutsamt, för att sedan ge sig iväg mot ett nytt mål.

Himlen hade klarnat och vita ulliga moln ilade över månen, högt på himlavalvet. Ljuset ömsom kom och ömsom försvann medan molnen passerade, och när han vände sig om och de klara, vita strålarna sken in i passagen, såg Salisbury den lilla bollen av hopknycklat papper som kvinnan hade kastat ner. Besynnerligt nyfiken på att få veta vad det kunde tänkas innehålla, plockade han upp det och lade det i sin ficka, och fortsatte ånyo sin färd.

III.

Salisbury var en vanemänniska. När han kom hem, genomdränkt in på bara skinnet med kläderna slappt hängande på kroppen och hatten kladdig av en otäck fukthinna, tänkte han bara på sin hälsa, vilken han vårdade minutiöst. Sedan han bytt kläder och inneslutit sig i en varm morgonrock, fortsatte han således med att förbereda något svettdrivande i form av varm gin och vatten. Det senare värmde han över en av de spritlampor som mildrar självtukten i en modern eremits liv. När dessa förberedelser kommit till stånd och

Salisburys oroade känslor hade lindrats med en pipa tobak, kunde han krypa ner i sängen i ett tillstånd av lycklig slöhet, utan en tanke på sina äventyr i den mörka valvgången eller på de kusliga infall som Dyson hade kryddat hans middag med.

Det var likadant vid frukosten nästa morgon, för Salisbury hade som princip att inte tänka på någonting förrän denna måltid var över, men när koppen och tefatet hade plockats bort och morgonpipan tänts, mindes han den lilla pappersbollen och började treva i fickorna på sin våta rock. Han mindes inte vilken ficka han hade lagt den i, och när han ömsom grävde i en och ömsom i en annan, befarade han starkt att den inte skulle finnas där alls, även om han inte för sitt liv kunde förstå varför han lade sådan vikt vid något som i all förmodan bara var skräp.

Men han suckade av lättnad när hans fingrar vidrörde den skrynkliga ytan i en innerficka, och han drog försiktigt ut den och lade den på den lilla pulpeten vid sin bekväma länstol med samma omsorg som vore den en sällsynt juvel. Salisbury satt och rökte och tittade stint på sitt fynd under några minuter. En besynnerlig frestelse att kasta det i elden kämpade med lika besynnerliga spekulationer om vad det kunde tänkas innehålla, och varför den rasande kvinnan hade slängt ifrån sig pappersstycket med sådan häftighet. Som man kan förvänta sig segrade nyfikenheten till slut, och ändå var det med något liknande motvilja som han till sist tog pappret, vecklade ut det och lade det framför sig.

Det var ett stycke vanligt, smutsigt papper, uppenbarligen utrivet ut en billig skrivbok, och i mitten hade några få rader skrivits i en underlig gnetig handstil. Salisbury böjde sig fram och granskade det ivrigt en stund, drog ett djupt andetag och föll därpå tillbaka i stolen medan han stirrade tomt framför sig, tills han slutligen kastade om och tvärt brast ut i en skrattsalva, så lång och ljudlig och vild att värdinnans bebis på våningen nedanför vaknade ur sin sömn och besvarade hans munterhet med ett förskräckligt illtjutande. Men han skrattade gång på gång och tog återigen upp papperet för att läsa vad som tycktes vara meningslöst nonsens.

"Q måste resa iväg och träffa sina vänner i Paris", började det.

"Travers Handel S. 'Ett varv runt brickan, två varv runt flickan, tre varv runt grönan lönn.'"

Salisbury tog upp papperet, skrynklade ihop det liksom den arga kvinnan hade gjort och måttade mot elden. Som det nu var kastade han dock inte in det där utan slängde det vårdslöst i pulpetens fack och skrattade igen. Den rena dårskapen i saken gjorde honom förtörnad och han skämdes över sina egna ivriga spekulationer, likt någon som studerar de högstämda förkunnelserna i dagstidningarnas hjärtespalt, och inte finner annat än reklam och trivialiteter.

Han gick fram till fönstret och blickade ut på det långsamma morgonlivet i kvarteret: jungfrurna som tvättade dörrtrapporna i slampiga tryckmönstrade klänningar, fisksäljaren och slaktaren på sina rundor och handelsmännen som stod i dörrarna till sina små affärer, modlösa på grund av att affärer och spänning lyste med sin frånvaro. I fjärran gav ett blått dis en viss majestät åt vyn, men utsikten i stort var nedslående och skulle bara ha intresserat den som studerar Londonlivet och finner något sällsynt och utsökt i alla dess detaljer.

Salisbury vände sig bort i avsmak och tog plats i den bekväma stolen, som var klädd i ett ljusgrönt tyg och prydd med gula snoddar, lägenhetens stolthet och behag. Här samlade han sig för morgonens sysselsättning: att läsa en roman ägnad åt sport och kärlek i en stil som antydde samarbetet mellan ett avelsstall och en flickskola. Under vanliga omständigheter skulle Salisburys intresse ändå ha fångats av historien fram till lunchtid, men denna förmiddag flyttade han sig oroligt fram och tillbaka i sin stol, tog upp boken och lade åter tillbaka den, och slutligen svor han för sig själv i ren irritation.

Faktum var att ramsan på papperet han funnit i portgången hade "fastnat i hans huvud", och vad han än tog sig till kunde han inte undvika att gång på gång mumla: "Ett varv runt brickan, två varv runt flickan, tre varv runt grönan lönn." Det blev en direkt plåga lik bördan av en varietésång, ständigt anförd och sjungen dygnets alla timmar, och inte minst bevarad av gatpojkarna som en skatt och en osviklig tillgång ett halvår i sträck.

Han gick ut på gatorna och försökte glömma sin fiende i massans trängsel och trafikens larm och oväsen, men slutligen fann han sig själv smyga åt sidan och gå fram och tillbaka på någon övergiven bakgata, där han fåfängt brydde sin hjärna och försökte utröna en mening i de meningslösa fraserna.

Det var en ren lättnad när torsdagen kom och han mindes avtalet med Dyson om att besöka honom. De ytliga drömmerierna hos den självutnämnde författaren syntes underhållande när de jämfördes med detta oupphörliga repeterande, denna irrgång av tankar från vilken det inte tycktes finnas någon utväg. Dysons bostad låg i en av de lugnaste av de lugna gator som leder ner från Strand till floden, och när Salisbury gått från den smala trappgången in på sin väns rum, såg han att farbroderns välgörenhet sannerligen hade varit generös. Golvet glödde och flammade med Österns alla färger; det var, som Dyson skrytsamt anmärkte, "likt en solnedgång i en dröm", och belysningen och skymningen på Londons gator hade utestängts av sällsamt utformade gardiner, där guldtrådar glittrade här och var. På hyllorna i en stor ekskänk stod krukor och tallrikar i gammalt franskt kinaporslin, och svartvita etsningar som inte står att finna i Haymarket eller på Bond Street kontrasterade mot praktfullheten hos en japansk tapet. Salisbury satte sig ner på soffan vid eldstaden, andades in och uppgick i doften av rökelse och tobak, förundrad och mållös inför all denna glans efter den gröna ripsstolen och oljetrycken, speglarna med förgyllda ramar och taklamporna i hans egen våning.

– Jag är glad att du kommit, sade Dyson. Bekväma små rum, eller hur? Men du ser inte helt kry ut, Salisbury. Du har väl inte ätit något olämpligt?

– Nej; men jag har varit ganska orolig de senaste dagarna. Faktum är att jag var med om ett... ett besynnerligt äventyr, antar jag att det kan kallas, natten jag träffade dig, och det har bekymrat mig en hel del. Och det förargliga är att det mest är nonsens. Men hur som helst, jag ska snart berätta allt för dig. Du skulle låta mig ta del av slutet på den märkliga historien som du påbörjade i restaurangen.

– Ja. Men jag är rädd att du är oförbätterlig, Salisbury. Du är slav under det du kallar fakta. Jag vet fullkomligt väl att du i hjärtat tänker att besynnerligheten i fallet är hämtad ur min egen fatabur, och att allt egentligen är lika glasklart som polisrapporten. Hur som helst, när jag börjat ska jag fortsätta. Men först ska vi ha något att dricka, och det är lika bra att du tänder din pipa.

Dyson gick fram till ekskåpet och tog från dess djup fram en rund flaska och två små glas, sällsamt förgyllda.

– Det är benediktinerlikör, sade han. Du vill förstås ha lite?

Salisbury samtyckte och de två männen satt och läppjade och rökte fundersamt några minuter innan Dyson började.

– Låt mig se, sade han till slut, vi var vid juryn, eller hur? Nej, vi hade tagit oss förbi det. Aha, nu minns jag. Jag berättade för dig att jag i stort sett haft framgång i mina efterforskningar, undersökningar eller vad du nu vill kalla det. Var det inte där jag lämnade saken?

– Jo, där var det. För att vara exakt, tror jag att ”Fast” var det sista ordet du sade i ämnet.

– Precis. Jag har tänkt på det ända sedan förra natten, och jag har kommit till slutsatsen att detta ”Fast” i sanning är ett väldigt stort ”Fast”. För att tala i klartext måste jag erkänna att min upptäckt, eller det jag trodde mig upptäcka, i verkligheten inte innebär någonting. Jag är lika långt som någonsin från fallets kärna.

Hur som helst, jag ska ändå berätta för dig vad jag vet. Du kanske minns att jag var riktigt imponerad av vissa yttranden från en av doktorerna som vittnade för juryn. Nå, jag beslöt att mitt första steg måste bli att få fram något mer definitivt och begripligt från den doktorn.

På ett eller annat sätt lyckades jag bli presenterad för mannen, och vi avtalade att jag skulle besöka honom. Han visade sig vara en angenäm och gemytlig herre, en rätt ung en, som inte på minsta vis påminde om en typisk läkare, och han inledde mötet med att bjuda mig på whisky och cigarrer. Jag tyckte inte det var lönt att gå som katten runt gröten, så jag tog första steget genom att säga att hans vittnesmål vid förhöret om Harlesden slog mig som märkligt i vissa avseenden, och jag gav honom den tryckta rapporten med meningarna i fråga understrukna. Han tittade bara på arket och gav mig en konstig blick.

"Jaså, det slog er som märkligt, eller hur?" sade han. "Nå, ni måste ha i åtanke att fallet i Harlesden var mycket märkligt. Jag tror att jag tryggt kan säga att det i vissa avseenden var unikt."

"Verkligen", svarade jag. "Det är just av den anledningen det intresserar mig, och därför vill jag veta mer om det. Och jag tänkte att den som kunde ge mig information måste vara ni. Vad är er åsikt om saken?"

Det var en ganska rättfram fråga, och det såg ut som om min doktor baxnade.

"Nå", sade han, "eftersom jag antar att er forskning i frågan måste bero på ren nyfikenhet, tror jag att jag kan säga er min åsikt någorlunda otvunget. Så mr... mr Dyson? ... om ni vill veta min teori, är det denna: Jag tror att dr Black dödade sin fru."

"Men utslaget", svarade jag, "utslaget gavs utifrån ditt eget vittnesmål."

"Det är riktigt. Utslaget gavs i enlighet med min kollegas och mitt vittnesmål, och jag tycker att juryn agerade mycket förståndigt under omständigheterna. Jag vet faktiskt inte hur de annars skulle ha gjort. Men jag håller fast vid min åsikt, och jag vill säga er en sak till. Jag undrar inte över att Black gjorde det jag är övertygad om att han gjorde. Jag anser att han gjorde rätt."

"Rätt! Hur skulle det kunna vara så?" frågade jag. Jag var förbluffad över svaret, som du kan föreställa dig. Doktorn snurrade runt i sin stol och tittade stadigt på mig en stund innan han svarade.

"Jag antar att du inte är vetenskapsman själv? Nej, så då hjälper det inte om jag går in på detaljer. Personligen har jag alltid varit orubblig motståndare till alla sorters samarbete mellan fysiologi och psykologi. Jag tror att båda skulle bli lidande. Ingen förstår lika bra som jag det hav som aldrig kan korsas, den bottenlösa avgrund som skiljer medvetandets värld från materiens sfär. Vi vet att alla förändringar i medvetandetillståndet åtföljs av omstrukturering av de grå cellernas molekyler – och det är allt. Vilken länken mellan dem är, eller varför de åtföljs, vet vi inte, och de flesta auktoriteter tror att vi aldrig kommer att få reda på det. Ändå vill jag säga dig att medan jag utförde mitt värv med kniven i handen, kände jag mig – trots alla teorier – övertygad om att det som låg framför mig inte var hjärnan hos en död kvinna – inte alls en hjärna från en mänsklig varelse. Självklart såg jag ansiktet, men det var helt stilla, utan alla uttryck. Det måste utan tvekan ha varit ett vackert ansikte, men jag kan uppriktigt säga att jag inte ens för tusen guineas hade tittat på det ansikte när det fanns liv bakom det, nej, inte heller för dubbla summan."

"Min bäste herre", sade jag, "ni överraskar mig oerhört. Ni säger att det inte var hjärnan hos en mänsklig varelse. Vad var det då?"

"Hjärnan hos en djävul." Han talade helt kallsinnigt och rörde inte en muskel. "Hjärnan hos en djävul", upprepade han, "och jag betvivlar inte att Black kom på ett sätt att göra slut på den. Jag klandrar honom inte om han gjorde det. Vad än mrs Black var, borde hon inte få stanna kvar i den här världen. Vill du ha något mer? Inte? God natt, god natt."

Det var väl en märklig åsikt för att komma från en vetenskapsman? När han sade att han inte skulle ha tittat på ansiktet under livstiden för tusen guineas, eller två tusen guineas, kom jag att tänka på ansiktet jag hade sett, men jag sade inget.

Jag tog mig ännu en gång till Harlesden och gick från affär till affär, gjorde små inköp och försökte komma underfund med saker om paret Black som kanske ännu inte hade blivit allmängods, men där fanns mycket lite att höra. En av affärsmännen jag talade med sade att han hade känt den döda kvinnan väl; hon brukade göra de små inköpen av livsmedel som behövdes till deras lilla hushåll, eftersom de aldrig höll sig med tjänstefolk även om de enstaka gånger anlitade en hjälpgumma, och han hade inte sett mrs Black på många månader innan hon dog. Enligt denne man var mrs Black en "trevlig dam", alltid vänlig och omtänksam, och lika förtjust i sin man och han i henne, som alla uppfattade det. Och ändå visste jag vad jag hade sett, om jag nu ska förbigå doktorns åsikt. Och när jag hade tänkt igenom det och fogat ena saken till den andra, verkade det för mig som om den ende person som troligen kunde hjälpa mig måste vara Black själv, och jag bestämde mig för att leta rätt på honom.

Självklart stod han inte att finna i Harlesden; man sade mig att han hade lämnat stället strax efter begravningen. Allting i huset hade sålts, och en vacker dag hade Black stigit på tåget med en liten kappsäck och försvunnit, ingen visste vart. Bara slumpen kunde avgöra om han någonsin hördes av igen, och det var en ren slump att jag korsade hans väg till slut.

En dag vandrade jag längs Gray's Inn Road utan något särskilt mål, men jag tittade mig omkring som vanligt och höll i hatten, för det var en byig dag tidigt i mars, och vinden fick trädtopparna inne i Gray's Inns lilla park att svaja och skälva. Jag hade kommit upp från Holborn och hade nästan nått Theobald's Road när jag lade märke till en man som gick framför mig och stödde sig på en käpp, helt uppenbart mycket klen. Det fanns något i hans utseende som gjorde mig nyfiken, jag vet inte vad, och jag raskade på mina steg i tanken att hinna upp honom, när hans hatt plötsligt blåste av och studsade fram till mina fötter. Naturligtvis räddade jag hatten och kastade ett öga på den medan jag gick fram till ägaren. Den var en levnadsteckning i sig själv; namnet på en hattmakare vid Piccadilly fanns inuti, men jag tror inte att en tiggare skulle ha plockat upp den ur rännstenen. Då tittade jag upp och såg att dr Black från Harlesden väntade på mig.

Märkligt, eller hur? Men Salisbury, vilken förändring! När jag såg dr Black komma ner för trappstegen till sitt hus i Harlesden gick han rak och stadig med välbyggda armar och ben – en man i sina bästa år, skulle man kunna säga. Och nu stod en eländig varelse hukad framför mig, böjd och klen med insjunkna kinder och hår som höll på att vitna, med lemmar som samfällt skakade och ryckte, och med lidande i sina ögon. Han tackade mig för att jag överlämnade hatten och sade: "Jag tror inte att jag någonsin hade kunnat fånga den, jag kan just inte springa numera. En byig dag, herrn, eller hur?" Och med detta vände han sig bort, men jag drog honom så smått in i en löpande konversation, och vi vandrade tillsammans österut.

Jag misstänker att mannen skulle varit glad om han sluppit mig, men jag hade inte för avsikt att låta honom gå, och han stannade slutligen framför ett eländigt hus vid en eländig gata. Jag tror sannerligen det var ett av de mest usla kvarter jag någonsin sett: hus som måste ha varit nog så tarvliga och ruskiga när de var nybyggda och sedan hade samlat på sig mer snusk för varje år, och som nu tycktes böja sig och ragla på gränsen till att falla.

"Jag bor däruppe", sade Black och pekade på tegelpannorna. "Inte på framsidan – på baksidan. Jag är mycket ostörd där. Jag ska inte be er att följa med in nu, men kanske en annan dag..." Jag nappade på det och sade att det skulle glädja mig oerhört att besöka honom. Han gav mig en sorts märklig blick som om han undrade varför i hela världen jag eller någon annan skulle bry sig om honom, och jag lämnade honom där han fumlade med sin portnyckel.

Jag tror du håller med om att jag gjorde bra ifrån mig när du får veta att jag inom några få veckor hade blivit nära vän med mr Black. Jag glömmer aldrig mitt första besök på hans rum; jag hoppas att jag aldrig kommer att se sådant uselt, smutsigt elände igen. Den vidriga tapeten från vilken alla mönster eller spår av mönster sedan länge hade försvunnit, täckt och genompyrd av smutsen från den onda gatan, hängde i möglande trasor från väggen. Bara i rummets ena ände var det möjligt att stå upprätt, och synen av den usla sängen och lukten av fördärvet som genomträngde stället gjorde mig sjuk och svimfärdig. Här fann jag honom då han mumsade på en brödbit; han tycktes vara överraskad över att jag hållit mitt löfte, men han gav mig sin stol och satte sig på sängen medan vi talades vid.

Jag brukade ofta gå och träffa honom och vi hade långa samtal tillsammans, men han nämnde aldrig Harlesden eller sin fru. Jag föreställde mig att han trodde jag var okunnig om saken, eller antog att jag, om jag hört talas om det, aldrig skulle binda samman den respektable dr Black i Harlesden med en stackars gubbe i ett vindsrum på Londons baksida.

Han var en märklig man, och när vi satt och rökte tillsammans undrade jag ofta om han var galen eller klok, för jag tror att Paracelsus och Rosenkreutzarnas vildaste drömmar skulle framstått som alldagliga och nyktra fakta i jämförelse med de teorier jag hört honom så allvarligt framlägga i det där lortiga kyffet. En gång prövade jag att antyda något ditåt för honom. Jag framhöll att något han sagt stred mot all vetenskap och erfarenhet.

"Nej", svarade han, "inte all erfarenhet, för mina räknas nog också dit. Jag förhandlar inte med obevisade teorier; det jag säger har jag bevisat inför mig själv, och till ett förskräckligt pris. Det finns ett område i vetandet som du aldrig kommer underfund med, ett område som visa män skyr som pesten när de skymtar det i fjärran, vilket de också bör göra; men in i det området har jag vandrat. Om du visste, om du ens kunde drömma om vad som kan utföras, vad en eller två människor har gjort i denna vår lugna värld, skulle din själ darra och förtvina i ditt inre. Vad du hört från mig har bara varit skalet och det yttre skyddet runt den äkta vetenskapen – den vetenskap som innebär död, och det som är mer fruktansvärt än döden för dem som vinner den. Nej, när människor säger att det finns mycket märkligt i världen, anar de föga av den fruktan och skräck som ständigt dväljs med dem och omkring dem."

Det fanns något fascinerande med mannen som drog mig till honom, och jag blev riktigt ledsen över att tvingas lämna London för en månad eller två; jag saknade hans besynnerliga prat. Några få dagar efter att jag kommit tillbaka till staden tänkte jag att det var dags att besöka honom, men när jag ringde i klockan de två signalerna som brukade tillkalla honom, fick jag inget svar. Jag ringde och ringde igen, och var just på väg att gå när dörren öppnades och en smutsig kvinna frågade vad jag ville. Av hennes blick slöt jag mig till att hon tog mig för en civilklädd polis som var ute efter någon av hennes hyresgäster, men när jag undrade om mr Black var hemma, gav hon mig en annan sorts blick.

"Här bor ingen mr Black", sade hon. "Han är borta. Han dog för sex veckor se'n. Jag tänkte alltid han var lite knepig i skallen, eller att han gått åstad och hamnat i trubbel på nåt vis. Han bruka' gå ut varje morgon från tio till ett, och en måndag hörde vi honom komma in och gå in på sitt rum och stänga dörren, och just när vi bänkade oss för middag efter några minuter hörde vi ett sånt skrik att jag trodde jag skulle trilla av pinn'. Och då hörde vi ett trampande och ner kom han, ursinnig och svärjande å det grövsta och fräste om att han hade blivit rånad på något som var värt miljoner. Och då ramlade han bara ihop i korridoren och vi trodde han dött. Vi fick upp honom till hans rum och la' honom i sängen, och jag satt bara där och väntade medan karln min gick efter doktorn. Och där stod fönstret vidöppet och en liten plåtask var öppnad och tom på golvet, men det var förstås ingen som haft nån möjlighet att gå in genom fönstret, och det var struntprat att han skulle ha nåt som var värt nånting, för ofta var han veckor och dagar efter med sin hyra, och karln min hotade gång efter annat att slänga ut honom på gatan, för, som han sa, vi måste också klara oss som allt annat folk – och det är förstås sant; men på nåt sätt kändes det inte bra att göra't, även om han var en märklig typ, och jag tror han hade haft'et bättre ställt förr i världen. Och så kom doktorn och titta' till honom och sa att han inte kunde göra nånting, och den natten dog han medan jag satt där bredvid sängen hans; och jag kan säga herrn att när allt kom omkring förlorade vi pengar på honom, för de få klädtrasorna han hade var knappt värda nånting när de skulle säljas."

Jag gav kvinnan ett halvt pund för besväret och gick hem medan jag tänkte på dr Black och hennes dödsruna över honom, och undrade över det egendomliga i att han trodde sig ha blivit rånad. Jag ser det som så att den stackars saten hade mycket litet att befara i den riktningen; men jag antar att han verkligen var galen och dog i ett plötsligt vansinnesutbrott.

Hans värdinna hade sagt att han hållit henne vid dörren någon minut en eller två gånger när hon varit föranledd att gå in på hans rum (för att kräva den eländige stackaren på hyran, antagligen), och när hon kommit in hade hon sett honom sätta undan sin plåtask i hörnet vid fönstret. Jag förmodar att han blivit besatt av tanken på en stor skatt och att han inbillade sig att han mitt i allt sitt armod var en förmögen man.

Explicit, min historia har nått slutet, och du märker att jag inte vet någonting om hans fru eller historien kring hennes död, trots att jag kände Black. Det var fallet i Harlesden, Salisbury, och jag tror att mitt intresse bara blivit djupare eftersom det inte tycks finnas en tillstymmelse till möjlighet att jag eller andra någonsin kommer att få veta mer om det. Vad tänker du om saken?

– Nå, Dyson, jag måste säga att jag tror du har lyckats omge hela historien med ett egenuppfunnet mysterium. Jag ansluter mig till doktorns slutsats: Black mördade sin fru, och var i all förmodan själv en outvecklad galning.

– Vad? Tror du då att denna kvinna inte var något allt för fruktansvärt, allt för hemskt för att tillåtas bli kvar på jorden? Du minns det doktorn sade, att hjärnan var en djävuls?

– Ja, ja, men han talade förstås bildligt. Frågan är verkligen ganska enkel i det perspektivet.

– Ah, nå, du kan ha rätt, men ändå är jag säker på att du inte har det. Nå, nå, det må inte diskuteras mer. Lite mer likör? Helt riktigt, pröva lite av den här tobaken. Sade du inte att något hade oroat dig – någonting som hände kvällen vi åt middag tillsammans?

– Ja, jag har varit bekymrad, Dyson, ganska djupt bekymrad. Jag... Men det är en sådan trivial sak – verkligen riktigt orimlig – jag skulle skämmas om jag besvärade dig med det.

– Bry dig inte om det. Låt höra, orimlig eller inte.

Med mycket tvekan och inneboende harm över dåraktigheten i saken, berättade Salisbury sin historia och upprepade motvilligt de befängda upplysningarna och de än mer befängda verserna på papperslappen, och väntade sig att höra Dyson brista ut i en skrattsalva.

– Är det inte idiotiskt att låta sig själv bli bekymrad över en sådan sak? frågade han när han hade stammat fram versen om ett, två och tre varv.

Dyson hade allvarligt åhört allt ända till slutet och funderade sedan några minuter under tystnad.

– Ja, sade han till slut, det var ett märkligt sammanträffande att du skulle ta skydd i den valvgången just när dessa två passerade. Men jag tror inte jag skulle beskriva det som stod skrivet på papperet för nonsens. Det är förstås bisarrt, men jag kan tänka mig att någon finner en mening i det. Upprepa det bara en gång till, är du snäll, så ska jag skriva ner det. Kanske upptäcker vi något sorts chiffer, även om jag knappast tror vi gör det.

Ännu en gång fick Salisburys motvilliga läppar stamma fram den smörja som han höll förhatlig, medan Dyson antecknade på ett stycke papper.

– Kan du granska det? sade han när det var gjort. Det kan vara viktigt att jag fick varje ord på rätt ställe. Är det som det ska?

– Ja, det är en exakt avskrift. Men jag tror inte du kan få ut mycket av det. Lita på det, det är rent nonsens, ett lekfullt klotter. Jag måste gå nu, Dyson. Nej, inget mer; det där du bjuder på är ganska starkt. God natt.

– Jag antar du vill jag hör av mig, om jag kommer på någonting?

– Nej tack; jag vill inte höra mer om saken. Du kan betrakta upptäckten, om du gör en sådan, som din egen.

– Då så. God natt.

IV.

Många timmar efter att Salisbury hade återvänt till den gröna ripsstolens famn, satt Dyson fortfarande vid sin pulpet – i sig en japansk sällsamhet – och rökte åtskilliga pipor och begrundade sin väns historia. Den bisarra beskaffenheten hos skriften som hade plågat Salisbury var för honom bara tilldragande, och gång på gång tog han upp det han skrivit och läste tankfullt igenom det, i synnerhet den egendomliga ramsan på slutet. Han bestämde sig för att det var ett tecken, en symbol, och inte ett chiffer, och kvinnan som hade kastat iväg det var i all förmodan helt okunnig om dess innebörd. Hon var bara ombud för mannen hon hade okvädat och förkastat, och han i sin tur var också ombud för någon okänd; möjligen för individen benämnd "Q", som hade blivit tvungen att besöka sina franska vänner. Men vad skulle man göra med "Travers Handel S"? Här var roten och upphovet till gåtan, och all tobak i Virginia skulle inte kunna föranleda någon lösning här.

Det syntes nästan hopplöst, men Dyson betraktade sig själv som mysteriernas Wellington och gick till sängs, viss om att han förr eller senare skulle komma saken på spåret. De närmaste dagarna var han grundligt upptagen med sina litterära förehavanden, förehavanden som var ett djupt mysterium till och med för hans närmaste vänner, som fåfängt sökte igenom järnvägsstationernas bokstånd efter resultatet av så många timmar vid den japanska skrivpulpeten i sällskap med stark tobak och svart te.

Denna gång stannade Dyson på sitt rum under fyra dagar, och det var med genuin lättnad som han lade ner sin penna och gick ut på gatorna i sökande efter avkoppling och frisk luft. Gaslamporna höll på att tändas och femte upplagan av aftontidningarna utbjöds gatorna igenom, och Dyson tog sig ifrån det larmande Strand i sin längtan efter stillhet och styrde stegen mot nordväst. Snart befann han sig på gator som ekade av hans fotsteg, och när han korsade en bred nyanlagd genomfart och fortfarande höll åt väst, upptäckte Dyson att han hade trängt in i Sohos innersta.

Här fanns åter liv; de förbipasserande lockades av sällsynta årgångar franskt och Italienskt vin till priser som tycktes föraktligt billiga; här fanns väldiga och kraftiga ostar, olivolja och en samling med rabelaiska korvar, medan allt som trycktes i Paris tycktes vara till salu i en angränsande butik. I gatans mitt promenerade en märklig blandning av nationaliteter fram och tillbaka, för dit vågade sig sällan droskorna; och från fönster över fönster tittade invånarna ut över scenen i angenäm begrundan. Dyson tog sig långsamt fram, blandade sig med mängden på kullerstenen och lyssnade på den underliga förbistringen av franska och tyska och italienska och engelska, tittade gång efter annat på butiksfönstren med deras jämnt uppställda flaskor och hade nästan nått slutet på gatan, när hans uppmärksamhet fångades av en liten butik vid hörnet, en trevlig kontrast till sitt grannskap.

Det var den sortens butik man finner i fattiga kvarter; en fullkomligt engelsk butik. Här salubjöds tobak och sötsaker, billiga pipor i lera och körsbärsträ; övningsböcker för en penny och pennställ som trängdes med noter till humoristiska visor, och novelltidningar med förskräckliga träsnitt visade att sällsamheter gjorde anspråk på utrymme bredvid kvällstidningarnas nyheter, vars löpsedlar fladdrade vid dörren. Dyson tittade upp på namnet över dörren, och stod sedan och skakade vid rännstenen eftersom en skarp stöt – stöten hos någon som gjort en upptäckt – för ett ögonblick hade förlamat honom. Namnet över butiken var Travers. Dyson tittade återigen upp, denna gång på hörnet av väggen vid lyktstolpen, och läste orden i vita bokstäver mot blå bakgrund: "Handel Street, W C", och inskriften upprepades i blekare bokstäver strax nedanför. Han lät höra en liten suck av tillfredsställelse, och utan omsvep travade han dristigt in i butiken och stirrade rakt i ansiktet på en fet man som satt bakom butiksdisken. Mannen kom på fötter och besvarade blicken en smula nyfiket, och sade sedan sin invanda fras:

– Vad kan jag stå till tjänst med, herrn?

Dyson njöt av situationen och den växande förvirringen i mannens ansikte. Han stödde omsorgsfullt sin käpp mot disken, böjde sig över den och sade långsamt och uttrycksfullt:

– "Ett varv runt brickan, två varv runt flickan, tre varv runt grönan lönn."

Dyson hade räknat med att hans ord skulle föranleda en reaktion och blev inte besviken. Försäljaren av smått och gott kippade efter andan gapande som en fisk och stödde sig mot disken. När han efter en kort stund talade var det i ett hest mummel, skälvande och ostadigt:

– Skulle herrn vilja säga det igen? Jag uppfattade det inte riktigt.

– Min gode herre, det ska jag minsann inte göra. Ni hörde klart och tydligt vad jag sade. Ni har en klocka i affären, märker jag; en beundransvärd sådan, det tvivlar jag inte på. Nå, jag ger er en minut enligt er egen klocka.

Mannen tittade sig omkring i förvirrad obeslutsamhet, och Dyson kände att det var dags att göra en framstöt.

– Hör på nu, Travers, tiden är nästan ute. Ni har hört om Q, antar jag. Kom ihåg, jag har ert liv i mina händer. Fram med det!

Dyson blev chockad över resultatet av sin egen fräckhet. Mannen kröp ihop och förtvinade i skräck, svetten strömmade nerför hans askvita ansikte och han höll avvärjande upp händerna framför sig.

– Mr Davies, mr Davies, säg inte så – för Guds skull, gör det inte. Jag visste till en början inte vem ni var, det gjorde jag verkligen inte. Gode Gud! Mr Davies, ni tänker väl inte ruinera mig? Jag ska genast hämta det.

– Det är bäst ni inte förlorar mer tid.

Mannen smög ynkligt ut från sin butik och försvann i ett inre rum. Dyson hörde hans darrande fingrar fumla med en nyckelknippa och att en knarrande låda öppnades. Han kom strax tillbaka med en liten förpackning prydligt inslagen i brunt papper i sina händer, och fortfarande fylld av skräck överlämnade han den till Dyson.

– Jag är glad att jag slipper den, sade han. Jag tänker inte ta på mig fler arbeten av den sorten.

Dyson tog upp paketet och sin käpp, gick med en nick ut ur affären och tittade sig över axeln i dörren. Travers hade sjunkit ner på sin stol med ansiktet ännu vitt av skräck och höll ena handen över sina ögon, och medan Dyson raskt gick iväg spekulerade han en hel del över vilka märkliga strängar han så hårdhänt hade spelat på. Han hejdade den första droskan han såg och reste hemåt, och när han hade tänt taklampan och lagt sitt paket på bordet, hejdade han sig en stund och undrade vilket sällsamt föremål lampan snart skulle kasta sitt sken på.

Han låste dörren, skar av snörena och skalade av papperet lager för lager och nådde slutligen en liten trälåda, enkelt men gediget tillverkad. Den hade inget lås och Dyson behövde bara lyfta på locket, och när han gjort så drog han in ett långt andetag och ryggade tillbaka.

Lampan glimmade dunkelt som ett ensamt stearinljus, men över hela rummet strålade färger med samma prakt som ett målat katedralfönster äger; och från väggarna i rummet och den välkända inredningen återkastades glöden och tycktes flöda tillbaka till sin källa i den lilla trälådan. För på en bädd av mjuk bomull låg den mest praktfulla bland juveler, en juvel av en sort som Dyson aldrig hade drömt om, och i dess innanmäte lyste blånaden hos en avlägsen himmel och smaragdskimret vid havets strandkant, rubinens rodnad och djupvioletta strålar, och i centrum av allting tycktes den stå i brand som en fontän av eld, steg och sjönk och steg igen, och dess droppar var stjärnklara gnistor.

Dyson undslapp sig en lång, djup suck, föll ner i sin stol och gömde ögonen i händerna för att tänka. Juvelen liknade en opal, men efter lång erfarenhet från butiksfönstren visste han att det inte fanns någon opal av ens en kvart eller en åttondel av dennas storlek. Han tittade åter på stenen med en känsla som närmade sig bävan, placerade den försiktigt på bordet under lampan och iakttog de underbara flammor som sken och gnistrade i dess hjärta. Sedan vände han sig nyfiken till lådan för att se om den kunde innehålla fler underverk. Han lyfte bort bomullsbädden på vilken opalen hade vilat och tittade under den – inga fler juveler, men en liten och gammalt anteckningsbok, sliten och tarvlig efter allt bläddrande. Dyson öppnade det första bladet och tappade boken, än en gång förfärad. Han hade läst ägarens namn, prydligt skrivet i blått bläck:

Steven Black, med. dr.
Oranmore,
Devon Road,
Harlesden

Det tog flera minuter innan Dyson kunde förmå sig till att öppna boken en andra gång; han mindes den usla tillflykten i mannens vindsrum, dennes märkliga prat och även ansiktet han hade sett i fönstret, samt vad specialisten hade sagt – allt svallade upp i hans själ, och medan han höll fingret på omslaget skakade han av fruktan inför det som kunde tänkas vara skrivet inuti. När han slutligen höll den i handen och vände sidorna, fann han att de två första bladen var tomma, men det tredje var täckt av tydlig, noggrann skrift, och Dyson började läsa medan opalens ljus flammade i hans ögon.

V.

"Ända sedan jag var en ung man", började anteckningen, "offrade jag hela min fritid, och mycket av den tid som borde ha ägnats åt andra studier, till utforskning av märkliga och dunkla inriktningar inom vetandet. Vad som vanligtvis omnämns som livets njutningar lockade mig aldrig och jag levde ensam i London, undvek mina studiekamrater vilka i sin tur undvek mig såsom varande en självupptagen och osympatisk människa. Så länge jag kunde tillfredsställa min åtrå efter en märklig sorts kunskap, en kunskap vars blotta förekomst är en dold hemlighet för de flesta människor, var jag ytterligt lycklig, och jag har ofta vakat hela nätter i mitt rum och tänkt på den sällsamma värld vars rand jag höll på att bestiga.

Hur som helst, en tid blev mina mer dunkla sysselsättningar förpassade till bakgrunden av yrkesstudierna och nödvändigheten att vinna en ställning, och strax efter att jag hade tagit examen mötte jag Agnes, som blev min fru. Vi skaffade ett hus i denna avlägsna förort och jag tog mig an de återkommande rutinerna som tillhör en måttlig praktik, medan jag för några månader levde nog så lycklig, tog del av livet omkring mig och bara emellanåt tänkte på den ockulta vetenskap som en gång hade uppslukat hela min varelse.

Jag hade fått tillräcklig vetskap om de stigar jag hade börjat beträda för att veta att de var svåra och farliga bortom alla ord och i all förmodan skulle innebära ett liv slaget i spillror om man framhärdade, och att de ledde till områden så fruktansvärda att en människas själ krymper i förfäran inför blotta tanken. Dessutom hade stillheten och lugnet jag njutit av sedan vigseln lockat mig långväga ifrån de trakter där jag visste att inget lugn kunde dväljas.

Men plötsligt – jag tror verkligen det skedde under en enda natt, när jag låg vaken på sängen och stirrade ut i mörkret – plötsligt, säger jag, återvände den gamla åtrån, den tidigare längtan, och återvände med en kraft som hade växt sig tio gånger starkare under sin frånvaro. Och när dagen randades och jag tittade ut genom fönstret och med stirrande ögon såg soluppgången i öster, visste jag att mitt öde hade beseglats; att jag måste gå ännu längre med stadiga steg då jag redan vandrat långt. Jag återvände till sängen där min fru sov fridfullt och lade mig ner igen, grät bittra tårar eftersom solen hade gått ner över vårt lyckliga liv och stigit upp i gryningen av vår gemensamma skräck.

Jag vill här inte plita ner minutiösa detaljer om det som följde. Utåt sett fortsatte jag som tidigare dagens arbeten och sade inget till min fru. Men hon märkte snart att jag hade förändrats; jag tillbringade min fritid i ett rum som jag hade inrett som laboratorium, och ofta smög jag uppför trapporna i morgonens kulna gryning när många lampors ljus fortfarande brann över London; och varje natt hade jag tagit ett försiktigt steg närmare den väldiga avgrund som jag skulle överbrygga, det vidöppna gapet mellan medvetandets värld och materiens värld.

Mina experiment var många och komplicerade till sin natur, och det tog några månader innan jag insåg vartåt de alla pekade, och när detta med ens stod klart för mig, kände jag mitt ansikte vitna och hjärtat stanna i mitt bröst. Men kraften att dra mig tillbaka, kraften att stanna framför dörren som nu stod vidöppen framför mig och inte stiga in, hade sedan länge övergett mig. Vägen tillbaka var stängd, och jag kunde bara fortsätta framåt. Mitt läge var lika hopplöst som för en fånge i ett slutet fängelse, vars enda ljus är det från fängelsekammaren ovanför; dörrarna var slutna och flykt omöjlig.

Experiment efter experiment gav samma resultat, och jag visste att det i arbetet jag skulle utföra måste finnas element som inget laboratorium kunde framställa, som inga skalor kunde uppmäta, och jag krympte bara tanken passerade genom mitt huvud. I mitt arbete – från vilket även jag tvivlade på att undkomma med livet – måste själva livet inträda; från någon mänsklig varelse måste den essens som människan benämner själ utvinnas, och i dess ställe (för i världens ritning finns ingen obebodd kammare) – i dess ställe måste något ta plats som läpparna knappast kan yttra, något som förståndet inte kan omfatta utan en fasa mer fruktansvärd än skräcken för döden själv. Och när jag visste detta, visste jag även på vems lott detta öde skulle falla.

Jag tittade in i min frus ögon. Även då kunde jag liksom hon ha räddats, om jag bara gått ut och tagit ett rep och hängt mig, men inte på annat sätt. Slutligen berättade jag allt för henne. Hon darrade och grät och bad till sin döda moder om hjälp, och frågade mig om jag inte ägde någon barmhärtighet, och jag kunde bara sucka. Jag dolde inget för henne; jag berättade henne vad hon skulle bli, och vad som skulle träda in där hennes liv hade funnits; jag berättade om all skam och skräck.

Du som läser detta när jag är död – om jag nu tillåter denna anteckning att bevaras – du som har öppnat lådan och sett vad som vilar där, om du kunde förstå vad som ligger gömd i den opalen! En natt samtyckte min fru till det jag begärde av henne, samtyckte med tårarna strömmande nerför sitt vackra ansikte medan het skam rodnade över hennes nacke och bröst, samtyckte till att genomlida detta för mig. Jag öppnade fönstret och vi tittade tillsammans på himlen och den mörka jorden för sista gången. Det var en vacker natt upplyst av stjärnor medan en angenäm bris blåste, och jag kysste henne på läpparna och hennes tårar rann ner på mitt ansikte.

Den natten kom hon ner till mitt laboratorium, och där – med fönsterluckorna stängda och reglade och gardinerna tätt ihopdragna, så att även stjärnornas blick skulle utestängas från rummet, medan smältdegeln väste och kokade över lampan – utförde jag vad som måste utföras, och utvann vad som inte längre var en kvinna. Men på bordet flammade och gnistrade opalen med ett sken som en människas ögon aldrig har skådat, och strålarna från flammorna i dess inre blixtrade och glittrade och sken ända in i mitt hjärta.

Min fru hade bara begärt en sak av mig: att jag skulle döda henne, när det hade skett som jag sagt skulle ske. Jag har hållit det löftet."

Där fanns inget mer. Dyson lät den lilla skrivboken falla och vände sig om och tittade åter på opalen med dess flammande inre ljus. Överväldigad av outsäglig fasa som svallade upp i hans hjärta, grep han juvelen, kastade den till golvet och stampade på den med klacken. Hans ansikte var vitt av skräck när han vände sig bort, för en stund illamående och skakande, och med ett ryck tog han ett språng genom rummet och lutade sig mot dörren. Det hördes ett ilsket väsande likt ånga som lättar under högt tryck, och medan

han stirrade utan att röra sig strömmade en mängd tung, gul rök
från juvelens inre och ringlade sig ormlikt över den. Och sedan
bröt en tunn vit flamma ur röken och sköt upp i luften och för-
svann. Och på golvet låg något som liknade svart slagg, vilket
smulades sönder när det vidrördes.

The Inmost Light
Copyright © 2003 by Janet Machen
Övers. Rickard Berghorn

Washington Irving

LEGENDEN OM
SLEEPY HOLLOW

(Funnet bland Diedrech Knickerbockers efterlämnade papper.)

I hjärtat av en av de rymliga vikar som skär in i Hudsonflodens östra stränder, vid den breda utvidgningen av floden som gångna tiders holländska skeppare benämnde Tappan Zee, och där de alltid var kloka nog att minska segel och åkalla S:t Nikolas beskydd under överfarten, där ligger en liten köping eller lantlig hamnstad, som av vissa kallas Greensburgh, men som mer allmänt och korrekt är känd under namnet Tarry Town. Enligt sägnen döptes den till detta i förgången tid av de goda husfruarna i grannskapet eftersom deras män hade den inrotade vanan att dröja sig kvar vid stadens värdshus efter marknadsdagarna. Det må så vara, jag kan inte intyga sanningshalten, bara nämna det emedan det är min avsikt att vara exakt och sanningsenlig. Inte långt från staden, kanske omkring ett par kilometer, vilar en liten dal eller snarare ett område mellan höga kullar, som är en av de mest stillsamma platserna i världen. En liten bäck glider genom den med ett sorlande som inte är högre än att det vaggar en till ro; och någon vaktels enstaka vissling eller en hackspetts knackande är nästan det enda ljud som någonsin bryter det ständiga lugnet.

Jag minns att min första bedrift som ekorrjägare i min ungdom, utspelade sig bland valnötsträden som skuggar en sida av dalen. Jag hade vandrat in bland dem vid middagstid då naturen ligger egendomligt stilla och blev omskakad vid knallen från min egen bössa, när den rubbade det sabbatsliknande lugnet över omgivningen och drogs ut och återkastades av det aggressiva ekandet. Om jag någonsin skulle önska smyga mig bort från världen och dess oro och lugnt drömma bort återstoden av ett bekymmersamt liv, kan jag inte tänka mig en mer lovande fristad än denna lilla dal.

På grund av platsens liknöjda lugn och de märkliga egenheter som utmärker invånarna, som är ättlingar till de ursprungliga holländska bosättarna, har den avskilda dälden länge varit känd under namnet SLEEPY HOLLOW, medan de lantliga ynglingarna på platsen kallas "Sleepy Hollow-pojkarna" i hela den omgivande trakten. En dåsig, drömmande stämning tycks sväva över miljön och mätta själva atmosfären. Vissa säger att platsen förtrollades av en tysk doktor under nybyggarnas första tid; andra att en gammal indianhövding, som var sin stams siare eller trollkarl, höll sina religiösa fester där innan trakten upptäcktes av kapten Henry Hudson. Säkert är, att platsen fortfarande behärskas av någon häxliknande kraft, som förtrollar det goda folkets själar och får dem att vandra omkring i ständiga drömmerier. De är böjda att tro på alla slags övernaturligheter; de är föremål för transer och uppenbarelser och ser ofta sällsamma syner, och hör musik och röster i luften. Hela grannskapet flödar över av lokala sägner, hemsökta ställen och dunkel vidskepelse; stjärnor faller och meteorer glimmar oftare över dalen än i andra delar av landet, och nattmaran med hela sin niofaldiga skara, tycks föredra den för sina upptåg.

Den härskande anden som hemsöker detta förtrollade område och tydligen för befälet över luftens alla makter, är hur som helst uppenbarelsen av en huvudlös gestalt till häst. Den sägs av vissa vara spöket efter en hessisk kavallerist, vars huvud blivit avslitet av en kanonkula vid någon namnlös strid under Frihetskriget och som ständigt och jämt skådas av traktens invånare där den störtar fram i nattens dystra mörker som framburen på vindens vingar. Hans hemsökelser begränsar sig inte till dalen, utan sträcker sig emellanåt ut till vägarna i omgivningen och speciellt till trakten av en närliggande kyrka. I själva verket hävdar vissa av traktens mer vederhäftiga historiker, som omsorgsfullt har samlat och jämfört de fakta som rör gengångaren ifråga, att kavalleristens kropp har begravts på kyrkogården och att spöket rider iväg till stridens forna skådeplats i ett nattligt sökande efter sitt huvud, och att den hast med vilken han ibland passerar igenom sänkan som en nattlig vindstöt, kommer sig av att han överraskats av morgonens ankomst och måste återvända till kyrkogården.

Så lyder den allmänna innebörden i den sagolika vidskepelsen, som har skänkt stoff till många vildsinta berättelser i denna skuggornas dal; och vid alla brasor i trakten är gengångaren känd under namnet Den huvudlöse ryttaren i Sleepy Hollow.

Det är anmärkningsvärt att den benägenhet för syner som jag nämnde inte begränsar sig till dalens infödda befolkning, utan omedvetet övertas av alla som uppehåller sig där en tid. Hur klarvakna de än må ha varit innan de anlände till den sömniga regionen, är det oundvikligt att de snart kommer att insupa den förhäxande luften och börja fantisera, spinna drömmar och se uppenbarelser.

Jag lovprisar detta fridfulla ställe så vidlyftigt, eftersom det är i sådana små tillbakadragna holländska dalar här och var i staten New York, som befolkning, seder och bruk förblir vid det gamla, allt medan de stora folkvandringarna och framstegen som åstadkommer sådana oavbrutna förändringar i andra delar av vår rastlösa nation, strömmar förbi dem obemärkt. De är som små vrår av stilla vatten som kantar en hastig ström, där vi kan se grässtrån och bubblor stillsamt ligga för ankar eller långsamt cirkla runt sina miniatyrhamnar, ostörda av de passerande virvlarna. Även om många år har gått sedan jag beträdde Sleepy Hollows sömniga dunkel, frågar jag mig ifall jag inte fortfarande skulle återfinna samma träd och samma familjer där de dåsar i dess skyddande bröst.

I denna avskiljda del av naturen uppehöll sig under en avlägsen period av Amerikas historia – vilket betyder trettio år sedan på ett ungefär – en aktningsvärd sate vid namn Ichabod Crane, som vistades eller, som han uttryckte det, "bidade" i Sleepy Hollow i avsikten att undervisa grannskapets barn. Han var bördig från Con-

necticut, en stat som skänker vår union pionjärer för såväl tanken
som skogen, och årligen skickar ut sina arméer av skogsarbetare
till gränstrakterna och lärarmästare till lantliga tillhåll. Cranes till-
namn var inte utan överensstämmelse med hans person. Han var
lång men utomordentligt spenslig med smala axlar, långa armar
och ben, händer som hängde ut en kilometer ur hans ärmar, fötter
som kunde ha tjänat som skovlar, och hela hans kroppsbyggnad
höll samman högst osäkert. Hans huvud var litet och tillplattat
med rejäla öron, stora ögon som liknade grönt glas och en lång
näbbliknande näsa, så att det påminde om en vindflöjel fastsatt på
hans spolformade nacke för att peka ut vindens riktning. Såg man
honom kliva fram längs en kulles krön en blåsig dag med kläderna
pösande och fladdrande om honom, kunde man ha misstagit ho-
nom för att vara Svälten i egen person som nedstigit på jorden, el-
ler en fågelskrämma som flytt från ett sädesfält.

Hans skolhus var en låg byggnad med ett stort rum, simpelt
uppbyggd av stockar; fönsterna var delvis täckta av glas, delvis
överlappade med sidor ur gamla skrivböcker. Under dess lediga
timmar var det högst sinnrikt tryggat med en vidja tvinnad runt
dörrhandtaget och fönsterluckorna igenstakade, så att en tjuv med
fullkomlig lätthet kunde ta sig in, men skulle finna det betydligt
svårare att slippa ut – en idé som arkitekten Yost Van Houten för-
modligen hämtade från ålkupans gåta. Skolhuset befann sig i en
ganska enslig men angenäm omgivning vid foten av en skogklädd
kulle, med en bäck som rann förbi i närheten och ett förskräckligt
björkträd som växte vid dess ena sida. Som surret från en bikupa
kunde man höra det låga mumlet från hans elever då de repeterade
sina läxor, då och då avbrutna av lärarens myndiga röst när han
hotfullt eller uppmanande drev på någon saktmodig eftersläntrare
längs kunskapens blomstrande stig, eller måhända av det förfärliga
prasslandet från björken. Sanningen att säga var han en samvets-
grann man som aldrig bar med sig den gyllene regeln "Spara spöet
och skona barnet". Ichabod Cranes lärjungar undgick förvisso inte
spöet.

Jag borde hur som helst inte ge intryck av att han var en av de
enväldiga härskare som finner ett nöje i att plåga sina underly-

dande; snarare utdelade han rättvisan med urkillning snarare än med stränghet, genom att lätta bördan från de svagas rygg och placera den på de starkas. Den späda ynglingen som spritter till vid minsta snärt av spöet, förbigick han med överseende, men tillfredsställde rättvisan genom en dubbel portion åt en liten envis, halsstarrig och förhärdad holländsk rackarunge, som surade och svullnade och fortsatte att envisas under björken. Allt detta kallade han att "göra sin plikt gentemot föräldrarna", och han utdelade aldrig sin bestraffning utan att låta den åtföljas av försäkringen (så trösterik för den pryglade rackarungen) att "detta kommer han att minnas med tacksamhet så länge han lever".

När skolan slutade för dagen, var han till och med de större pojkarnas följeslagare och lekkamrat, och brukade under helgerna eskortera hem någon av de mindre på eftermiddagarna, om de råkade ha söta systrar eller goda husfruar som mödrar, kända för sina trevliga kaffebord. Det var honom verkligen nödvändigt att hålla sig väl med sina elever. Inkomsten från hans skola var liten och skulle knappast ha räckt att förse honom med dagligt bröd som den storätare han var, för trots sin spenslighet hade han en anakondas glupskhet; och för att dryga ut sitt uppehälle var han inackorderad och inhyst hos bönderna vars barn han undervisade, såsom seden var i dessa lantliga delar. Med dem levde han en vecka i taget och vandrade runt i grannskapet med sina världsliga ägodelar inknutna i en näsduk av bomull.

För att allt detta inte skulle gräva allt för djupa hål i de lantliga beskyddarnas pengapungar, benägna som de är att hålla skolavgiften som en svår börda och lärarna som dagdrivare, hade han allehanda sätt att göra sig själv både användbar och eftertraktad. Han gav emellanåt bönderna ett handtag i deras mer lättsamma gårdsarbeten, hjälpte dem att slå hö, laga gärdesgårdarna, vattna hästarna, valla korna från betet och hugga ved till vinterbrasorna. All sin dominanta överlägsenhet och maktfullkomlighet som han tyranniserade sitt lilla kungarike skolan med lade han också åt sidan, och blev underbart vänlig och inställsam. I mödrarnas ögon fann han nåd genom att kela med barnen, i synnerhet de yngsta; och likt det modiga lejonet som fordom höll om lammet så storsint, kunde han sitta med ett barn på ena knäet och gunga en vagga med sin fot långa timmar i sträck.

Förutom hans andra begåvningar, var han grannskapets mest framstående sångare och inkasserade många blanka shillingar genom att undervisa ynglingarna i psalmsång. Det var för honom inte bara en fråga om en smula fåfänga att ta sin plats framför kyrkläktaren med en samling utvalda sångare om söndagarna, där han fullkomligt stal psalmen från prästen, enligt sitt eget sätt att se det. Säkert är, att hans röst genljöd högt över församlingen i övrigt; och fortfarande kan man i den kyrkan höra en egendomlig skälvande stämma, som även letar sig flera kilometer bort till andra sidan av kvarndammen när vädret är lugnt om söndagsmorgnarna, en stämma som sägs härstamma direkt från Ichabod Cranes näsa. På detta sätt, med ett och annat fyndigt nödknep, klarade sig den värdige pedagogen gott nog, och alla som inte förstod något om mödan med att tänka, antog att han levde ett underbart bekvämt liv.

Skolläraren är i allmänhet en man av vikt bland kvinnliga kretsar på landet, där han betraktas som en sorts saktmodig, gentlemannalik figur med överlägsen god smak och bildning i förhållande till de grova karlarna i lantgårdarna, och bara underlägsen prästen vad gäller lärdom. Hans uppenbarelse väcker därför visst uppseende runt teborden i lantgårdarna och leder till att överfulla fat med kakor eller sötsaker sätts fram, eller måhända en vandrande tekanna i silver. Vår lärdomsman var därför speciellt glad över de små lantfröknarnas leenden. Så han kunde kokettera bland dem på kyrkogården mellan söndagsgudstjänsterna: skaffade dem druvor från vinrankorna som klättrade på träden i omgivningen, läste till deras stora munterhet upp gravstenarnas inskrifter, eller flanerade längs den närliggande kvarndammens strand med en hel flock av dem runt sig, medan de mer blyga lanttölparna hängde med som en fårskock bakom dem, avundades hans överlägsna elegans och taktfullhet.

På grund av sitt halvt kringströvande liv var han också ett sorts vandrande nyhetsblad, som förde hela traktens bestånd av skvaller från hus till hus så att hans uppenbarelse alltid hälsades med belåtenhet. Av kvinnorna var han dessutom högaktad som en mycket lärd man, för han hade läst flera böcker nästan rakt igenom, och var en auktoritet på Cotton Mathers *Historia över New Englands trolldom*, som han orubbligt och i högsta grad tilltrodde.

Han var sannerligen en märklig blandning av småslughet och simpel godtrogenhet. Hans aptit på det sällsamma och hans förmåga att smälta det var lika utomordentlig, och hade växt sig starkare under hans vistelse i den förtrollade trakten. Ingen historia var för grov eller monstruös för hans rymliga svalg. Efter skolans slut på eftermiddagarna var det ofta hans nöje att sträcka ut sig på den frodiga klövermattan vid den lilla bäcken som suckade förbi hans skolbyggnad, och där försjunka i studier av gamle Mathers gruvliga berättelser tills aftonens skuggor församlade sig och fick den tryckta sidan att töcknas framför hans ögon. Då, när han i den trolska timmen styrde stegen förbi träsk och vattenstråk och väldiga skogsområden till lantgården där han händelsevis var inhyst, oroade minsta ljud i naturen hans upphetsade fantasi – nattskärrans klagande från bergssluttningen, trädgrodans ödesmättade skrik, förebuden om storm, det dystra hoandet från en tornuggla, till det plötsliga prasslet bland snåren efter fåglar som skrämts från sin vila. Även eldflugorna som gnistrade så livligt på de mörkaste platserna skrämde emellanåt upp honom, när en ovanligt ljusstark sådan fladdrade över hans stig; och om någon stor drummel till skalbagge av en händelse lade sin klumpiga flykt mot honom var den ynklige stackaren redo att ge upp andan i tron att han erfor ett varsel. Hans enda tillgång under sådana stunder, vare sig det gällde att döva sina upprörda tankar eller driva iväg onda andar, var att sjunga psalmer; och det goda folket i Sleepy Hollow fylldes ofta med bävan där de satt vid sina dörrar i skymningen och hörde hans nasala stämma "i långt utdraget, klingande välljud" komma svävande från den avlägsna kullen, eller längs den skumma vägen.

En annan källa till skräckfyllt välbehag för honom, var att fördriva långa vinterkvällar med de gamla holländska fruarna där de satt och spann vid elden medan en rad äpplen rostades och puttrade på hällen, och lyssna till deras förunderliga historier om spöken och troll och hemsökta fält och hemsökta bäckar och hemsökta broar och hemsökta hus, och speciellt om den huvudlöse ryttaren eller Den galopperande hessaren i dalen, som de ibland benämnde honom. Han brukade likaledes förnöja dem med sina skrönor om trolldom och de förfärliga järtecken och vidunderliga syner och ljud i luften som rådde över Connecticut i äldre tider; och kunde skrämma dem olyckliga med spekulationer om kometer och stjärnskott, och det förskräckliga faktum att världen definitivt snurrade runt, och att de hälften av sin tid befann sig upp-och-ner!

Men om det fanns ett välbehag i allt detta, då man tryggt kurade i spiselvrån och kammaren var uppfylld av den rödaktiga skenet från den sprakande vedbrasan, och där självklart ingen gengångare anstod att visa sitt ansikte, hade han köpt det dyrt av skräcken som följde under vandringen hemåt. Vilka skräckinjagande gestalter och skuggor belägrade inte hans stig i snönattens dunkel och spöklika sken! Med vilken längtansfull blick uppsökte han inte varje skälvande ljusstråle som strömmade över de öde fälten från något avlägset fönster! Hur ofta förfärades han inte av en snötäckt buske som lik en höljd gengångare hindrade hans väg! Hur ofta krympte han inte av förlamande ångest vid ljudet av sina egna steg på den frostiga skaren under hans skor utan att våga titta bakom sin rygg, ifall han nu skulle se ett sällsamt väsen komma traskande nära inpå honom! Och hur ofta slogs han inte av fullständig förfäran av någon framrusande vindstöt som tjöt bland träden, i tron att det var Den galopperande hessaren som sökte igenom natten!

Hur som helst var det enbart mörkerrädsla, hans egen fantasis vålnader som vandrade i natten; och trots att han sett många gengångare i sina dar, och mer än en gång blivit ansatt av Djävulen i olika skepnader under sina ensamma vandringar, så satte dagsljuset punkt för all ondska; och han kunde ha fördrivit ett angenämt liv trots Hin Onde och hans verk, om hans väg inte hade korsats av en varelse som orsakar en dödlig man mer bryderi än spöken, troll och hela skaran av häxor tillsammans, och det var – en kvinna.

Bland de musikaliska lärjungar som samlade sig en kväll varje vecka för att mottaga hans kunskaper i psalmsång, var Katrina Van Tassel, dottern och enda barnet till en välbärgad holländsk bonde.

Hon var en blomstrande flicka i sina friska arton år, välgödd som en rapphöna, mogen och inbjudande och rosenkindad som hennes faders persikor och överallt berömd inte bara för sin skönhet, utan också för sina utsikter. Hon var dessutom en smula kokett, vilket också kunde märkas på hennes kläder, som var en blandning av ålderdomligt och nymodigt snitt, det som passade bäst för att framhäva hennes behag. Hon bar de smycken av äkta gyllene guld som hennes farfars farmor hade fört över från Saarfloden, den sortens lockande bröstduk som hörde tiden till, och därtill en förföriskt kort underkjol, för att visa upp de sötaste fötterna och anklarna i den omgivande landsbygden.

Till det svaga könet hade Ichabod Crane ett vekt och dåraktigt hjärta, och det är inte att undra på att en så lockande munsbit snart fann nåd i hans ögon, speciellt sedan han hade besökt henne i faderns residens. Gamle Balthus Van Tassel var den fulländade bilden av en framgångsrik, förnöjsam, frikostig storbonde. Det är sant att han sällan lät sina tankar vandra bortom sin egen gårds gränser, men inom dessa var allt ombonat, lyckligt och utmärkt inrättat. Han var tillfreds med sin förmögenhet, men inte stolt över den; och han yvdes över det rikliga överflödet, snarare än över sättet han levde. Hans bålverk var beläget på Hudsonflodens strand i en av de gröna, skyddade, bördiga vrår där de holländska bönderna så gärna bosätter sig. Över det bredde ett stort almträd ut sina stora grenar, vid vars fot en källa med det mest milda och söta vatten bubblade upp i en liten brunn som skapats av en tunna, för att sedan smyga iväg genom gräset till en närliggande bäck, som sorlade bland alar och dvärgvide. Strax bredvid huvudbyggnaden fanns en väldig lada som kunde ha tjänat som kyrka, vars fönster och springor tycktes bändas ut av lantgårdens skatter. Den ihärdiga slagan genljöd därifrån morgon som kväll; svalor stimmade kvittrande ut och in vid takfoten; och rader av duvor – vissa med ena ögat vänt mot skyn som för att bevaka vädret, vissa med huvudet under vingen eller begravt i bröstet, och andra uppburrade, kuttrande och bugande sig framför honorna – njöt av solskenet på taknocken. Släta klumpiga gödsvin grymtade i sina fållors lugn och överflöd, från vilka då och då skaror av diande kultingar gjorde utflykter som för att ta sig en nypa luft. En trupp av stolta snögäss guppade i en intilliggande damm och eskorterade hela flottor av ankor; regementen av kalkoner kluckade över stallgården, och pärlhönor klagade över det som retliga hustrur med sitt kinkiga, missnöjda gnällande. Framför ladugårdsdörren kråmade sig den ståtliga tuppen, äkta mäns föredöme, en krigare och fin gentleman, där han slog med sina glänsande vingar och gol med hela sitt hjärtas stolthet och glädje – och sprätte ibland upp jorden med fötterna, för att sedan generöst kalla samman sin ständigt hungriga familj med fru och barn för att njuta den yppiga munsbit han upptäckt.

Lärarens mun vattnade sig när han såg det kostbara löftet om ett praktfullt vinterförråd. För sin hungriga inre syn föreställde han sig de stekta grisarna springa omkring med bukarna fyllda av pudding och med ett äpple i munnen; duvorna bäddades hemtrevligt ner i en skön paj och stoppades om med ett degskal som täcke; gässen simmade i sin egen köttsås, och ankorna parade sig frikostigt i skålar likt omfamnande gifta makar med löksås i en anständig mängd. Från gödsvinen såg han ett duktigt stycke stekt fläsk utskuret liksom en saftig och smakfull skinka; där var inte en kalkon utan att han skådade den läckert uppbunden med krävan under dess vinge, och måhända med ett halsband av aptitliga korvar; och även självaste tuppen såg han ligga utsträckt på rygg som en mellanrätt med uppsträckta klor, som om han åtrådde den nåd som hans ädla själ hade försmått under livet.

Medan den hänryckte Ichabod föreställde sig allt detta och lät sina stora gröna ögon svepa över det frodiga ängslandskapet, de bördiga fälten med vete, råg, bovete och majs och fruktträdgårdarna dignande av röda frukter, som omgav Van Tassels bostad, trånade hans hjärta efter den unga damen som skulle ärva egendomarna, och hans fantasi vandrade iväg med tanken hur de skulle förvandlas till reda pengar, och slantarna investeras i väldiga arealer av obebodd mark och klapperstenspalats i vildmarken. Ja, den livliga föreställningen gjorde till och med verklighet av hans förhoppningar och visade honom den blomstrande Katrina med en hel barnfamilj, tronande på en vagn fullastad av grannlåt för hushållet, med grytor och kastruller hängande under den; och han skådade sig själv sitta grensle över en märr som skrittade med ett sto vid sin sida och begav sig mot Kentucky, Tennessee – eller Gud vet vart!

När han trädde in i huset, var erövringen av hans hjärta fullbordad. Det var ett rymligt lantgårdshus med hög men blygsamt sluttande takås, uppfört i de första holländska nybyggarnas stil; den lågt framskjutande takfoten bildade en veranda längs framsidan med möjlighet att tillslutas vid dåligt väder. Häri hängde slagor, seldon, allehanda jordbruksredskap och fisknät att lägga ut i den närliggande floden. Bänkar hade snickrats upp längs sidorna för att användas under somrarna; och en stor spinnrock vid ena änden och en smörkärna vid andra, visade till vilken nytta den betydelsefulla verandan kunde tjäna till. Från verandan steg den förundrade Ichabod in i hallen, som utmärkte byggnadens mitt och platsen där man vanligen vistades. Här bländades hans ögon av glänsande tennföremål uppradade på ett långt skänkbord. I ett hörn stod en stor säck med bomull i begrepp att bli spunnet; i ett annat en rulle grovt halvlinnetyg direkt från vävstolen; majskorn och torkade äpplen och persikor uppbundna på snören hängde i festliga girlanger längs väggarna, med rödpepparfrukter i en brokig blandning; och en dörr som lämnats på glänt gav honom en skymt av den finaste salongen, där stolar med lejonfötter och mörka mahognybord glänste som speglar; eldställ med åtföljande skovlar och tänger glittrade under höljen med sparrisliknande spetsar. Konstgjorda apelsiner och skal av trumpetsnäckor dekorerade spiselhyllan; snören med olikfärgade fågelägg hade bundits upp över den; ett stort strutsägg hängde i rummets mitt, och ett hörnskåp som menande hade lämnats öppet, prunkade med ofantliga skatter av gammalt silver och sorgfälligt lagat kinaporslin.

Sedan den stund Ichabod fäste blicken på denna fröjdefulla värld, ändades hans sinnesro, och det enda hans tankar rörde sig runt var hur han skulle vinna Van Tassels makalösa dotters tillgivenhet. Företaget innebar hur som helst mer allvarliga svårigheter för honom än vad som i forna dar vanligen föll på en vandrande riddares lott, som sällan hade något annat än raskt övervunna jät-

tar, trollkarlar, elddrakar och liknande fiender att strida mot, och
endast behövde styra stegen genom portar av järn och brons och
väggar av diamanthård sten till slottstornet, där hans hjärtas dam
satt inspärrad, vilket han uträttade lika enkelt som en man skär sig
in till mitten av en plumpudding; och damen lät som en självklar-
het sin hand bli hans. Ichabod, å sin sida, behövde kämpa sig fram
på vägen till en flärdfull lantflicka, omgiven av en godtycklig och
nyckfull labyrint, vilken ständigt avslöjade nya svårigheter och hin-
der; och han hade att drabba samman med en härskara av fiender
av äkta kött och blod: de talrika beundrarna bland lantborna som
bevakade varje port till hennes hjärta och höll ett vaksamt och för-
bittrat öga på varandra, men ändå var redo att i samlad trupp slå
ner varje ny konkurrent.

Den mest fruktansvärde bland dessa var en stadig, bullrig och
högljudd karl vid namn Abraham eller, som den holländska för-
kortningen löd, Brom Van Brunt, en hjälte i trakten som genljöd
av berättelser om hans prov på styrka och djärvhet. Han var bred-
axlad och vig som en akrobat, med kortlockigt svart hår och grova
men inte oangenäma ansiktsdrag som gav ett skiftande intryck av
skämtsamhet och arrogans. På grund av sin herkuliska kropps-
byggnad och stora armstyrka hade han begåvats med smeknamnet
Benhårde Brom, vid vilket han var känd överallt. Han var be-
römd för sina stora kunskaper om och begåvning i hästskötsel och
var lika skicklig på hästryggen som en tatar. Han var den främste
vid alla kapplöpningar och tuppfäktningar; och med den överläg-
senhet som kroppsstyrka alltid belönas med i lantligt liv, dömde
han i alla dispyter, sköt hatten på sned och utdelade sina domar
med en min och ton som inte tillät några genmälen eller vädjan-
den. Han var alltid redo för antingen slagsmål eller upptåg, men
hade mer okynne än illvilja i sin läggning; och i hela hans övermo-
diga och oborstade sätt, fanns i grunden ett starkt drag av
skälmaktigt gott humör. Han hade tre eller fyra välsignade följesla-
gare, som betraktade honom som en förebild och i vars spets han
milsvitt genomsökte trakten på jakt efter bråk eller uppsluppenhet.
I kallt väder utmärkte han sig genom en pälsmössa krönt av en

prålig rävsvans; och när invånarna i en trakt samlade sig och på håll varsnade hans välkända huvudprydnad, där den fladdrade bland en trupp av hårdföra ryttare, var de alltid beredda på bråk. Ibland kunde man höra hans skara komma hojtande förbi lantgårdarna vid midnatt med skrik och tjut likt en av Don Cossacks trupper; och de gamla fröknarna som skrämts ur sin sömn lyssnade en stund tills kalabaliken hade dragit förbi, för att sedan utropa: "Minsann, där försvinner Benhårde Brom och hans gäng!" Grannarna betraktade honom med en blandning av bävan, beundran och välvilja; och när något vildsint upptåg eller lantligt gräl inträffade i grannskapet, skakade de alltid på huvudena och antog att Benhårde Brom låg bakom det hela.

Denne gormande hjälte hade sedan en tid tillbaka sett ut den blomstrande Katrina som föremål för sina klumpiga frierier, och trots att hans kärleksfulla flörtande påminde om en björns försiktiga smekningar och ömhetsbetygelser, viskades det ändå att hon inte helt och hållet avskräckte hans förhoppningar. Säkert är, att hans framgångar signalerade till rivalerna att dra sig tillbaka, och de var inte heller böjda att lägga hinder i vägen för ett lejons kärlekståg; och därför gick alla andra friare gick förbi i förtvivlan när hans häst sågs bunden vid Van Tassels staket om söndagskvällarna (ett säkert tecken på att hans herre uppvaktade eller "sprätte omkring", som man benämner det) och drog sitt korståg i en annan riktning.

Sådan var den fruktansvärde motståndaren som Ichabod Crane hade som mäta sig mot, och tar man allting i beaktande skulle en kraftigare karl än han ha dragit sig från tävlingen, och en visare man skulle ha misströstat. Han ägde hur som helst en lycklig blandning av foglighet och uthållighet i sin natur; han var till kropp och själ en sprattelgubbe – medgörlig men seg. Även om han böjdes, knäcktes han aldrig; och trots att han gav efter under minsta belastning, så – vips! – stod han upprätt i samma stund den var borta, och kunde gå lika rakryggad som någonsin.

Att helt öppet dra i fält mot fienden skulle ha tytt på vansinne, för han var inte en man att gäcka på friarstråt, lika lite som den andre vredgade älskaren, Akilles. Därför gjorde Ichabod sina framstötar på ett lugnt och stillsamt sätt. Under sin täckmantel som sånglärare avlade han ofta visiter i lantgården; inte för att han hade något att befara av beskäftig inblandning från föräldrarna, det som så ofta är en stötesten på kärlekens stig. Balt Van Tassel var en lätt överseende själ; han älskade sin dotter mer än till och med sin pipa, och som den resonable man och utmärkte fader han var, lät han henne ta sitt eget ansvar. Hans anmärkningsvärda lilla fru hade också nog att göra med att sköta sitt hushåll och ta hand om sina fjäderfän; för som hon så klokt hade kommit underfund med, var ankor och gäss fåfänga varelser som måste hållas efter, medan flickor kan ta hand om sig själva. Och medan den upptagna damen flängde genom huset eller snurrade på sin spinnrock vid verandans ena ände, satt sålunda ärlige Balt och rökte sin aftonpipa vid andra och övervakade en liten träkrigares bragder, där den tappert bekämpade vinden på ladans torn beväpnad med ett svärd i varje hand. Under tiden uträttade Ichabod sitt värv med dottern bredvid källan under den stora almen eller flanerade i skymningen i hennes sällskap, den timmen som är så fördelaktig för älskarens vältalighet.

Jag påstår mig inte veta hur en kvinnas hjärta kan bevekas och vinnas. För mig har de alltid varit en gåta och föremål för beundran. Vissa tycks bara ha en svag punkt eller dörr att träda in genom, medan andra har tusen alléer och kan fångas på tusen olika sätt. Det är en stor triumf för begåvningen att vinna de förra, men ett än större prov på stridstalang att vidmakthålla besittningen av de senare, för mannen måste slåss för sin befästning vid minsta dörr och fönster. Mannen som vinner tusen hjärtan i världen är därför berättigad en viss ryktbarhet; men mannen som lyckas härska över en kokett flickas hjärta är sannerligen en hjälte. Säkert är, att detta inte var fallet med den skräckinjagande Benhårde Brom; och från den stund då Ichabod Crane gjorde sina närmanden, svalnade tydligen intresset hos den tidigare: hans häst kunde inte längre ses bunden vid staketet om söndagskvällarna, och en bitter strid uppstod efterhand mellan honom och Sleepy Hollows lärare.

Brom, som ägde ett visst mått av ridderlighet i sin natur, skulle gladeligen ha öppnat fullt krig om saken och i envig gjort upp om anspråken på damen, som seden var bland de högst ordknappa och enkla filosofer vi talar om – forna tiders vandrande riddare; men Ichabod var allt för medveten om fiendens överlägsna styrka för att beträda tornerplatsen mot honom; han hade råkat höra Brom skrävla om att han skulle "vika skolläraren på mitten och placera honom på en hylla i hans egen skola", och han var allt för mycket på sin vakt för att ge honom ett tillfälle. Det fanns något ytterst förargligt i den envisa och principiella fredligheten, som inte gav Brom annat alternativ än att nyttja den fallenhet för lantliga upptåg han hade, och spela ut tölpaktiga skämt på sin rivals bekostnad. Ichabod blev föremål för skojfriska förföljelser från Brom och hans hästburna gäng. De härjade i hans tidigare fridfulla områden, rökte ut hans sånglektioner genom att täppa till skorstenen, bröt sig in i skolhuset om nätterna trots dess respektingivande försegling med vidjegrenen och fönsterstakar och vände allt huller om buller, så att den stackars läraren började tro att traktens alla häxor höll sina sammankomster där. Men vad som var än mer förargligt, var att Brom tog minsta tillfälle till att förlöjliga honom i älskarinnans närvaro, och skaffade en byracka till hund som han lärde att gny på det mest löjeväckande sätt, för att presentera den som Ichabods konkurrent vid undervisningen i psalmsång.

Sålunda fortlöpte saken en tid, utan att på något väsentligt sätt inverka på rivalernas inbördes förhållande. En vacker eftermiddag om hösten tronade Ichabod i tankfull stämning på den ståtliga stolen varifrån han brukade övervakade händelserna i sitt lilla bildningsrike. I sin hand svängde han ett klappträ, den enväldiga maktens spira; bakom tronen vilade rättvisans björkris på tre spikar – en ständig skräck för ondskans förövare – medan man på bordet framför honom kunde skåda diverse förbjudna föremål och tillhyggen som de lata rackarungarna hade ertappats med, såsom halvätna äpplen, luftbössor, snurror, flugfångare och hela skaror av vilda små stridstuppar i papper. Synbarligen hade någon hemsk åtgärd företagits i rättvisans namn, för hans elever var alla flitigt upptagna med sina böcker, eller viskade i smyg över axeln med ett öga på läraren; och en sorts tisslande och tasslande tystnad härskade över skolsalen. Det bröts plötsligt genom att en neger uppenbarade sig i rock och byxor av säckväv, en trasig hatt med rund kulle lik Mercurius mössa, och som placerat sig på ryggen av ett raggigt, ilsket och nedbrutet föl, vilket han tyglade med ett rep i form av en halssnara. Han klapprade upp till skoldörren med en inbjudan till Ichabod om att delta i en fest eller symöte, som hölls den aftonen hos *Mynheer* Van Tassel; och när han hade levererat sitt meddelande med den viktiga min och försök till fint språk som negrer har en benägenhet för vid så ringa beskickningar, hoppade han över bäcken och sågs galoppera igenom dalen, uppfylld av vikten och brådskan i sin uppgift.

I den tidigare lugna skolsalen rådde nu ett flängande och larmande. Eleverna hastade sig igenom läxorna utan att hejda sig av bagateller; de som var flinka hoppade över hälften utan bestraffning, och de som var saktmodiga fick sig då och då en klatsch utdelad för att mana på dem eller hjälpa dem över ett långt ord. Böcker slängdes åt sidan utan att sättas upp på hyllorna, bläckhorn vältes, bänkar kastades omkull och hela klassen släpptes fri en timme innan den brukade sluta, störtade iväg som en skara smådjävlar, tjöt och stojade över ängen i glädje över sin tidiga befrielse.

Den tappre Ichabod tillbringade nu åtminstone en extra halvtimme vid sitt toalettbord, borstade och piffade upp sin bästa – och visserligen enda – kostym i blänkande svart, och ordnade sina hårlockar med hjälp av en skärva från en spegel i skolhuset. Eftersom han borde visa sig som en äkta kavaljer för sin älskarinna, lånade han en häst från bonden han för tillfället var inhyst hos, en kolerisk gammal holländare vid namn Hans Van Ripper, och ståtligt placerad i sadeln red han sålunda ut lik en riddare på jakt efter äventyr. Men som sig bör i en sann romantisk berättelse, skall jag beskriva utseendet och utrustningen hos min hjälte och hans springare. Djuret han grenslade var en nedbruten ploghäst, som hade överlevt nästan allting utom sin illvilja. Han var avtärd och raggig med en fårliknande nacke och ett huvud som en slägga; hans glänsande man och svans var trassliga och knottriga av kardborrar; ena ögat hade förlorat sin pupill och stirrade kusligt, medan det andra bar en glimt i sig som från en äkta djävul. Skulle man döma efter namnet han bar, Krutdurken, måste han också ha ägt eld och djärvhet i forna dar. Hans härskare, den koleriske och vildsinte ryttaren Van Ripper, hade också hållit honom som sin favoritspringare, och högst troligt skänkt djuret något av sin egen läggning; för ehuru han såg gammal och nedbruten ut, fanns det mer lurande ondska i honom än i något ungt sto i trakten.

Ichabod var en lämplig figur för en sådan springare. Han red med stigbyglarna i korta remmar, vilka böjde upp hans knän nästan till sadelknappen, och hans trubbiga armbågar stack ut som hos gräshoppor; han höll piskan vinkelrätt i handen likt en spira, och medan hästen lunkade iväg var hans armrörelser inte olika flaxandet från ett par vingar. En liten bomullshatt vilade på hans näsrygg, för så kunde den ringa del som var hans panna kallas, och skörten på hans svarta rock fladdrade ut nästan till hästsvansen. Sådan var Ichabods och hans springares uppenbarelse när de lufsade ut genom Hans Van Rippers grind, och på det hela taget var det en syn man sällan skådar i fullt dagsljus.

Det var, som jag sade, en vacker höstdag; himlen var klar och fridfull, och naturen klädd i den rika och gyllene dräkt som alltid får oss att tänka på rikedom. Skogen hade diskret iklätt sig bruna och gyllene färger, medan vissa träd av den mer ömtåliga sorten hade blivit frostbitna till praktfullt orange, purpur och rött. Flygande streck av vildankor började visa sig högt på himlen; ekorrens smackande kunde höras från bokarnas och valnötsträdens dungar, och från och till vaktelns tankfulla visslandet från stubbåkern.

Småfåglarna höll sina avskedsbanketter. Godtyckligt i festens yra bland överflödet och alla valmöjligheter omkring dem flaxade, kvittrade och hoppade de från buske till buske i flockar om tre. Där var den renhårige rödhakesångaren, pojkjägarnas favoritbyte, med dess ljudliga klagande, och de kvittrande koltrastarna som flög i svarta moln, och hackspettarna med sina gyllene vingar och röda hårtofs, deras breda svarta fläck och utsökta fjäderbeklädnad; och gröngölingen med de röda vingspetsarna och de gula ändarna på stjärtfjädrarna och sina små jaktmössor av fjädrar; och de blåa skrikorna, dessa fåfänga narrar till gaphalsar, i sina glatt ljusblåa rockar och vita underkläder, skrikande och snattrande, nickande och knyckande och bugande sig, och låtsades stå på god fot med alla sångare i dungen.

Medan Ichabod långsamt lunkade sin väg, vandrade hans ögon – alltid öppna för varje tecken på matnyttigt överflöd – med förtjusning över höstens festliga skatter. På alla sidor mötte honom väldiga samlingar av äpplen; vissa som hängde i bräddfull rikedom på träden, vissa samlade i korgar och tunnor för marknaden, andra upplastade i kostliga högar till ciderpressen. Längre fram skådade han väldiga majsfält där dess gyllene korn kikade fram under sina bladiga skydd med löften om kakor och majsgröt, och de gula pumporna som vilade under dem med sina präktiga runda magar vända upp mot solen och gav frikostiga utsikter till praktfulla pajer; och så snart han passerade de ljuvliga bovetefälten som doftade bikupor och skådade dem, smög sig milda förväntningar in i hans tankar om läckra pannkakor med mycket smör, och garnerade med honung eller sirap av Katrina Van Tassels utsökta lilla hand med gropar vid knogarna.

Medan han sålunda utfodrade sin fantasi med många sköna tankar och angenäma antaganden, färdades han längs en rad kullar, som blickade ut över en av den mäktiga Hudsonflodens behagligaste scener. Efterhand rullade solen ner sin stora skiva i väster. Tappan Zees vidsträckta famn låg orörlig och blank, förutom att en stilla vågrörelse här och var vaggade och förlängde det avlägsna bergets blåa skugga. Ett fåtal ambrafärgade moln svävade i skyn utan att vidröras av en vindfläkt. Horisonten skiftade i en fin gyllene ton, som efterhand förvandlades till rent äppelgrön, och därifrån till det blånande djupet i himlavalvets mitt. En sned stråle dröjde sig kvar på brantens skogklädda krön, som lutade sig över delar av floden och skänkte större djup åt de klippiga sidornas mörkgråa och purpuraktiga färg. En slup drev i fjärran och närmade sig sakta med tidvattnet; hennes segel hänge lediga vid masten; och medan speglingen av skyn glimmade över det stilla vattnet, tycktes det som om fartyget svävade i luften.

Det var fram mot aftonen som Ichabod anlände till Heer Van Tassels borg, vilken han fann fylld till bredden av allt vad den omgivande traktens kunde skänka av stolthet och skönhet. Gamla lantbrukare, ett magert släkte med ansikten som av läder, i hemsydda rockar och byxor, blå sockor, stora skor och magnifika tennspännen. Deras muntra, vissna små fruar i trånga krusade hättor, kjortlar med långa liv, hemsydda underklänningar med saxar och nåldynor och lustiga fickor i kattun som satt på utsidan. Frodiga unga flickor, nästan lika åldrade som sina mödrar, förutom när en stråhatt, ett vackert band eller kanske en vit klänning tydde på inspiration från storstaden. Sönerna i korta rockar med korta skört och rader av häpnadsväckande bronsknappar och håret alltid knutet i nackfläta enligt tidens mode, i synnerhet om de för syftet kunde anskaffa ett ålskinn, vilka över hela trakten ansågs kunna nära och styrka håret på ett kraftfullt sätt.

Benhårde Brom var hur som helst scenens hjälte, när han kommit till samlingsplatsen på sin favoritspringare Våghalsen, ett djur som likt han själv var fullt av mod och okynne, och vilket ingen utom han själv kunde tygla. Han var i själva verket bemärkt för att föredra bångstyriga djur, hängivna allehanda knep som höll ryttaren i ständig skräck för att bryta nacken, för han ansåg att en medgörlig och vältämjd häst var ovärdig en riktig karl.

Gärna skulle jag uppehålla mig vid den värld av behag som trängde sig i min hjältes hänförda blick, när han beträdde salongen i Van Tassels ståtliga residens. Inte sällskapet av frodiga unga flickor som praktfullt stoltserade i rött och vitt; utan det rikliga behaget hos ett äkta holländskt tebord på landsbygden under höstens överdådiga tid. Rågade fat med kakor av allehanda och närmast obeskrivliga sorter, endast bekanta för de erfarna holländska husmödrarna! Där fanns präktiga munkar, spröda rån och frasiga och smuliga klenäter; söta kakor och möra kakor, kakor med ingefära och kakor med honung, och alla andra sorters kakor. Och sedan fanns där äppelpajer och persikopajer och pumpapajer bredvid skivor av skinka och rökt biff; och vidare behagliga skålar med inlagda plommon och persikor och päron och kvitten; för att nu inte nämna stekt sill och rostad kyckling, tillsammans med skålar av mjölk och grädde, allt blandat huller om buller på ungefär samma sätt jag har räknat upp dem på, med den moderliga tekannan som

puffade upp sina ångmoln i mitten – himmelen må välsigna känne-
tecknet! Jag behöver tid för att hämta andan och kunna utvärdera
denna bankett såsom den förtjänar, och är allt för angelägen om
att fortsätta min historia. Lyckligtvis hade Ichabod Crane inte lika
bråttom som nedtecknaren av hans öde, utan gjorde utmärkt rätt-
visa åt varje läckerbit.

Han var en vänlig och tacksam varelse vars hjärta växte i takt
med att kråset fylldes av matens fröjder, och vars humör steg
medan han åt, såsom händer hos vissa människor när de dricker.
Han kunde inte heller hindra sina stora ögon från att vandra om-
kring medan han åt och skrockade vid möjligheten att han en
vacker dag kunde bli herre över hela denna scen av närmast obe-
gripligt överflöd och glans. Så snart han vänt ryggen åt den gamla
skolbyggnaden, tänkte han, kunde han knäppa sina fingrar i Hans
Van Rippers och alla andra snåla beskyddares ansikten, och sparka
varje kringvandrande lärare genom dörren bara de understod sig
att kalla honom kamrat!

Gamle Balthus Van Tassel rörde sig bland sina gäster med ett
ansikte som var brett av belåtenhet och godmodighet, runt och
glatt som månen vid skördetid. Den gästfria uppmärksamheten
han utdelade var kortfattad men uttrycksfull, begränsad till en
handskakning, en klapp på axeln, ett ljudligt skratt och en angelä-
gen uppmaning om att "hugga in och ta för sig".

Och nu kallade musiken från sällskapsrummet eller salen upp
till dans. Musikern var en gammal neger med grått huvud, som
hade varit grannskapets kringvandrande orkester under mer än ett
halvt sekel. Hans instrument var lika gammalt och slitet som han
själv. Större delen av tiden gned han två eller tre strängar och
följde stråkens alla rörelser med huvudet i en åtbörd; bugade sig
nästan till golvet och stampade alltid med foten när ett nytt par
skulle börja.

Ichabod yvdes över sin begåvning på dansgolvet lika mycket
som han gjorde det som sångare. Inte en lem, inte en muskelfiber
hos honom vilade; och hade du sett hans löst sammansatta kropps-
byggnad i full rörelse där den klapprande genom rummet, skulle
du trott att självaste S:t Vitus – dansens välsignade skyddshelgon

– visade sig framför dig i egen person. Han avgudades av negrerna i alla åldrar och storlekar, som hade strömmat till från lantgården och grannskapet och formade pyramider av glänsande svarta ansikten i alla dörrar och fönster. De stirrade med förtjusning på scenen, rullade sina vita ögon och visade grinande upp pärlband av elfenben från öra till öra. Hur kunde mannen som pryglade rackarungar bli annat än upplivad och glättig? Hans moatjé i dansen var hans hjärtas dam som log artigt som svar på hans kärleksfulla flirtar, medan Benhårde Brom – smärtsamt drabbad av kärlek och svartsjuka – satt och ruvade för sig själv i ett hörn.

När dansen nådde sitt slut, drog sig Ichabod tillbaka till klungan av klokare folk, som tillsammans med gamle Van Tassel satt och rökte vid verandans ena ände medan de skvallrade om gångna tider, och delgav varandra långa berättelser om kriget. Grannskapet var vid tiden jag talar om en av alla högt värderade platser som överflödar av krönikor och stora män. Den brittiska och amerikanska fronten hade nått fram hit under kriget; det hade därför blivit skådeplats för plundringar och bemängt av flyktingar, cowboys och alla sorters gränsfejder. Tillräcklig mycket tid hade förflutit för att kunna tillåta berättarna att klä sina historier i en smula passande dikt, och bland hågkomsternas oklarheter göra sig själva till hjältar i varje tydlighet.

Där var historien om Doffue Martling, en stor holländare med blått skägg, som från ett lerigt bröstvärn nära nog hade överraskat en brittisk fregatt med en gammal niopundare, om hans skjutvapen bara inte hade exploderat vid sjätte skottet. Och där var en gammal gentleman som skall förbli namnlös, när han nu var en allt för rik *mynheer* för att omnämnas lättsinnigt, vilken i slaget om White Plains var en överlägsen försvarsmästare, som parerade en muskötkula med sin värja, så att han formligen kände den susa runt bladet och studsa bort vid fattningen; och för att bevisa det var han alltid beredd att visa upp svärdet, med fattningen en smula böjd. Där var flera andra som på liknande sätt hade varit storslagna på fältet; ingen av dem saknade övertygelsen om att han hade gett ett betydande bidrag till krigets lyckliga utgång.

Men allt detta var intet mot de sägner om spöken och uppenbarelser som följde. Trakten är rik på den sortens legendariska skatter. Lokala sägner och vidskepelse trivs bäst i sådana skyddade, sedan länge bebodda fristäder, men trampas ner av det skiftande myller som utgör befolkningen i de flesta orter i vårt land. Å andra sidan uppmuntrar de flesta av våra byar inte spöken, för de har knappast hunnit vakna ur sin första slummer och vända sig i gravarna, innan deras efterlevande har flyttat ifrån trakten; så när de ger sig ut om natten för att vandra sin runda, har de ingen umgängeskrets att sätta sig i förbindelse med. Det är måhända anledningen till varför vi så sällan hör talas om spöken, förutom i våra hävdvunna holländska kolonier.

Hur som helst var den direkta anledningen till de övernaturliga historiernas mångtalighet i trakten, utan tvekan närheten till Sleepy Hollow. Det fanns en smitta i själva luften som blåste från den hemsökta bygden. Den andades ut en atmosfär av drömmar och inbillningar som infekterade hela trakten. Många av Sleepy Hollows invånare närvarade hos Van Tassel, och som alltid delgav de varandra sina vilda och underbara legender. Många dystra sägner berättades om gravtåg och klagorop och jämmer som hörts och synts vid det stora trädet som växte i närheten, där den olycklige major Andre blev tillfångatagen. Vita frun som hemsökte den mörka dälden vid Raven Rock omnämndes också, och hon hördes ofta skrika om vinternätter innan stormar blåste upp, sedan hon omkommit där i snön. Huvuddelen av berättelserna rörde sig hur som helst runt Sleepy Hollows favoritgengångare, Den huvudlöse ryttaren, som man flera gånger hade hört den senaste tiden då han patrullerat genom trakten och varje natt bundit sin häst bland kyrkogårdens gravar, som man sade.

Kyrkans ensliga läge tycks ha gjort den till en hemsökt plats framför andra för osaliga andar. Den vilar på en rund kulle omgiven av akacior, träd och ståtliga almar, mellan vilka dess anständiga, vitkalkade väggar skimrar anspråkslöst likt kristendomens renhet genomstrålar ett avhållsamt levernes mörker. Från den sträcker sig en mjuk sluttning ner till en vattensamling vars silveryta kantas av höga träd, som Hudsonflodens blåa kullar kan skymtas mellan. Betraktar man dess gräsbevuxna inhägnad där solstrålarna tycks slumra så stilla, kan man tro att det är en plats där åtminstone de döda borde vila i frid. Från en av kyrkans sidor utbreder sig en vid trädbevuxen däld, genom vilken en stor bäck forsar bland brutna klippblock och stammar av nedfallna träd. Över en djup och mörk del av strömmen inte långt från kyrkan, var förr en träbro byggd; vägen som ledde dit och bron i sig låg i djup skugga under överhängande träd, vilka sänkte sitt dystra mörker över den även under dagtid men skapade ett skräckinjagande mörker om nätterna. Se tedde sig en av de platser som Den huvudlöse ryttaren föredrog att hemsöka, och där man oftast mötte honom. Gamle Brouwer, som på sitt i högsta grad kätterska sätt tvivlade på spöken, berättade hur han mötte Ryttaren som återvände från sin räd i Sleepy Hollow och tvingades att ta plats bakom honom; hur de galopperade över stock och sten och kullar och träsk tills de nådde bron, då Ryttaren plötsligt förvandlades till ett skelett, kastade gamle Brouwer i bäcken och rusade iväg över trädtopparna med en åskknall.

Benhårde Brom bemötte genast historien med ett tre gånger mer sällsamt äventyr, om hur han hade slagit Den galopperande hessaren ur brädet likt en fullfjädrad jockey. Han försäkrade att han en natt då han återvände från byn i närheten av Sing Sing, hade blivit överraskad av midnattskavalleristen, att han hade erbjudit honom en kapplöpning med en punschbål som vinst – och skulle vunnit den också, eftersom Våghalsen lade trollhästen bakom sig genom hela dalen; men just när de nådde kyrkbron, skenade hessaren och försvann i ett blixtsken.

Alla dessa historier, berättade med den lågmälda och dåsiga röst som människor använder i mörkret medan åhörarnas ansikten bara emellanåt lyses upp av en pipas glöd, sjönk djupt in i Ichabods hjärta. Han återgäldade dem genom långa citat från den ovärderlige författaren Cotton Mather och tillade många sällsamma händelser som hade utspelat sig i hans födelsestat Connecticut, och de hemska syner han hade skådat under sina nattliga vandringar runt Sleepy Hollow.

Festen bröt nu omsider upp. De gamla bönderna samlade sina familjer i vagnarna och hördes för en stund rassla bort på dalens vägar och över de avlägsna kullarna. Vissa unga damer tronade i sadeln bakom sina favoriter bland bondpojkarna, och deras glättiga skratt tillsammans med hovarnas klapper ekade över skogslandskapet, hördes svagare och svagare tills det efterhand dog ut; och den sista antydningen av skratt och festlighet hade tystnat och försvunnit i ödsligheten. Endast Ichabod dröjde sig kvar för en *tête-à-tête* med arvtagerskan, fullt övertygad om att han nu vandrade på vägen mot lyckan. Vad som avhandlades under samtalet vill jag inte försöka omtala, för faktum är att jag inte vet det. Hur som helst är jag rädd att något måste ha blivit fel, eftersom han förvisso störtade iväg en kort stund senare på ett ganska bedrövat och slokörat sätt. Å, dessa kvinnor – dessa kvinnor! Kan flickan ha spelat ut ett av sina koketta knep? Hade hon måhända bara uppmuntrat den stackars läraren i ett skådespel som skulle säkra hennes erövring av hans rival? Endast himlen vet, inte jag! Låt det vara nog att säga, att Ichabod smög sig bort likt någon som hade plundrat ett hönshus, snarare än stulit en fin dams hjärta. Utan att titta till höger eller vänster för att skåda den lantliga rikedom som han så ofta hade stirrat på, gick han raka vägen till stallet, och medelst många innerliga daskar och sparkar fick han mycket ovänligt upp sin springare från det sköna hörn där den ljudligt hade sovit och drömt om berg av majs och havre, och dalar fyllda med timotej och klöver.

Det var under nattens trolska timme som Ichabod med tungt och modstulet hjärta styrde sin resa hemåt, längs de ståtliga kullarna som reser sig över Tarry Town och vilka han i sådan munter sinnesstämning hade passerat under eftermiddagen. Timmen var lika dyster som han själv. Långt under honom bredde den ödsliga Tappan Zee ut sitt mörka och dunkla vatten med långa master här och var, där slupar vaggade stilla för ankar nära land. I den döda midnattstimmens tystnad kunde han även höra vakthundens skall från Hudsonflodens motsatta strand; men det var så vagt och tyst att det endast skänkte känslan av att han skiljts från människornas trogna gemenskap. Då och då kunde också det långt utdragna galandet från en tupp höras då den av misstag vaknat, långt bortifrån någon lantgård bland kullarna – men för hans öron var det likt något han hörde i en dröm. Inga tecken till liv visade sig i hans närhet, men emellanåt hördes det melankoliska gnisslandet från en syrsa, eller måhända det gutturala kväkandet från en oxgroda i ett närliggande kärr, som om den sov obekvämt och plötsligt vände sig i bädden.

Alla sägner om spöken och troll som han mindes från eftermiddagen trängde sig nu på honom. Natten blev mörkare och mörkare, stjärnorna tycktes sjunka djupare in i himlen, och drivande moln skymde dem stundvis för hans syn. Han hade aldrig känt sig så ensam och dyster. Därtill närmade han sig just de platser där många av spökhistorierna hade utspelat sig. I vägens mitt stod ett enormt tulpanträd, vilket tornade upp sig likt en jätte över alla andra träd i omgivningen och utgjorde ett sorts kännemärke. Dess grenar var knotiga och sällsamma, omfångsrika nog att utgöra stammarna på vanliga träd och slingrade sig ner nästan till marken för att åter resa sig upp i luften. Det var förbundet med olycklige Andres tragiska historia, han som hade tagits till fånga strax bredvid, och var allmänt känt under namnet "Major Andres träd". Gemene man förhöll sig till det med en blandning av aktning och vidskepelse, delvis i sympati med mannen vars öde hade namngivit det, och delvis på grund av historierna om märkliga syner och sorgsen veklagan som berättades om det.

När Ichabod nalkades det skräckinjagande trädet, började han vissla. Han tyckte att visslandet blev besvarat; det var endast en vindstöt som svepte genom de torra grenarna. När han kom ännu ett stycke närmare, trodde han sig skymta något vitt som hängde i trädets mitt. Han hejdade sig en stund och lät sitt visslande tystna, men när han tittade närmare kunde han avgöra att det endast var en fläck där trädet hade skadats av blixten och blottlagt de vita fibrerna. Med ens hörde han ett knakande – hans tänder hackade och hans knän slog mot sadeln: det var endast en väldig gren som skrapade mot en annan, när den rördes av brisen. Han passerade trädet i säkerhet, men nya faror väntade honom.

Omkring två hundra meter från trädet korsades vägen av en liten bäck som rann in i en sumpig och tätt trädbevuxen däld, känd under namnet Wileys träsk. Några få grova stockar som lagts sida vid sida tjänade som bro över strömmen. På den sida av vägen där bäcken nådde skogen växte en samling ekar och kastanjeträd som var snåriga av vildvinsrankor och kastade en grottlik skugga över den. Att ta sig över bron var en hård prövning. Det var just här som den olycklige Andre togs till fånga, och här han överraskades av kavalleristerna som dolde sig under kastenjeträden och rankorna. Vattendraget har allt sedan dess betraktats som hemsökt; och skräckfyllda känslor uppfyller skolpojkarna när de ensamma måste ta sig över den i mörkret.

När han nalkades strömmen, började hans hjärta banka. Han uppammade ändå all sin beslutsamhet, gav hästen halvannat tjog sparkar på revbenen och beredde sig att friskt störta över bron; men istället för att sätta av framåt, gjorde det förvända gamla kräket en rörelse åt sidan och satte av i riktning mot en gärdsgård. Ichabod, vars skräck växte med dröjsmålet, drog tygeln åt andra sidan och sparkade energiskt med den motsatta foten, men allt var lönlöst; hans springare ryckte till, det är sant, men endast för att kasta sig över till vägens andra sida in i ett snår av björnbär och albuskar. Skolläraren nyttjade nu både piskan och hälen på gamle Krutdurkens svältmärkta revben, och hästen störtade framåt, snörvlande och frustande, men hejdade sig strax innan bron med en tvärhet som nästan kastade ryttaren över hans huvud med sprattlande armar och ben. I samma stund uppfattade Ichabods känsliga öron ett vått trampande vid brons sida. I dungarnas mörka skuggor vid bäckens sida, varsnade han något stort och vanskapt som tornade upp sig. Det rörde sig inte, men tycktes samla sig i den mörka dysterheten som vore det ett gigantiskt monster i begrepp att kasta sig över den resande.

Den skräckslagne lärarens hår ställde sig på ända i fasa. Vad fanns att göra? Att vända om och fly var för sent; och å andra sidan, vilken möjlighet hade han att undkomma om det var ett spöke eller troll som kunde rida på vindens vingar? När han således uppammade ett sken av mod, befallde han det med stammande röst: ”Vem är du?” Han fick inget svar. Han upprepade sin befallning i en än mer upprörd stämma. Även nu uteblev svaret.

Ännu en gång pryglade han den stela Krutdurkens sidor, slöt ögonen och brast med oavsiktlig iver ut i en psalm. I samma stund rörde sig det skugglika föremålet för hans fasa, och efter klättring och språng stod det med ens i vägens mitt. Även om natten var mörk och dunkel, kunde han i viss mån urskilja den okändes gestalt. Det visade sig vara en ovanligt storvuxen ryttare som satt i sadeln på en svart och robust byggd häst. Han gjorde inga försök att ofreda eller ta kontakt, höll sig på sin väghalva och lunkade fram på gamle Krutdurkens blinda sida, och den gamla hästen hade nu kommit över sin rädsla och nyckfullhet.

Ichabod, som inte kände sig väl till mods med sin sällsamma midnattsföljeslagare, och som påminde sig själv om Benhårde Broms äventyr med Den galopperande hessaren, skyndade nu på sin springare i hopp om att lämna honom bakom sig. Främlingen ökade också hastigheten på sin häst i motsvarande takt. Ichabod hejdade sig och övergick till skritt i tanken att sacka efter – den andre gjorde detsamma. Hans mod började sjunka i bröstet; han försökte åter sjunga på psalmen, men hans torra tunga klibbade fast vid gommen, och han kunde inte få ur sig en strof. Det fanns något mystiskt och förfärande i den ihärdige följeslagarens missmodiga, enträgna tystnad. Snart fick det sin förklaring. När de tagit sig uppför en backe där medresenärens siluett kom att framträda mot skyn – gigantiskt hög och omsvept av en mantel – slogs Ichabod av fasa när han märkte att han var huvudlös! Men hans skräck blev än värre när han såg att huvudet som borde ha vilat på axlarna, satt fast på sadelknappen framför honom! Hans skräck övergick i desperation; han gav Krutdurken en skur av sparkar och slag och hoppades att undkomma följeslagaren genom en hastig rörelse; men gengångaren satte iväg i full karriär efter honom. Iväg störtade de således som ler och långhalm – stenar sprätte iväg och gnistor sprakade vid varje språng. Ichabods tunna kläder fladdrade i luften när han i flyktens hets sträckte sin långa gängliga kropp över hästens huvud.

De hade nu nått vägen som tar av mot Sleepy Hollow; men Krutdurken – som tycktes vara besatt av en demon – svängde åt motsatta hållet och störtade sig huvudstupa ner för kullen till vän-

ster. Denna väg leder genom en sandig dal som skuggas av träd i
omkring en kvarts kilometer, där den sedan korsar trollsägnernas
berömda bro; och strax bortom höjer sig den gröna kullen på vil-
ken den vitkalkade kyrkan står.

Så snart springarens panik hade skänkt hans obegåvade ryttare
ett tydligt försprång i jakten, och just när de nått halvvägs genom
dalen, gav sadelgjorden efter och han kände sadeln glida under
honom. Han grep tag om knappen och bemödade sig att hålla un-
derlaget på plats, men det var lönlöst; och han hade bara tid till att
rädda sig genom att gripa gamle Krutdurken om halsen innan sa-
deln föll till marken, där han hörde den trampas under förföljarens
hovar. Skräcken för Hans Van Rippers vrede flög för ett ögonblick
genom hans tankar, eftersom det var hans söndagssadel, men nu
var inte läge för futtiga rädslor; trolltyget var honom tätt i hälarna,
och han hade fullt bestyr med att hålla sig kvar på plats – som den
obegåvade ryttare han var! Ibland gled han åt ena sidan, ibland åt
andra, och stundvis skuttade han på hästens spetsiga ryggkotor
med en våldsamhet som gjorde honom rädd att klyvas mitt itu.

En öppning bland träden uppmuntrade honom med förhopp-
ningen att kyrkbron fanns inom räckhåll. Den skälvande speglin-
gen av en silverstjärna i bäckens djup sade honom att han inte
misstagit sig. Han såg kyrkans väggar lysa matt under träden. Han
mindes stället där Benhårde Broms kuslige medtävlare hade för-
svunnit. "Om jag bara kan nå bron", tänkte Ichabod, "är jag räd-
dad". I samma stund hörde han den svarta springaren flåsa och
flämta strax bakom honom; han inbillade sig till och med att han
kände dess heta andedräkt. Efter ännu en krampaktig spark rusade
Krutdurken upp på bron – han brakade över de dånande plan-
korna – han nådde andra sidan – och nu kastade Ichabod ett öga
bakom sig för att se om förföljaren skulle försvinna i en eldblixt
och bland osande svavel, som seden bjöd. I samma stund såg han
trolltyget resa sig i stigbyglarna i avsikt att slunga sitt huvud mot
honom. Ichabod försökte undvika den hemska projektilen, men
för sent. Den nådde hans skalle med ett fruktansvärt brak. Han föll
handlöst i vägdammet, och Krutdurken, den svarta springaren och
gengångsryttaren passerade honom som en virvelvind.

Nästa morgon hittades den gamla hästen utan sin sadel och med betseln kring hovarna, där den lugnt betade i gräset vid sin herres grind. Ichabod visade sig inte vid frukost; lunchtimmen kom, men ingen Ichabod. Pojkarna sammanträdde i skolhuset och strövade sedan fåfängt längs bäckens sidor, men ingen lärare. Hans Van Ripper började nu känna en viss oro över stackars Ichabods – och sin sadels – öde. En undersökning sattes i stånd, och efter mycket flit fann de spåren efter honom. Vid vägen som ledde till kyrkan fann man på ett ställe sadeln som trampats ner i smutsen och de djupa avtrycken efter hästhovar som tydligen hade satt av i rasande fart mot bron; och bortom den vid en utvidgning av bäcken där vattnet flöt djupt och svart, återfanns den olycklige Ichabods hatt, strax bredvid en krossad pumpa.

Bäcken söktes igenom, men skollärarens kropp kunde inte hittas. Som god man över sin egendom, undersökte Hans Van Ripper knytet med alla hans världsliga ägodelar. De bestod av två och en halv skjorta, två halsdukar, ett eller två par yllesockor, ett par gamla yllebyxor, en rostig rakkniv, en psalmbok full av vikta flikar och en avbruten beckpipa. Vad gällde böckerna och inredningen i skolhuset var det egendom som tillhörde församlingen, förutom Cotton Mathers historik över trolldom, en almanacka för New England och böcker om drömtydning och spådomskonst. I den senare låg ett skrivpapper, som hade klottrats och fläckats i fruktlösa försök att skriva av verser till arvtagerskan Katrinas ära. De magiska böckerna och det poetiska klottret offrades till lågorna av Hans Van Ripper, vilken från den stunden och framöver beslöt att inte längre skicka sina barn till skolan, med påpekandet att han aldrig sett något gott följa av läsning och skrivande. Vilka pengar läraren än ägde – och han hade mottagit sin kvartalspenning bara en dag eller två tidigare – måste han ha haft dem i fickan vid tiden för sitt försvinnande.

Följande söndag orsakade den mystiska händelsen många spekulationer i kyrkan. Klungor av gloende och skvallrande människor samlade sig på kyrkogården, vid bron och på platsen där hatten och pumpan hade upptäckts. Historierna om Brouwer, Benhårde Brom och en lång rad andra återkallades i minnet; och när de ivrigt hade beaktat dem alla och jämfört dem med det som kännetecknade ifrågavarande fall, skakade de sina huvuden och drog slutsatsen att Ichabod hade rövats bort av Den galopperande hessaren. Då han var ungkarl och inte stod i skuld till någon, bekymrade man sig inte mer om honom; skolan förflyttades till en annan del av dalen och en ny lärare regerade i hans ställe.

Det är sant att en gammal bonde, som hade rest ner till New York på besök flera år efteråt – och från vilken redogörelsen för detta kusliga äventyr härstammar – förde med sig underrättelsen hem att Ichabod Crane fortfarande var i livet; att han hade lämnat trakten delvis av rädsla för trolltyget och Hans Van Ripper, och delvis på grund av förödmjukelsen i det plötsliga avvisandet från arvtagerskan; att han bosatt sig på annan ort i en avlägsen del av landet; hade undervisat och studerat juridik sida vid sida; hade fått plats i domstolen; blivit politiker; hade börjat agitera; skrivit för tidningarna – och slutligen blivit domare. Man lade också märke till att Benhårde Brom, som i triumf förde den blomstrande Katrina fram till altaret strax efter rivalens försvinnande, såg utomordentligt menande ut varje gång historien om Ichabod återgavs, och alltid brast ut i ett hjärtligt skratt när pumpan nämndes; vilket hos en del föranledde misstanken att han visste mer om saken än han valde att berätta.

Hur som helst vidhåller de gamla lantfruarna, som i dessa frågor är de främsta domarna, ännu till denna dag att Ichabod trollades bort genom övernaturliga medel, vilket är en favorithistoria som ofta berättas runt vinterbrasorna i trakten. Bron blev mer än någonsin föremål för vidskeplig fruktan, och det är måhända anledningen till att vägen på senare år har fått en annan sträckning, så att den nu når kyrkan från kanten av kvarndammen. Det övergivna skolhuset började snart förfalla och omtalades vara hemsökt av den olycklige lärarens spöke; och pojkarna som släntrar hem från plöjningen under stilla sommarkvällar, tycker sig ofta höra hans röst i fjärran, där den mässar en melankolisk psalm i Sleepy Hollows lugna enslighet.

The Legend of Sleepy Hollow
Övers. Rickard Berghorn

Presentationer

Alvis är pseudonym för **Per Alvsten** (född 1967), medlem i scenpoesigruppen ONT och för tillfället svensk lagmästare i Poetry Slam. Som poet har han samarbetat med Pelle Ossler, musiker i Wilmer X. Han är arrangör i föreningen Ord på Scen.

Rickard Berghorn (född 1972) är skribent, bokutgivare och redaktör för tidskriften *Minotauren*. Han skriver noveller och artiklar för olika publikationer, samt radiopjäser för Sveriges Radio P3. Novellen *Svartsjukan* sändes med framgång som radiopjäs vid julen 2002.

Ambrose Bierce (1842-1914?) kan sägas vara Edgar Allan Poes direkta arvtagare. Språk, stämningar och den litterära experimentlustan känns igen från föregångaren. Från Poe vidareutvecklade han även den psykologiska skräckskildringen. Helt hans eget är cynismen, den kompakta svartsynen, ironin och den särpräglade humorn. Hans mest välkända verk är antagligen *The Devil's Dictionary*, en satirisk och ofta citerad uppslagsbok där Bierce ger sina högst personliga definitioner på ord och begrepp. Som journalist reste Bierce till Mexico för att skildra inbördeskriget och försvann spårlöst. Carlos Fuentes roman *Den gamle gringon* har Bierce i titelrollen och ger en fiktiv skildring av hans sista månader.

Bernard Capes (1854-1918) är ihågkommen för sin märkliga deckare *The Skeleton Key*, en "minor classic" i genren. Som skräckförfattare var han dock bortglömd fram till slutet av 1970-talet. Capes är mer intressant för sina idéer och det känslomässiga djupet i sina noveller än för litterära kvaliteter. Han kunde berätta historier om varulvar i Rödluvan och Vargen-tappning, om hemsökta skrivmaskiner och ett vattenfall som formar en perfekt lins och avslöjar månen som de förtappade själarnas land. Hans huvudpersoner blir gärna sinnessjuka eller psykiskt störda sedan skräcken uppenbarat sig för dem.

Pål Eggert (född 1968) är bekant genom sin gotiska fantasyroman *Ars Moriendi – konsten att dö* (1998), där han demonstrerar att fantasy minst av allt måste gå i Tolkiens upptrampade fotspår. Förutom att vara en nytolkning av S:t Georg-myten, är det i första hand en psykologisk skildring av jungfrun Ariettes kval i väntan på att offras till draken. Han är även kritiker och skriver en bokspalt i *Minotauren*.

Mattias Fyhr (född 1970) är artikel- och novellförfattare, medredaktör på tidskriften *Minotauren* och doktorand i litteraturvetenskap vid Stockholms universitet. Hans doktorsavhandling om "gotiska inslag i nutida svensk prosa" ligger färdig under 2003 och planeras att utges av Ellerströms förlag.

Ola Hansson (1860-1925) hade liksom Ambrose Bierce sin viktigaste förebild i Edgar Allan Poe; som vän till August Strindberg lyckades han också göra honom djupt intresserad av Poe. En av Ola Hanssons Poe-inspirerade noveller ur samlingen *Parias* omarbetade Strindberg för övrigt till en egen teaterpjäs, *Paria*. Som utforskare av förvridna psyken skrev Hansson en hel del noveller och prosastycken som lätt kan klassificeras som skräcklitteratur. Samtida kritiker betraktades honom med skepsis och han såg sig mer eller mindre tvingad att flytta utomlands efter att hans bok *Sensitiva amorosa* fått ett fientligt mottagande. Mot slutet av sitt liv insjuknade han i förföljelseidéer. Eftervärlden betraktar honom dock som en av Sveriges större – om än inte allmänt kända – författare.

Washington Irving (1783-1859) var den förste författaren från USA som vann internationell berömmelse och räknas som grundaren av den amerikanska novellistiken. I tidens anda skrev han gärna om spöken och andra övernaturligheter; förutom berättelsen om Den huvudlöse ryttaren i Sleepy Hollow kan man nämna den obehagliga *The Adventure of the German Student* – också en berättelse om en halshuggen gengångare – och *Rip Van Winkle* om mannen som sövs av oknytt och vaknar upp i en ny tid. Irving tillbringade en stor del av sitt liv i Europa, var vän med många av dåtidens litterära celebriteter och hade en romans med Mary Shelley, som skrev *Frankenstein*.

Henrik Johnsson (född 1978) debuterade skönlitterärt i den amerikanska antologin *The Last Continent* 1999, en tribut till Clark Ashton Smith, och har återkommit i anglosaxiska small press-sammanhang. På svenska finns han representerad i bl.a. *Jules Vernemagasinet* och Aleph Bokförlags antologi *Det vita folket*. Han är till vardags doktorand i litteraturvetenskap.

Per Jorner (född 1974) debuterade 1998 med den framgångsrika fantasyromanen *Efter lägereldarna* (även översatt till engelska) som 2002 följdes av *Blodmåne*. Han skriver gärna humoristiskt med ett språk som till skillnad från fantasykonventionen är modernt och vardagsaktigt, även om den här medtagna novellen visar honom från en annan sida. Jorner studerar astronomi vid Uppsalas universitet.

Arthur Machen (1863-1947) har alltid varit mer uppskattad än berömd. Hans novell *The White People* (på svenska i Aleph Bokförlags antologi *Det vita folket*) har hyllats av en lång rad författare och kännare, bland dem H P Lovecraft, som i hög grad lät sig inspireras av Machen. Han var walesare och tog djupt intryck av sägnerna som förknippades med uppväxtmiljön, var magiskt intresserad och även medlem i det ockulta sällskapet Golden Dawn, som också knöt W B Yeats, Aleister Crowley och skräckförfattaren Algernon Blackwood till sig. Hans anseende som författare och stilist sträckte sig under hans livstid långt utanför den fantastiska litteraturens gränser. Hans långa novell *The Great God Pan* från 1894 väckte uppmärksamhet och avsky för dess dekadenta, sexuella anspelningar.

Richard Middleton (1882-1911) var en känslig och enligt vissa källor manodepressiv ung man. Hans noveller uppskattades av kritiker med blev inga försäljningsframgångar, och när hans ekonomiska situation var osäker begick han självmord. Postumt samlades hans noveller (som bara delvis är skräck och fantasy) i boken *The Ghost Ship and other stories* med ett förord av Arthur Machen – och blev en succé. Bland hans klassiker finns den humoristiska spökhistorien *The Ghost Ship* och den betydligt mörkare *On the Brighton Road* om spökande luffare. Båda omtrycks flitigt i antologier.

Edgar Allan Poe (1809-1849) växte upp som fosterson i en köpmansfamilj, som han tidigt bröt kontakten med. Han blev ryktbar som poet – *The Raven* väckte succé – och litteraturkritiker, men beaktades inte som novellist av sitt samtida Amerika. Poeten och Poebeundraren Charles Baudelaire översatte dock hans samlade verk till franska och grundlade den berömmelse som tillkom Poe efter hans död. I synnerhet i Europa undgick få stora författare att ta intryck av hans "kalla" litteratur fri från allt moraliserande. Hans betydelse för skräck- och annan genrelitteratur (han skapade bl.a. detektivberättelsen) har varit monumental. Poe själv var alkoholiserad och psykiskt instabil och dog efter ett fylleslag. Berömda verk: *The Fall of the House of Usher, The Facts in the Case of M Valdemar, The Murders in the Rue Morgue, The Black Cat, The Tell-Tale Heart, The Masque of the Red Death.*

ALEPH
Bokförlag

... har återuppstått! Förlaget var aktivt mellan år 2000 och 2007. Förutom 16 böcker utgav förlaget nära 30 nummer av tidskriften Minotauren. Förutom nyutgivning finns gamla böcker numera i nytryck och kan köpas i bokhandeln eller genom hemsidan:

www.alephbok.com